ウィスキー＆ジョーキンズ

ダンセイニの幻想法螺話

ロード・ダンセイニ

中野善夫 訳

国書刊行会

Whiskey & Jorkens

The Fantastic Adventures of Joseph Jorkens

by Lord Dunsany

目次

解説コラム

ウィスキー&ジョーキンズ　ダンセイニの幻想法螺話

アブ・ラヒーブの話

ロンドンでマーコートという名の友人に会ったとき、クラブの話をずいぶんと聞かされた。それまでほとんど聞いたことがないクラブで、それがあるという通りの名前も私にはまったく馴染みのないものだった。タクシーに乗っていたときに、そんな名前の通りを抜けたような気はしていたが。小さくみすぼらしい家々が並んでいたことを覚えていた。マーコートも、そんなに大きなクラブではないし、ビリヤード台もないし、部屋も少ないと認めていた。それでも、そのクラブには彼の心を大いに満たしてくれる何かがあるのだという。それがあるから、取るに足りない通りも自分にとってはロンドンの中心地のようになっているのだと。私にクラブを見に来て欲しがったので、明日はどうかといってみたが彼の都合が悪く、それでは明後日ではどうかというと、やはりその日もだめだった。明らかに見るべきものなどありはしないのだ。絵画もなければ、特別なワインもない。他のクラブが自慢しているようなものは何もない。だが、面白い話があるとマーコートはいう。ときとして、本当に奇妙な話を聞けるらしい。もしそのクラブを見に行ってジョーキンズという古株がいる晩に当たれば、幸福なひとときを過ごせるという。ジョーキンズというのは何者なのかと訊いてみた。どうやら世界をあちこち旅してきた男らしい。そのときはそこで別れて、私はジョーキンズのことを忘れてしまい、数日のあいだマーコートに会うこともなかった。ところがある日マーコートが家までやって来て、その晩一緒にクラブに行かないかと誘ったのだった。

私は一緒に行くことにした。しかし、私が住まいを出るか出ないかというときにもう迎えに来たのには驚いた。ジョーキンズについて話しておきたいことがあるのだという。家を出る前に少し腰を下ろして私にジョーキンズに関する話をしてくれた。結局、彼が話してくれたことは一言でいえてしまうようなことだったのだが。ジョーキンズは心の優しい男なのだが、いつも晩になると飲み物を提供しようという相手に話をしてくれる。彼が好きなのはウィスキー&ソーダだ。世界の実にいろいろなことを見てきて、夜になるとクラブの皆がその話をあてにするようになっている。もはやクラブの呼び物だといってもいいくらいだ。それがなかったらあそこはもうあのクラブじゃない。とにかく、晩を過ごすのにあれほどいいものはない。だが、一つだけ警告しておくことがある。ジョーキンズの話を決して信じてはならないということだ。それはジョーキンズが悪いわけじゃない。出鱈目を話そうとしているわけではないいんだ。たんに、仲間たちに面白い話をしてやろう、一夜を楽しく過ごさせてやろうとしてくれているだけだ。出鱈目をいったところで、彼が得るものは別にないいんだからね。人を欺こうという意図があるわけでもない。クラブを楽しませようと最善を尽してくれるだけだ。クラブの会員はみんな彼の話をありがたく思っている。だが、もう一回、マーコートは彼の話を信じるなと私に警告した。話のほんの一部でも、地方の雰囲気のような些細なことでも信じるな。

「判ったよ。ちょっとした法螺《ほら》吹きなんだな」と私はいった。

「ああ、可哀想なジョーキンズ。それは厳しい言葉だな。それでも、警告はしたからな」とマーコートはいった。

そして、その警告をよく心にとめ、私たちは外に出て、タクシーを呼び止めたのだった。

クラブに着いたとき、ちょうどディナーが終わったころだった。まっすぐ小さな部屋へ入った。そこでは、暖炉の火のそばの椅子に会員たちが集まっていて、私はジョーキンズに紹介された。彼は炎をじっと見つめて座っていて、右側には小さなテーブルがあった。そのときマーコートの方を向くと、ジョーキンズはおそらく他の会員たちにもう話していたことを喋り始めた。

「昨夜は、何より不愉快なできごとがここであったんだ。これまでにあったためしがないことで、まともなクラブにはあるはずのないことだった。あるはずがないと思っていたんだ」

「本当か。何があったんだ」とマーコートがいった。

「昨日、若い男が入ってきて、カーターという名だと皆が教えてくれた。ディナーのあとにここに来たのだが、私はそのときちょうどアフリカで経験した不思議なできごとの話をしていたんだ。コンゴ川流域の南緯六度付近にいたときのことだった。もうずいぶん前のことになるが。いや、そのときの体験談はあまり気にしないでくれ。その話を終えるとすぐに、カーターとかいう若いのが、私のいうことを信じられないとだけいったんだ。私の話に対して実に明らかな不審の念を表明した。そして地理的なこととか動物の生態に関することなんかを教えろと要求してきた。私がコンゴ川流域で実際に体験したことが奴の厚かましい知識と一致しないのだという。さてどうするべきだろう、若者がこんな厚かましく図々しく厚顔無恥にも……」

「やれやれ、とにかく、そういうのは追いだすべきじゃないか。そういうことは直ちに役員会の議題にすべきじゃないか。そうは、思わないか?」とマーコートがいった。

そういって他の会員たちのあいだに視線をさまよわせて、疲れはてた弱々しい様子の男を捕えた。明らかに役員の一人だ。

「え、ああ、そうだね」と説得力のない答え方をした。

「では、ミスター・ジョーキンズ、すぐに執行しようじゃないか」とマーコートがいった。

するとあと一人か二人が小さな声で賛同した。ジョーキンズの憤慨はすっかり収まってきて、小さな声でぶつぶついうだけになっていた。ときどき不機嫌そうに何か叫んだりしていたが、すっかり落ち着いてきていた。彼の想像力の奔流はまだ濁っていたが、嵐はいくぶん衰えたようだ。

「まったくけしからん話のようだね」と私はいったが、クラブの招待客としてそれ以上はとてもいえなかった。

「まったくけしからん！」と老齢の男は答えたが、何か話を始める気配はなさそうだった。

「私がウィスキー&ソーダを勧めてみてはどうかな」とマーコートにいってみた。みんな黙りこんでしまったからだ。そういいながらジョーキンズの方を示しつつ頷いて、私はウィスキーを勧める相手を仄《ほの》めかした。実は訊かれなくてもマーコートがそうしてくれるのを待っていたのだが、彼はようやくウィスキー&ソーダを気乗りしない様子で三つ註文した。まるで、そんなことをしてもいいことがないと思っているような顔で。ジョーキンズの右手側で寂しく待ち受けているテーブルにウィスキーが運ばれると、彼は「私は要らない」といった。

驚きが幽霊のように部屋を通り過ぎていったのが判った。誰も何もいわなかったが。

「私は絶対にウィスキーは飲まないんだ。ときどき、記憶を刺激するために使うことはあるが。記憶に対して劇的な効果があるからね。でも、飲み物としては決して手を触れない。味が嫌いなんだ」

ジョーキンズの分のウィスキーは持ち去られた。話には一向に近づけない。

ジョーキンズの近くの椅子に座っていた私は、ほとんどソーダの入っていないウィスキーのグラスを受け取った。それを置くところがなかった。

「グラスをこのテーブルに置かせてもらって構いませんか」とジョーキンズに訊いてみた。

「構わんよ」まったくどうでもよさそうな感じで答えたジョーキンズだったが、その目もそうだったかというとまったくそんなことはなくて、私がウィスキーを彼の肘の近くに置いたとき、その目はしっかりと深い黄色の味わいを捕えていたのだった。

私たちは長いこと黙ったまま座っていた。誰もが彼の話を聞きたがっていた。とうとうジョーキンズの右手が広く開いてグラスを摑めるくらいになった。そして、閉じた。しばらく経って、また開いた。少しだけテーブルに沿って動いて、また戻った。一瞬、その飲み物が自分のものだと勘違いして、それから自分の間違いに気がついたような動きだった。それは単なる手の動きだったが、それでも、他人の飲み物を故意に取ったりはしない男だということを表していた。そして、遥か彼方に思いを馳せているかの如き、夢見るような表情がその顔を覆っていて、その手はまったく上《うわ》の空で動いているだけだということは、どう見ても明らかだった。目に導かれることなく手がグラスに届いて、それを摑んで唇にまで持ってくると、中身を口に流し込んだが、それでもなお遠くのことを考えていた。

「おっと、君のウィスキーを飲んでしまって申し訳ない」突然、ジョーキンズがいった。

「いえ、ぜんぜん構いませんよ」と私はいった。

「とても変わったことを考えていてね。自分がやっていることにほとんど気づいていなかった」

「何を考えていたのか教えてもらえますか」

「本当はあまり話したくない気分なのだけど、誰に対してもね。昨日あんな不愉快なことがあったあとだから」

マーコートの方を見てみると、私の考えを読み取ったかのように、ウィスキーを三つ註文した。

ウィスキーがジョーキンズの記憶を輝かせる様子は見事だった。記憶のみに頼って実に鮮やかに細部を語ったのだから。想像力の成果ではない。私はその細部を省略して、動物学的興味に的を絞って彼の話を記そう。おそらく動物学における断絶があると私は信じているのだが、彼の話が本当ならそこに橋を架けることになると思うからである。

そのときの話はこういうものだった。ジョーキンズが話し始めた。「ロンドンにいると滅多に聞けないことだが、大英帝国の辺境にある町ではよく耳にすることなんだ。軍の食堂で議論の対象になることはおそらくないだろう。バンガローのようなところで話題になることも滅多にあるまい。人の口に上るとしたらいつも嘲笑の的にしかならない。マラカルのようなところでは、それを耳にした白人もいないし、それを信じている白人もいない。でも、孤独な旅で出会うような白人、沼地が始まる手前、パピルスの他には何週間も何も見ないときに出会うような白人、そういう男なら信じている。

私は一度ならず目にしてきた。よく話を知らない人ばかり集まっているところでこの話題が出てくると、一人が笑い出し、続けて皆が一斉に嘲笑《あざわら》うのだ。その想像力に従って噂を調べてみようとする者などいない。それは噂のままで、それ以上にはならない。だが、ある男がたった一人でやってのけた。噂が発生するその国の辺境のどこかで。そこには彼の想像力を怯えさせるような愚かな嘲笑は存在しない。それをよく調べて、正体を明らかにした。信じられないという気持が膨らむよりも早く、彼の方が真実へと近づいていった。そういう問題に取り組むときには多少熱があるくらいの方がうまく行くようだ。

　さて、問題は極めて単純なものだった。智恵と好奇心を持った男ならば、この世にいるありとあらゆる動物を発見できるかというだけの問題だ。つまり、白人の目から隠されてきた、パピルスの中に潜んでいる非常に珍しい動物をということだ。私が本当にいいたいことと少し違うのだが、思い上がった若造が信じないものを見てきた白人たちもいるからね。われわれの文明がまだ認識していない動物というべきかも知れない。二十年以上前にコスティで初めて、二人の男がはっきりとそのことを口にするのを聞いたのだが、そのとき二人はそれをアブ・ラヒーブと呼んでいた。二人とも、その存在を信じていたと思う。だが、そこはハルツームからたった百五十マイル〔一マイルは約一・六キロ〕しか離れていないところで、夜には夜会服を着てディナーに行って、陶磁器の皿と銀のフォークを使い、暖炉の上には装飾品が並ぶといった場所だった。こういったものはどれも想像力を駄目にしてしまう。正直に信じられなくなってしまうんだ。一人が誰かにこんなことをいう。『テントの周りに火を三つ四つ用意して、アブ・ラヒーブが午前二時にやってくると、その火の光ではっきりと見てとれるらしい』『それでそいつは欲しかったものを手に入れたのか』『ああ、抱きかかえながら、戻って行った』

するとその中の一人がいいよどむように、『動物の中でもあれだけが使えるという……』といって声を低めると、辺りを見回して私を見たがそれ以上何もいわなかった。彼らはすぐに笑い声で流してしまった。コロンブスが低い陸地の連なりを前にして向きを変え、新大陸だと信じなかったのと同じように。彼らに質問をしてみたのだが、役に立つ情報は得られなかった。彼らは想像力よりも笑い声が好きなようだった。そのせいで、真実の代わりに冗談しか聞き出せなかった。

何週間も経ってから、遥か南方に、科学者の真っ当な精神で動物学の興味深い問題に取り組もうという男を見つけた。バフル・エル・ゼラフ河口近くの小屋にたった一人で住んでいる白人だった。アフリカには君たちには信じられないようなことがいろいろあって、バフル・エル・ゼラフもその一つだ。白ナイルの沼沢地を源にする川で、四十から五十マイルを流れて、白ナイルへ再び合流する。それに、そんなところでたった一人で暮らしている白人がいることも簡単には信じられないだろうが、文明の最辺境を進んでいき、絶対に白人に出会うはずがないというところで会った白人がその男だ。彼には、アブ・ラビーブに関する疑問を探求する機会がたっぷりあった。原住民が持ってきた話を検証する時間が何年もあったのだから。彼らの信頼を獲得してようやく、おずおずと話してもらえたのだ。ただ、どうやって信頼を勝ち得たのかは絶対に話してくれなかったが。彼は証拠を篩《ふる》いにかけ、それについて語られていることを余さず知った。そして、マラリアに苦しむ長い夜、キニーネ以外には助けてくれる人もののもなく、その獣の姿を鮮明に心に描いて、私にもその見事なスケッチをみせてくれた。そのスケッチは今でも持っている。獣が後ろ脚で立つ様子は、博物館で以前剝製を見たことがある南米のナマケモノに似ている。体つきはカンガルーに似ているが、もっとがっしりしていて大きかった。その顔に尖ったところはない。のっぺりした四角だ。大きな牙がある。掌のような前足があって、腕というか前脚は短かった。

いっておかなければならないのは、そのとき私はその辺りの大きな河を行き来するのに使われる小さなダハビヤ〔ナイル川で利用される三角帆舟〕に乗っていたということだ。文明にうんざりして逃げ出しアフリカの驚異を探しに出たときに見たどの大河でも使われていた。そしてその孤独な男に出会ったんだ。リンドンという名前だった。私がマラカルで聞いた証言を開くと好奇心をかき立てられていた。リンドンと学校時代を共に過ごした幼馴染みのように話をしていると、アフリカで出会う白人たちはすぐにそうなるものなのだが、マラカルの彼らが知っていたことよりもリンドンが知っていることの方が多く、もうすぐアブ・ラヒーブのいるところへ行けそうだった。そして、大人になってなお繊細な男もいるのだと知った。孤独の中で育たなければ、そうはならない。リンドンは私に信用されないのを怖れて、なかなか口を開こうとしなかった。そうなんだ、原住民はそんな動物の存在を信じていることもあるのだが、自分の意見となるとまた別だ。私の嘲笑を浴びるかも知れないのだから。私が質問を続けるほど、答えは短くなっていった。そこで、こういって彼の注意を引き出すことにした。『ところで、他の動物は決して使わないけれどもアブ・ラヒーブだけが使うものが一つある』それは、私の心に何週間も付き纏って離れない一つの謎だった。その謎が何なのか私にはまったく判らなかったのだが、それで彼を話に引き込むことができた。私が獣の存在を信じる側にいることが判ったようで、もはやあの気恥ずかしさはまったく見られなかった。バフル・エル・ゼラフの上流域は神に見捨てられた地だとリンドンはいった。『そしてもし神がゼラフを見捨てたのであれば、神はきっとジャバルへは行かなかったはずだ』バフル・エル・ジャバルはもっとひどかったからだ。この二つの川のあいだの荒れ果てた地にアブ・ラヒーブはいるに違いない。彼は極めて理にかなった説明をしてくれた。平原に住む獣がいる。森に住む獣がいる。海に住む獣がいる。人が一度も足を踏み入れたことのないパピルスの広大な領域に住む動物がどうしていないはずがあろうか。もし私がこの神に見捨てられた地に行くならば、アブ・ラヒーブを見ることができよう。『だが、もちろん、絶対に風下から近づいてはいけない』『では風上から?』と私はいった。『いや、風上もいけない。あれは、犀のように鼻が利く。そこが難しいところだ。風上と風下のあいだに立たなくてはならない。だが、そこに行けば、いつも北風が吹いていると判るだろう』

どうして風下から近づいてはならないのか気づくのにしばらくかかったのは、私はリンドンに質問しすぎないように努めていたからだ。質問は批判に通じるところがある。噂に基づく想像という忍耐を要する作業に批判や厳しい追及をしてはならない。そんなことをしても、話を根本からぶち壊してしまうのが落ちだ。そうして、貴重な科学的データを失ってしまう。リンドンは文明世界からやってきたばかりの、不信感でいっぱいの旅行者を相手にする気分ではなかった。つい最近マラリアに罹ったばかりでそんなことを我慢できる状態ではなかったし。そして件《くだん》の動物の存在をはっきり証明する証拠を次々と教えてくれていたときに、突然その証拠が意味していることを何もかも理解するに至った。彼は葦の茂るところに焰が見えたことが何度もあったという話をしてくれた。一年のうちディンカ族が火を燃やす季節よりも早い頃に炎を見たというだけでなく、ディンカ族もシルック族も、どんな種族も決して足を踏み入れないような沼地でも目にしていた。沼地はまったく人の気配もない領域で、人類に対して永遠に閉ざされているという。それを聞いたときだった。真実が私の頭に閃いたのは。後になって私が自分の目で確かめた真実だ。アブ・ラヒーブは火を操るのだ。

自分が初めてアブ・ラヒーブを見る白人になって、そいつを撃って、その巨大な毛皮を持ち帰ることを考えたとき、私の心にどんな思いが燃え上がったかを話す必要はないだろう。それが一人孤独にさまよっていたことを証明するのだ。うっとりするような気持だった。リンドンに私のライフルで大丈夫だろうかと訊いてみた。三五〇口径しか持っていなくて、軟弾頭にしようか、硬い方にしようか、迷っていたのだ。『軟弾頭だ』とリンドンはいった。夜遅くまで座って、質問をたくさんした。彼は沼地について注意すべきことを教えてくれた。そのとき沼地の何に対して警戒しろといわれたのか、ここで全部話す必要はないだろう。目の前に私がこうして生きているのだからね。それでも、警告するだけのことは確かにあった。確かにあったんだ。それで、彼が小屋から川の辺まで作った小道を降りて行った。空にかかる星々の白い帯の下で私は自分の帆掛け舟に乗り込んだ。舟の上で仰向けになって、その星々を毛布の下から見上げているうちに眠り込んでいた。その間、アラブ人たちが舟を舫《もや》いから解いて北風を受けて進んでいたのだ。夜が明けて、太陽の光に焼かれて目が覚めるとバフル・エル・ゼラフにいた。最初に目に入ってきたのは、緑の葉が繁る緋色の木々だった。まだ例の沼地には着いていなかった。

数日かけてゼラフ川を上って行った。奇妙な木々の上で、傲慢に黙って見張っている白い鶚《みさご》の横を通りすぎた。頭上を飛ぶ鳥たちの色はあまりにも鮮やかで、いや、大袈裟にいっていると思うに決まっているので細かく描写するのはやめておこう。そうやって、何が隠れていてもおかしくない沼地へとやって来た。何マイルも続く藺草《いぐさ》にすっかり隠され、ただ単調に広がっているおかげで、探検家から守られている。他にも荒涼とした地を見てきたが、これほど陰鬱としているところは一つもなかった。舟を操る男たちはそのあいだずっと私の知らない言語で話し続けていたのだが、私の想像力がその単調な世界に包まれているうちに、突然、彼らの言葉の端々に、地球の反対側でわれわれが日常的に使う台詞が聞こえてくるようになった。ある晩、彼らの一人が『バスをちょっと止めろ』といったのが確かに聞こえた。誓ってもいい。でも、そんなことはあり得ない。彼らはディンカ族の言葉を話していて、簡単な英語の単語さえ知っている者は一人もいなかったからだ。彼らに対して私は昔の地中海の船長が使うようなアラビア語を使っていたのだ。

そうやって、ようやく葦原の焰のところにまでやって来た。あちらこちら別々のところで火が燃えていた。誰が点したのか私には判らなかった。そこには誰もいないのだ。黒人も白人も灰色人（ディンカ族は灰色なんだ）も。でも、私は絶対的な証拠が欲しかった。そんなある日、藺草の生えるところに足跡を見つけた。アブ・ラヒーブは藺草の茂みの中で跳びはねるんだ。跳び上がったところの藺草は折れているのもあった。ときには、ぴょんぴょん跳びながら進むときに、藺草の先端に泥を撥ね散らかしていくこともある。そして、着地すると、再び跳び上がる。そこでまた大きな痕跡を残しながら。

私は藺草を注意深く調べてみた。とうとうそれがあいつの跡だと確信した。それから、その跡を追った。ずっと風向きに注意しながらね。歩くのには恐怖すら感じた。音を立てないように一人で行くことにしたんだ。なるべく近くまで寄って、確実に撃ちたかった。雑嚢を首の周りにしっかり結びつけていて、弾薬《カートリッジ》はその中に入っていた。それでも、雑嚢はときどき濡れてしまった。水は常に腰の辺りまであったし、もっと高くなることも何度かあった。ライフルは片手でずっと掲げていた。葦は私の頭よりも高く繁っていた。

開《ひら》けた水面に出ることもあった。大きな青い睡蓮が浮いていた。そこはいつも他より水が深かった。藺草の根の上を歩くこともあった。周囲を取り囲む何ヤードもの藺草が震えていた。

そして、固い粘土を見つけられることもあった。そこならば、それ以上沈むことがないと判るのだ。そうやって、私はアブ・ラヒーブの跡を追って行った。

いつものように北風が吹いていた。年季の入った狩猟家の私としては風上から近づくなどあり得なかったが、かといって、決してアブ・ラヒーブの風下から近づいてはいけないというリンドンの助言を厳格に守ってもいられなかった。跡を追っているとどうしても風下から近寄ってしまうこともあるからだ。何れにせよ、他の方向へ行くよりはましだった。どうせ、すぐにアブ・ラヒーブは離れてしまうのだから。青い睡蓮にうんざりするなんてことがあるとは信じてもらえないかも知れない。水は冷たくなかったとはいえ、一歩一歩足を上げるのも大変なほど疲れ切っていた。一歩ずつ片足を上げるとき、もう今いるところに永遠に留まっていたいと思うようになる。何時間、自分が獣を追っているのか判らなくなっていた。沼地を歩いているあいだ今が何時なのかも判らなくなっていた。だが、精神の消耗と四肢の疲労の中、不意に藺草の葉の先に付いたばかりの新しい泥に気がついた。やっとすぐ近くにまで迫ってきたのだと判った。私はライフルの安全装置を外した。そのとき突然、心の中に自分がやっていることは科学のためなのだという確信が浮かんだ。その一歩ごとに、原始の暗黒の中から科学が足を踏みだしてわれわれの考えの及ばない彼方の一点に向かって進んで行くのだ。その到達点には人類への啓示が満ちていて、その一歩一歩が私にかかっている。いわば、その一つの足跡に自分の名前を刻むようなものだ。そして、私にその権利があることを疑問に思う者は誰もいない。

私は少しずつ少しずつ近づいていった。もう疲れてもいなかった。突然、思っていた以上に近づいてしまっていたようで、目の前の藺草から小さな煙がふっと上がった。一瞬、足を止めて息を整え、ライフルを構えた。その瞬間、私はその獣を命名した。そう、*Prometheus Jorkensi* と名付けたのだ。前方に地面の乾いているところがあったが、私の躰《からだ》はまだ藺草に埋もれていた。藺草を揺らさないように私はじりじりと前へ進んだが、まったく音を立てないというのは無理だった。私が思っていたよりも北風が強かったのかも知れない。それでも私の音がまったく聞こえていない様子だったから。十ヤード〔一ヤードは約九十一センチ〕もないほど接近していた。乾いた地面の小さな火も見えた。それでも私の躰は藺草に隠れていた。その毛皮の茶色が見えた。大きな体で蹲《うずくま》っていた。見えているのが身体のどの部分なのだろうと考えるのが精一杯だった。ただ、血が通っている部分だろうと思うところを狙って、ライフルを構えた。まだ、自分がどれほど近くにいるのか判らなかった。そのとき、そいつが手を焔の方へ伸ばすのが見えた。荒涼とした沼地の縁で、手を温めようとしていた。私の存在など気にも留めていないのだ。私の存在など。私の名前を知る者は誰もいない。あるいは、もし知っていたとしても、何の意味もない名前だ。ここで私は発見を成し遂げようとしている。その証拠が十ヤード先にいて、ライフルの銃弾をただ待っているのだ。私は類人猿を撃ったことがある。私は小さな猿を撃ったことがある、哀れな老いた河馬を撃ったことがある。もし殺さなければならないのであれば、馬を撃つのも躊躇《ためら》わない。そんなことに耐えられない者は少なくないのだが。だが、その黒い手を焔の上にかざしている者を、私は撃ち倒すことができなかった。この思いが葦の中に立っている私の頭に閃いて、その後何年も脳裡を巡り、常に耳の奥で聞こえ続けた。まさに今でもだ。この世の中でわれわれのあいだには繋がりがあり、われわれ以外とのあいだには壁があった。この一つの繋がりと一つの壁は、他に名の付くどんな関係にもまして強いものに思えた。われわれは人間の理性について、犬や象が見る夢よりも優れているか否かという話をする。われわれだけが死後の世界の存在を信じているという。そしてライオンは信じていないと。ただ、それだけなんだ。中にはわれわれより強いものもいるだろう。もっと長生きするものもいるだろう。狡猾なものならもっとたくさんいるだろう。だが、諸君、たった一つ、彼らが持っていないものは火を扱う知識だ。これは非常に大きな絆に思えた。その知識を持っているもの同士にあって、そうでないものとのあいだに障壁を作る強力な繋がりだと思えた。火を使って成し遂げたことを見よ。火掻き棒を、炉格子を、家を造っている煉瓦を、そしてその骨格を作っている鉄を。ロンドンの都を見よ。これが、われわれの持つ大いなる力だ。火を知っているということだ。そして、これが、あの黒々とした手が沼地の縁に燃える火に向かって差し出されているのを見たときに瞬時に頭に浮かんだことだった。今までこうして君たちに話してきたほど長い時間じゃない。その瞬間に、心を貫いて閃いたんだ。そして、その一瞬の間、迷った。アブ・ラヒーブは日の光に反射したライフルの先端を見て、私が息をする音を聞いたのだろう。そして、また前かがみになると前脚の蘭草の上へ大きな首を突然ぐっと持ち上げたのだから。

一振りで火を私のいる葦の中へと撒き散らした。散らした火が、ぱっと燃え上がり、焔と煙を通してアブ・ラヒーブの跳び去るのが見えた。葦がぱちぱちと燃える音の向こうから、後ろ脚がどしんと地面につく音が聞こえた。アブ・ラヒーブが人間の笑い声のような音の吐息を発するのを聞いた」

ジョーキンズはここで間を空けた。私たちは皆、すっかり黙りこんで、彼が失なったものに思いを巡らした。名声を取り逃がしたのだ。ジョーキンズは首を振って、私たちと同じ思いを抱いているようだった。

「私はもう二度と跡を追わなかった。一度はその姿を見たんだ。だが、誰が信じてくれるだろう。大いなる秘密をわれわれと共有している生き物を撃つことだけはどうしてもできなかった」

また、沈黙がその場を満たした。皆、不思議に思っていたのだろう、彼の躊躇《ためら》いが科学への貢献を妨げてしまったのだろうかと。あまりにも繊細で、念を入れすぎる者は、滅多に有名にはならないものだと思う。前屈みになってパイプをふかしていた男が、口からパイプをとって、ようやく沈黙を破った。

「写真を撮ってもよかったんじゃないか」といった。

「写真を撮る！」椅子の上で背筋を伸ばしてジョーキンズ氏がいった。「写真を撮る！　写真の半分は偽物だというのに。ほら、この《イヴニング・ピクチャー》紙を見るといい。これを、ほら。子供が花束を一つ誰かに左手で手渡している。それは二人ともカメラの方からよく見えるようにするためだ。こっちの、外国から着いた兄弟を出迎える男だが、いかにも歓迎しているじゃないか。二人とも写真に撮られていることを明らかに意識して振る舞っている」

私たちはその新聞を見た。確かにそうだった。写真を撮られやすいように、お互いにほとんど背中合わせになっていた。

「いや」そういって私の目をまっすぐに見つめて、顔から顔へと視線を動かしていった。「たとえ気高き〈真実〉が孤高に耐えかねても、写真などという俗物の助けは鼻で笑って断るに違いない」

この言葉を話すとき、部屋を支配していたのは彼の声であった。部屋の薄暗い明かりの中で、彼の目が煌《きら》めいた。私たちはもう誰も口を開かなかった。声を出したらその沈黙が吃驚してしまうと感じていたのだと思う。そこで、私たちは皆静かに立ち去ったのである。

薄暗い部屋で

友人のジョーキンズが体験した変わったできごとをしばらく前から記録するようになった。そういえば、ある家に彼を連れていったせいでずいぶん非難されてしまったことがある。私が悪かったのではない。かといって、ジョーキンズが悪かったとも思わない。友人の子供たちが大好きなわくわくするような話をねだられて、私はライオンと虎の話をいくつかしてやったのだが、子供たちをわくわくさせるのに完全に失敗したことがあった。ブリテンの戦い〔一九四〇年秋に英独空軍がイングランド上空で戦い、ドイツは英国本土上陸を断念した〕を生き延びてきた子供たちだから、それくらいの話は別段驚くことでもないし、動物園には頻繁に行っているから、私が話したような動物にも慣れ親しんでいたわけだ。大きな動物たちの話が大失敗に終わったとき、ジョーキンズにはアジアやアフリカの肉食獣とともに体験したちょっと変わった話があるんじゃないかとふと頭に浮かんで、私が合格点を得られなかった相手でも、そんな話なら成功を収めるのではないかと思った。そこで、友人の三人の子供たちには、大きな獲物を狙っていた老ハンターを知っているのだが、そのハンターの体験談は私のと比べればずっと驚くような話だから、いつかお茶に連れてきてもいいか訊いてみようといってやった。ジョーキンズの話にそんな吃驚するようなのがあるか私は知らなかったし、十歳から十二歳の三人の子供たちが、そう簡単に吃驚するかどうかも判らなかった。許可が得られてジョーキンズを連れていくと、子供たちがわくわくするような話をしてくれと、まさにそのとおりの言葉でせがんだのだった。どうも幸先が悪いように思えたのだが、そう求められるとジョーキンズは直ちに応じた。その後、今では何もかも私が悪かったことになっている。私にいえるのは、子供たちが求め、そして彼らは求めたものを得たということだけだ。それに、彼を最初に紹介したことを除いて、私は話そのものにまったく関係なかった。つまり、こういうことだったのかも知れない。ジョーキンズは様子を察して、当意即妙にやってみせたのだ。それは、どうせ彼には自分たちを怖がらせるような話などできるわけがないという態度を感じ取ったからだろう。おそらくそのせいで、結末にぞっとするような捻《ひね》りを加えたに違いない。子供たちは部屋から走って逃げて、寝なければならない時間を過ぎてもいつまでも起きていることになってしまった。子供たちはそれまで一度もジョーキンズに会ったことがなかったということ、そしてジョーキンズがどんな男なのかを知らず、その言葉にしか判断の拠所がなかったことを忘れてはならない。それに子供というものは、何でも真に受けてしまいやすいものなのだ。立って話を聴く子供たちを前に、ジョーキンズが居心地の良い椅子に腰を下ろすとすぐ話し始めたのはこんな話である。子供たちは、十歳と十一歳の少年と十二歳の少女だった。

それは虎の話だった。ほんの数日前に私も虎にまつわるささやかな話をしたので、果たしてジョーキンズは私が話したときよりも子供たちをわくわくさせられるのかと気にならなかったわけではないといっておこう。もちろん、私にはまったくできなかったのだが。ジョーキンズは判りやすい話をしてくれるだろうと当てにはしていた。大人相手に話すときもそうだし、聴衆に合わせて自分のスタイルを変えたりすることはないだろうと思っていた。もし「聴衆に合わせて」などという言葉が、彼の話がもたらした驚くべき結果にふさわしいとすればだが。

「その虎は私を見つけると、悠々と後をつけてきたんだ。まるで、暑い日だから走りたくないといった感じだった。私も走れないことが虎にははっきりと判っていた。君たちにとって役立つ教訓が私の話にもしあるとするなら、それは、大人になったら、決して武器を持たずにインドのジャングルへ入ってはいけないということだ。そして、あの朝、私がそうだったように、一回だけだからなどと思ってはいけないということだ。ほんのちょっとの散歩だからなどというのは、全然関係ない。あのとき私が考えたくらいでは足りない。精一杯考えることが大切なんだ。虎はそこにいた。ゆっくりと私の跡をつけていた。私も歩いていたが、虎の歩みは私よりもほんの少し速かった。もしも、虎が百ヤード〔一ヤードは約九十一センチ〕進むうちに五ヤードしか距離を縮めないとしても、歩いて逃げるチャンスは私にないことがもちろん判っていた。そして、走ればもっと分が悪いことも知っていた」

「どうして」と子供たちがいった。

「どうしてか。それは、私が新たなゲームを始めると、虎もそれに参加するからさ。歩いているときに百ヤードにつき五ヤードあいだを縮めるのなら、走っているときはそれが五十ヤードになるだろう。それが、私が歩く方を選んだ理由だ。でも、本当にそれがよかったというわけでもない。だって結局は、同じような最後を迎えるのだからね。不運にもそこは厳密にいうとジャングルの中ではなくて、その外の岩の多い土地だった。だから、木に登るチャンスもなかった。私はジャングルから離れて歩いていたのだからね」

「どうして」と別の子供がいった。

「なぜなら、虎が私とジャングルの間にいたからだ。虎というものは、夜ジャングルから外に出て、朝早くジャングルに戻るんだ。孔雀が起きて鳴き声をあげる時間にだ。これは早朝のできごとだったが、太陽はすっかり昇っていたから、虎はみんなもうとっくにジャングルへ戻っているだろうと思っていたわけだ。それで、私は武器を持たずに散歩に出てしまった。もちろん、それは大失敗だった」

「どうして散歩なんかしたのよ」と少女が訊いた。

「災難に見舞われた人に、どうしてその原因となることをしたのか訊ねてはならない。そういった災難の原因は、ほとんどの場合、同じ理由でなされている。ただ、それを誰も認めたくないだけなのだ。そうだ、いつも同じ理由なんだ。それは、混じり気なしの愚かさが原因だ」

「それで、災難になったの？」

「聞きなさい。さて、岩だらけの土地だという話はしたと思うが、同時に丘が多いところでもあった。虎はどんどん近づいて来ていた。そのとき、岩場にある洞窟が目に入ったんだ。小さな丘の頂上付近にあった。もちろん、洞窟に向かうと、逃げ帰るのは諦めることになる。でも、逃げ帰ろうとしても何もいいことはないし、他にもっといい場所があるわけでもない。洞窟は、小さくて虎が入り込めないようにも見えたし、あるいは大きくて虎から逃げられるような枝分かれがあるようにも見えた。この二つの望みの他に、私には行けるところがなかった。そこで、身を屈めて洞窟に入った。すると虎もやはり入ってきた。虎はまだ少し後ろにいたんだ。虎が入ってくると外からの光が消えた。その躰《からだ》が入口を塞いだからだ。洞窟はどんどん狭くなっていって、とうとう四つん這いになって進んだ。虎も急がず付いてきた。洞窟がもっと狭くなるようなら、私の体はぎちぎちに締めつけられながらも進めるのに対して、虎には通れないというこことになっただろう。洞窟は少しは狭くなったのだが、十分ではなかったので、滑らかな灰色の石の上を先へ進んでいった。進むにつれて暗くなって、ついに床の石の色も見えなくなった。虎が陽の光を完全に遮っているようだった。

私は骨になった鼠のお話を思い出して、微かな望みを抱いていたんだ。大聖堂の壁の中で見つかった鼠の骨の後ろには、骨になった猫がいた。猫が行けるのはそこまでだったからだ。かといって、それほど楽しい結果になったわけでもないが。もし私に救いの道があるとしたら、虎には猫よりも分別があるだろうというところだった。でも、洞窟を先に進んでも、狭くなることはなかった。虎は相変わらずゆっくりしていて、状況はますます絶望的になってきたように思えた。虎もまたそれを確信しているように思えた。虎はもうすぐ後ろに迫っていたので、背後からにおいを感じられるほどだった。ただ、三十ヤードほども後ろの方にいる虎にしてはにおいが強すぎる。そのとき、私が希望を託したこの洞窟はそもそも虎のねぐらだったんじゃないかという恐ろしい考えが頭に浮かんだ。そうに違いないとしか思えなくなった。

そのとき、希望がやって来た。少し進んだところで、自分ではどこまで来たかよく判っていなかったのだけれども、もうすぐ小さな丘を通り抜けられるのではないかという希望だ。そんな莫迦なと思うかも知れない。確かに論理的に考えれば、開けたところを歩いていて百ヤードにつき五ヤード距離を縮められる相手が、もともと四つ足で歩く動物だというのに、私が四つん這いで進む競争をして先に抜けられるわけがない。それでもそのときは、丘の反対側がどんなところかまったく判らないとはいえ、目下の状況に比べればずっといいように思えたのだ。そういうときにはよくやるように、木に登れるんじゃないかと考えていた。でも、空気の流れを顔に感じることはまったくなかった。闇の中にただ虎のにおいが感じられるだけだった。それで、決して開けた場所に出ることはないだろうと悟ったんだ」

ジョーキンズは私よりも上手に子供たちの心を摑んでいるだろうかと思って、ちらりと彼らの顔を盗み見た。確かに真剣に聞き入っている。私のお粗末な話のとき以上に関心を示しているかどうかははっきり判らなかったが。ふと思ったのは、まったく理に適っていないかも知れないが、この少女が共感しているのならば、それはむしろ虎に対してではないかということだった。もちろんそれは、根拠のない思いつきに過ぎない。それよりも今は、このできごとは秋のことだったとか、まだ明かりを一つも点けていなかったとか、部屋が薄暗くなってきていたというようなことをいっておくべきなのかも知れない。繰り返していうが、この後のことは私のせいではない。何が起ころうとしているのかまったく知らなかったのだ。

「虎が素早く進んできた。完璧なまでに滑らかな大理石の床が、はっきりと知らせてくれた。今まで獣の柔らかい足、重い躰の大きな足で磨かれてきた床なのだろう。私が手を置いてきた洞窟の床の縁にはもうざらざらの場所はまったく残っていなかった。すべすべの床が上に向かって、すべすべの岩の壁へと変わった。割れ目も隙間も全然なかった。右にも左にも行き場がなかった。洞窟は行き止まりだったんだ。闇の中で体の向きを変えると、虎を見るというより虎の臭気を感じた」

「それから、どうなったの」と少年の一人がいった。

「虎が私を食べたんだ。君たちに話をしているのは私の幽霊だ」

そして、薄暗い部屋で起こった大騒ぎは断じて私のせいではない。

象の狙撃

ある日のこと、ビリヤード・クラブではいろいろなアフリカの驚異について話していたのだが、中にはそんな話の信憑性を疑っている者もいた。そこへジョーキンズが入ってきた。話の詳細は聞いていなかったが、疑念を抱いたり同意できないといった調子の声は耳に入っていたようだ。「もしも、アフリカに関して知りたいと思っているなら、私から話せることがあると思う。何でも見てきたといいたいわけじゃないが、ケニヤの森にいても、定期船の喫煙室にいても、自分がアフリカでいろいろと見たり聞いたりしたことなら何でも紹介すべきだと思うのだが」

「四本牙の象の話を聞いたことがあるかい?」そこにいた仲間の一人でエラリーという男がいった。ナイル川に行ったことがあるらしい。

ジョーキンズは、エラリーの旅行経験を知っていて、その質問に何か注意を惹かれることがあったようだ。これがターバットの言葉だったら、まず興味を抱くことはないのに。

「あるさ。捕えたことはないが、話を聞いたことは確かにある」ジョーキンズがいった。

「それは興味深いな」とエラリー。

「そうともいえる」ジョーキンズが応えた。

こうして私たちは四本牙の象の話を聴くことになった。それまでビリヤード・クラブではただの噂としてしか知らなかった話を。ジョーキンズは話し始めた。「スカージェトという男がいてね、ケニアで象ハンターをやっていた。象牙取引でまずまずの商売をしていた。彼のことはよく知っていたんだ。彼がマラリアに罹って、北グアソ・ニエロ川の辺にある葦葺きの小屋で横になっていたときのことだったのだが、ある日、原住民が一人やって来て、四本牙の象の話をした。そいつは見たことがあるといったんだ。その話がスカージェトの心にずっと引っかかっていた。もし体温が一〇〇度〔摂氏約三八度〕以下に下がっていたら、そんなことはなかっただろう。だが、彼は普通の象を狩るのをすっかりやめてしまって、四本牙の噂を追うことに集中した。もちろん、それはただの噂に過ぎなかった。しかも、どれもこれも原住民の話ばかりだった。それでも一年ほどの間、四本牙の象に熱中した。そして、その間ずっと普通の牙を持つ象を撃つのはやめてしまっていた。四本牙の象は重さにして五百ポンド〔約二百キログラム〕以上の象牙を持っているかも知れないのだ。そして、実際そうだということに疑いを抱いてはいない。その象はかなりの高齢だったから、巨大な象牙を持っているはずだ。だが、普通の象を撃ち続けていたら、その一年間にどれだけの象牙が得られたかを考えても見ろ。それでも彼は、そうしようとしなかった。マラリアから恢復したときには、いまだ白人が目にしたことがないという、その獣を撃つという考えにすっかり取り憑かれていた。まったく常軌を逸した思いつきだった。何しろ五百ポンドの象牙のために何トンもの象牙を諦めたんだ。誰もが高熱による譫妄《せんもう》のせいだと思った。だからスカージェトも、熱が下がったらすぐにきっぱり忘れるだろうと思われていた。だが、そうはせずに、一年にわたって四本牙の象を求め続けた。その一年が終わる頃、ある噂話が少しだけだが確かな情報を運んできた。その頃、私は彼と知り合った。東アフリカを進んでいたときのある晩、突然森の中の空き地にあった彼の小屋に行き当たった。お茶を御馳走してくれた。そのときの話に、四本牙の象以外の話題は一切なかった。あれほど何かに取り憑かれている男に会ったことは一度もなかった。もちろん、マラリアのせいなんだろう。その奇妙な話を聴いたとき、彼の体温はきっと華氏一〇五度はあっただろう。横になったまま象牙を集めに行くこともできないあいだ、森の中を歩き回る自分の象牙のことが気になって仕方がなかったんだ。五百ポンドの象牙を持つ四本牙の象を手中に収めるという妄想がそんな状態の彼に取り憑いて、しっかりと摑んだまま決して離れることがなかった。彼の部屋には書類が散乱していた。どれも象に関する報告だった。その一年間に原住民から聞き取って書き留めたもので、石膏で模《かたど》ったその象の足跡まであった」

「じゃあ、本当にいたのか」とエラリーがいった。

「ああ、そうだとも。最初は、熱に浮かされている男が聞いた原住民の噂話でしかなかった。

だが、彼は徹底的に調べ、そして訊ね歩いた。一年が過ぎようかという頃、その足跡を目撃した。それに自分で石膏を流し込んだんだ。とてつもなく大きな足だった。私が想像できるどんな足よりも大きいだろう。そこから考えれば、象牙だって同様に違いない。他にも追っている白人はいた。さらにいえば、原住民だって追っていた。だが、その四本牙の象には奇妙なことがあって、キクユス族はその象を〈テンブーの旦那《ブワナ》〉と呼んでいたのだが、それはそれは高齢で、他のあらゆる象たちがそれはそれは崇拝していて、危険が迫ったときなどは、他の象たちが周りを取り囲んで護送するのだという。そして、テンブーの旦那はそれはそれは賢く、危険が迫るのをいつでも判っていた。キクユス族は、他の象が自分たちで危険を察知して四本牙の象を守るのではなく、その巨象を見守っていることで危険を感知するのだと考えていた。一方で、象たちは偵察も積極的に行なっていたに違いなかった。テンブーの旦那は白人の目に入るところには決して留まらない。キクユス族でも、その姿を見た者は少ないとはいえ、いないわけではなかった。私が会ったときにスカージェトは、不確かなことをいわない信頼できるハンターたちと、無責任なお喋りたちに篩《ふる》い分けていた。もちろん、それはなかなか骨の折れる作業だった。根拠のない想像にのみ頼っている原住民もいたし、伝説だけを頼りにしている者、あるいは、白人が見落としてしまうような微かな痕跡をしっかり観察した上で話している者もいたからだ。行動経路に残るテンブーの旦那の痕跡などないが、それでも観察力を備えた目で、他の大きな象たちの痕跡と見誤らないようにすれば、ないことはないのだ。泥の中に残される足跡はときとして極端に拡大されてしまっていることがあるので、注意深く見ていないと、スカージェトの小屋の床にあるような大きな足跡を残す普通の雄象と見間違えてしまうかも知れない。

スカージェトは集めた資料の細かいところまで熟知していた。一つの考えに取り憑かれた者にはよくあることだ。キクユス族が彼に何を話したのかを見てみようと思って、その資料の一つに手を触れた瞬間、彼は鋭くこちらを見て、こういった。『私だったらこの資料には手を触れないな。どこにコブラが隠れているか判らないぞ』

彼のいうとおりだった。記録の山は本当に大きかったからだ。長いことそこに放置されていたとすると、そして実際そうだったのだが、コブラにとって快適な住まいになって当然だった。壁の材料になっている葦材は、普段コブラが棲んでいるところから運んでいるのだから。

私がスカージェトと会ったのは、テンプーの旦那の残した跡がはっきりと特定できたまさにその場所だった。テンプーの旦那が湖までよく水を飲みに行く小路をキクユス族は知っているのだという。スカージェトはノートに記録を書き残していたから、一目見て、あとはテンプーの旦那が通りすぎるまで足跡のそばで待つだけのように思えた。しかしそのときは、奇妙な情報があったりして事態が込み入ったことになっていた。というのは、スカージェトが話してくれたのだが、夥しい証言の示すところによると、百を超す話を精査して得られたのは、ライフルを持った白人がテンプーの旦那を追うと、必ず知られてしまうということだった。さまざまな説がさまざまな理由を提唱していた。他の象たちが斥候になる体制を唱えている説もある。明らかに周りの象たちはテンブーの旦那を気遣っていたし、そうしているのをキクユス族が目撃していたからだ。しかし、もっとも有力な説は、スカージェトが信用した説でもあるが、テンブーの旦那自身の極めて聡明な知力による行動だというものだった。ただ独り生きる男にありがちな気の滅入りそうな考え方だが、スカージェトは自分の知力でその象の知力と対決しようと考えたのだ。彼は確かに真剣に深く考えていた。ノートの山を一つ築き上げるくらいに。それは、彼が考えた計画であり、その検証だった。しかし、普通の象の知性であっても人間にさほど劣っていないという事実を見落としていたことが、おそらく彼が犯した過ちだったのだろう。たとえば、インドの象使いたちは、象に話しかければ言葉が通じると考えている。その脳の大きさを考えれば、それを信用しない理由はなさそうだ。さて、それだけでなく、このテンブーの旦那という象はかなりの高齢だった。百歳になるのも珍しくない象としても非常に高齢だった。だから、それだけたくさんの経験を積んでいたに違いない。その経験豊富なこと、知性もさほど劣っていないということが、スカージェトの心にだって浮かんでいてもおかしくない。数世紀に及ぶ人生によってスカージェトに勝る知性を持っているおそれもあった。しかし、そんなことが一瞬たりとも彼の頭にあったとは思えないのだ。その計画で彼が重きを置いていたのは、象が何をするのか予測することだった。もちろん彼が誘導する。森のなかの湖へ行くいつもの路を辿ることを見込んで、そこをスカージェトが待ち受けようというわけだ。彼が実行しようと立てた計画には確かにそれなりに優れたところがあった。小屋の中でお茶を飲みながらすべて話してくれた。私がアフリカについて気に入っていることの一つに、知り合って五分しか経っていなくても、誰かに自分の仕事を話してしまうところがある。たとえ、人生の目標となっているような仕事であってもだ。テンブーの旦那を狩ることは今ではスカージェトにとって人生の目標となっていた。もちろん、アフリカで白人に出会うのは、ロンドンにいるときのように多くはないし、会っている時間もずっと短い。だからこそ、森の中で誰かに出会ったとき、もしも誰かに自分の個人的なことを話したいという気持になったのなら、それがまさにそうすべき時である。相手が森の中の闇へと消えていったら二度と再び出会うことはないのだから。そして、もしかしたらその先何週間も白人の姿を見かけることはないのかも知れないのだから。そうなる前に話さなければならない。だからスカージェトは私に計画を話してくれたんだ。こういう簡単な計画だった。数えきれないほどのキクユス族がいうところによるとテンブーの旦那は白人がライフルを持って追い始めるとすぐに判る。集めた話を精査して、証拠を比較し、そして見出した結論だった。どうやってテンブーの旦那が知るのかを見出すにはさらに一年が必要かも知れない。テンブーの旦那を仕留めるまで他に何も撃つつもりがなければ、それだけの期間、象牙がまったく手に入らないということになって、彼の資金は底を突いてしまうだろう。そこで彼は賢明にも、キクユス族が自分のために報告してくれたことをことごとく受け入れることにし、どうしてそうなのかと思い煩って時間を無駄にするのをやめた。

どうしてそうなのかを知っている白人はいない。明らかな事実をさっさと受け入れてしまえば、他の白人たちよりもずっと先を進めるような気がした。ある程度は彼らの先を行っていることが彼には判っていたし、そう考えるととても嬉しくなった。しかしそれは同時に、象はさらにその先を行っていたということでもあった。スカージェトは自分の知性を過信していた。テンブーの旦那の知性のことはあまり考えなかったのだ。彼は計画を話してくれた。ライフルを持って森の中へ入ろうと考えていた。四七〇口径の二連式だった。湖に水を汲みに行くときに、これをテンブーの旦那の通り道に象がやってくる方に向けて据え付けようと思っていた。そうしておいて、しばらく自分の小屋に戻り、そのあと頃合いを見計らって森へ入るときはライフルを持たずに象の通り道の側の木に登るつもりだった。銃を持たずに森に戻ることを重要視しているようだった。『ライフルを持っていることをどうやって察知するのかは判らない。でも、キクユス族は象たちが察知すると判っている。だから、それでいいんだ。深山烏《みやまがらす》だって人間が銃を持っていることに気づく。象は深山烏よりもずっと大きな脳を持っているんだから、当然だろう』

罠は単純なものだった。二つの引き金に紐を結びつけて象の通り道を横切るように張っておくと、象が触れたときに紐が引かれて二、三ヤード〔一ヤードは約九十一センチ〕の距離から二発とも撃ち込まれるという仕掛けだ。もちろんライフルは心臓を狙うように設置しておく。二発の銃弾があれば、それほど大きく外すことはないだろうと確信していた。もしそういうことになったら、二十から三十人のキクユス族に血痕を追わせることにしていたから、彼がいうには、テンブーの旦那を手中に収めるときも近いということだった。もちろん商売人としては、四本牙のため一年間で入手できるはずの象牙を取り逃がしていることに意義は見出せない。いつになったらこの困窮が終わるかも判らないというのに。狩猟家《スポーツマン》ならば理解もできよう。だが、スカージェトは狩猟家ではない。もしそうだったとしても、今は違う。何しろ、仕掛けを使って象を倒そうとしているのだから。そんなわけでスカージェトのことはあまりよく思えなかった。彼が教えてくれた計画がうまく行きそうだとは思ったのだが。私はお茶を飲み終えると、彼の小屋を出た。それがスカージェトを見た最後になった」

「彼の作戦がうまくいくかどうか様子を見るのをやめたわけではないよな」とエラリーがいった。

「それには五百ポンドの象牙が関わっていた。まさに商売の問題だ。スカージェトは私に話をしたかっただけで、商売のパートナーが欲しかったわけではない。われわれだってシティ〔ロンドンにあるイギリスの金融・商業の中心地〕に友だちがいるが、だからといってわれわれをオフィスに連れていってくれるわけではないじゃないか。象牙だって、黄麻《ジュート》だとか、シティの男たちが扱っているものと同じだ。商売を手伝ってくれなんていうわけがない。これからだって、そういうことは決してないだろう。ライオンが仔羊と一緒に横たわれるほど友好的なら話は別かも知れないが、同時に……」

「ジョーキンズ、象の方はどうなったんだ」と私がいった。

「それから何年も経ってから聞いたんだ。あれは紅海をユニオン・キャッスル定期船に乗っていたときのことだったんだが、あまりにも暑くて何もする気になれずただデッキ・チェアに横になっているばかりだった。暑くて話す気にもなれず、そうやって人の話を聞いていたときのことでね。話が始まると、アフリカのことになった。その船はアフリカに向かっていたのだが。いろんな話があったが、四本牙の象の話題が出たんだ。そのときは、キクユス族の住む地域にいた男がいて、キクユス族の言葉も話せたというじゃないか。その方が、スワヒリ語で話すときよりも積極的に話してくれるようだ。そうやってキクユス族から話を聞き出した男が、われわれにスカージェトのことを教えてくれたわけだ。それが本当の話だということにはほとんど疑いを抱いていない。スカージェトが私に話してくれたことを裏付けているし、あの男の傲慢な態度とも合う。そんな態度のせいで、二百歳を超す象が持つ智恵を見過ごしたのではないかな。それに、嘘をつくには暑すぎた。デッキ・チェアに寝そべった男が思い出せる限りのことを話してくれた。苦労せず思い出せるようなことをね。スカージェトは前に私に計画を話してくれたとおりに、紐とライフルの罠を銃身が通り道を向くように仕掛けると、すぐ後ろの木に登ってテンブーの旦那を見張ることにした。四本の大きな牙を持つ巨象がやって来る。象はライフルと紐を見て、それが罠だと判った。そして、木の上で自分を見張っているスカージェトを見た。ほんの数フィートしか離れていなかった。象は鼻でライフルを摑むと空中へ振り上げた。これを目撃したキクユス族は、象がライフルを壊そうとしているのだと思った。前にも象がライフルを壊すところを見たことがあったからだ。しかし、テンブーの旦那はそんなに愚かではなかった。ライフルには詳しかったんだ。引き金がどこにあって、それが何のためのものなのか、そして、敏感な鼻で触れることだってできた。いやはや、何が起こるか判らないということをスカージェトも学んだだろう」

「それで、スカージェトはどうなったんだ」エラリーがいった。

「テンブーの旦那に撃たれたんだ」とジョーキンズが答えた。

渇きに苦しまない護符

暑い夏の日のことだった。夏がずいぶん遅れてようやくロンドンにやって来た。熱が壁や舗道に当たって照り返し、道路はもう焼けるようだった。昼食が終わった頃がいちばん暑く、そんな時間にストランド通りを東に向かって歩いていたとき、明るく眩しい空気の中に遠く姿が見えるのは誰なのだろうと思ったら、こちらに向かって歩いてくるジョーキンズだった。もしジョーキンズにも私が見えていたのなら、意外によい視力の持ち主だということになろう。あのぼんやりした目つきからは誰もそうと思うまい。だが、どう見ても見えてなさそうだった。こちらに気づいた様子もなく、懐中時計を引き出して、上《うわ》の空でそれを揺らし始めた。私が近づいていくと、時計の鎖に青いものがあるのが見えた。何か護符のようなものがくるくる光っていた。そのときには、一ヤード〔約九十一センチ〕もないくらいの、お互い間近に向かい合うところまで来ていたのに、ジョーキンズの目はまだ私とは関係ない遠くの方を見ていたのだった。

「やあ、ジョーキンズ」と私が声をかけた。

こんなに吃驚した顔の男を見たことがなかった。

「や、やあ」とジョーキンズが答えた。

「散歩かな」

その通りだった。散歩だった。

「こんなものを見たことがあるかね」とジョーキンズが尋ねた。懐中時計の鎖の先に依然ぶら下がっている護符のことだった。

それをよく見てみた。小さな波模様が付いていて、全体が青く輝いていた。固い石でできていたが、波紋のような形にカットされていた。青、青、青、その深みに吸い込まれるような青だった。トルコ石ではなかった。曹灰長石《ラブラドライト》でもなかった。宝石にしては光を通さない材質だった。いったい何なのか私には判らない。だが、これほど水のことを思い起こさせる装飾品はそれまで見たことがなかった。

「いや、何なんだい、これは」と私がいうと、

「護符だよ」とジョーキンズは答えた。

「何のための？」

「大したことはできないのだが、喉の渇きで死なないようにしてくれるんだ。ときどき役に立つことがある」

「モルターノの店に行って、その話を聞かせてくれないか」と私はいった。ジョーキンズが何

かを持っていたら、いつもそれにまつわる話をしてくれるからだ。その話を信じるかどうかは、読者諸兄ご自身の問題だ。いずれにせよ、ジョーキンズは話をするのが上手い。彼についてのもう一つの決まりごとは、飲み物を提供されるのが好きだということである。

「モルターノの店でいいかな。ちょっと道を下ったところなんだが」

「もちろん、いいとも」とジョーキンズが答えたので、道を下っていった。

「喉の渇きの問題は、いつそれで苦しむか予想できないというところだね。私はそう頻繁に飲み物を求めることはないのだが、いざそうなると……」とジョーキンズがいった。

「こんな日は、まさにそうだね。誰だって飲み物が欲しくなるに決まっている。飲もうじゃないか」と私はいった。

「こんな日には、ウィスキー&ソーダがいいのではないかな」

「たぶんそれが正しい考えだと思う」そういって、私はウィスキー&ソーダを註文した。

腰を下ろすと、飲み物が来た。

「そのまじないの話をしてくれるんだろうね」

「いいとも、いいとも。奇妙な品でね、本当にまじないが効くんだ。それも、いつでもだ」

「本当かな」

「そうだ。君はそう思っていないだろうが、私は喉の渇きでもう死にそうだった。こんなに暑くなるとは思ってもいなかったところ、突然こんなに暑くなった。それに、たまたま持ち合わせがなくてね。それがこうなるとは」

ジョーキンズが感謝しているのはその小さな青い護符にであって、私にでないことはよく判ったが、私が欲しいのはジョーキンズの物語であって謝意ではない。だから、私はそっと話を戻した。

「それはもう長いこと持っているのかな」と訊いた。

「ああ、しばらく前からだね。友人から貰ったんだ。彼は死んだのだが。一文無しで死ぬことになって、私にがらくたを遺したというわけだ。それで、こいつが私のところに来た」

「まさか喉の渇きで死んだんじゃないだろうね」

「違う。喉の渇きのせいじゃない。不思議なことに、喉の渇きでは死ななかったんだ。どう考えてもそれで死ぬ状況だったのに。運命は彼を喉の渇きで死ななければならないところへ導いた。結局のところ、この護符は少しばかり強すぎてね。ちゃんと効いたんだ。確かに効いたんだが」

私がジョーキンズのいうことに少し言葉を挟んでみたのは、喩《たと》えていえば、消えそうになっている火に小枝を投げ入れて燃え尽きないようにするみたいなものだった。

「彼はアフリカの魔女からそれを手に入れたんだ。ナイル川を上流までずっと遡っていくと、魔女を崇拝している部族がいる。魔女はいろいろな目的に応じた護符をたくさん持っていて、これは渇きで死ぬことのないようにしてくれるものだ。友人のブランダーズがこれを買った。

サハラ沙漠を北に向かって長い旅に出ようとしていたからだ。前にもそんな旅をしたことがあって、渇きを何より恐れていたんだ。一度、これを見せてくれたことがあって、魔女は溺死を防ぐとか鰐《わに》に食べられないようにするといった護符も持っているのだと話してくれたことを覚えている。だが、彼はそんなものには一切関心がなかった。ナイル川から離れようとしていたし、泳ぐことだってできたのだから、その二つは欲しいとも思わなかった。

ロンドンに戻ったときにこれを見せてくれたんだ。そのあとすぐにアフリカに戻って、サハラ沙漠に行った。その後、数ヶ月消息を聞かなかった」

「何が起きたんだ？」枝を火に投げ入れながら私は訊いた。その間、ジョーキンズはウィスキーを飲んでいた。

「彼は北から沙漠に入った。前回と同じで、駱駝《らくだ》が数頭に人間が数人だった。行けるだけ進んで、そこから向きを変えて戻るという方針でね。できるだけ少ない飲み水でどこまで遠くへ行けるかというだけのことだ。結局、そういうことだった。そんなゲームはどこでやってもよかったかも知れない。しかし、サハラ沙漠でやるということは、嚙みつかれるまで犬をからかうのに似ている。あるいは、虎をからかうというべきか。この忌忌しい青い石を無闇に信じていただけだったんだ。それが正しかったことを否定はできないがね。

六頭の駱駝を集めて、それにアラブ人を五人だったか、それでエル・カンターラを出発した。その先では沙漠が待ち受けている。だから当然、この護符を持った。護符を持たずに行くものか。沙漠は美しく麗《うら》らかだった。われわれ人類のことなど与り知らない、どこかの惑星の上にいるかのようだった。しかし沙漠は彼を待ち伏せていた。莫迦でなければ、そんなことは判っていたはずだ。そして、実際に彼は莫迦ではなかった。ただ、この忌忌しい青い石を信頼しすぎていただけだった。サハラ沙漠の眺めは、私自身なんども見たことがある。怒りでも恨みでもなく、ただ静かに我慢強く、太陽の光の中で君たちの骨をいつまでも待ち受けているんだ。彼もエル・カンターラから沙漠に入ったときは判ったはずだ。

何週間か南に向かって進んだ。アラブ人たちがこれ以上進もうとしないところまで南下した。護符があってもなくても、もう戻る潮時だった。そのときにいたアラブ人の一人が後にすべてを話してくれたんだ。これ以上先に行かせたら、生きて戻れる可能性は皆無なのは明らかだった。水が足りなかったのだ。しかし、彼は生まれながらの開拓者だった。それに、渇きに対する護符を持っていたということもあって、我を忘れていたようだ。先に進み続けてとうとうアラブ人に止められた。それから数日後、戻る途中のある晩に、アラブ人たちは状況を深刻に受け止める考えを示した。全員が、無理だと判断したのだ。そのとき、ブランダーズが護符のことを話した。アラブ人は皆護符を見つめ、指で触れた。彼らは感心していた。それから数日間は、陽気に進み続けた。実際、駱駝が死に始めたときにも、その高揚した気分を失わなかったほどだった。その後、駱駝が二頭しか残っていないというときになって、水が一人に一瓶だけになっても、まだ百マイル〔一マイルは約一・六キロ〕も進まなくてはならないとなると、もう誰も渇きに苦しまない護符を信じる者はいなくなっていた。ブランダーズ以外には誰も。

さて、残りの駱駝も間もなく死んでしまった。アラブ人もブランダーズもともに自分たちの飲み水を最後の一滴まで飲んでしまった晩、山から五十マイルも離れたところにいた。翌日になって、ごつごつした岩がそそり立っているのが見え始めると、その眺めに彼らは元気づけられた。そこに水があると確信したからだった。古代からの嵐がその山々を水流で満たし、岩を切り裂きながらはるばる沙漠へと流れてきたのだ。今や乾いている滑らかな河床は、いろいろな場所を通って大きな窪地に流れ込んできた水が、ぐるぐると渦巻く激流で巨礫《きょれき》を磨き上げてきたものなのだ。そんな窪地が十分に深ければ、次の嵐が来るまで何ヶ月も水を残しているだろう。山まで辿りつければ、それを見逃すことはない。そんな水を湛えた穴が、急流でできた谷ごとに十かそれ以上はあるはずだから。きっと、そんな穴の上には蝶が雲のように飛んでいるのではないか。しかし、まだ山から五十マイル離れたところにいるのだ。

その日、彼らは三十マイル進んだ。岩山ははっきりと、前より近くに見えていた。日が暮れるときには岩山が暗赤色に染まって、そして下からゆっくりと透明な青に変わり、やがて山全体がサファイア色になった。アラブ人たちによると、ブランダーズは皆が自分のことを嘲笑《あざわら》っていると感じていたという。夜になって、降ってきそうなほどの星々がサハラ沙漠の上に広がった。星々は、この小さな一行が渇きで死ぬのは避けられないだろうと冷静に考えているようだった。アラブ人たちは星々を信じていたが、ブランダーズだけはこの青い護符を信じていた。

夜が明けるとき、山がまた手品を見せてくれた。夜の闇から暗赤色へと姿を変え、薔薇色へと色を薄めた。常に繰り返されてきたように、みるみるうちに山は野薔薇を思わせる色へと煌《きら》めきながら変わると、たちまち何もかもが薄茶色の岩へと変貌した。

六人は残りの二十マイルに向かって出発した。山々はもう間近に見えていた。もう手が届きそうだと思えた頃、雷鳴が聞こえた。まだ一時間くらいしか歩いていないだろうというときに、黒い雨雲が山々のあいだに重く浮かんでいるのが見えた。だが、沙漠には一滴も降ってこなかった。やがて、山の峰を光らせている雷雲から雷鳴が聞こえてきた。しばらく彼らは期待を込めて見つめていたが、雨雲は明らかに遠ざかって、山の奥へと消えていくのが判った。失望の言葉がブランダーズの口から漏れでた。アラブ人が、目の前の岩山のあいだにある穴は水でいっぱいになっているだろうといった。最初の斜面に辿り着けば、溢れるほどの水にありつけるだろう。そこまでもう十五マイルもないのだ。ブランダーズはこの言葉に少し元気づけられた。ラマダンの厳しさに慣れている彼らならできるだろう。それでもブランダーズは青い石に対する妙に盲目的な信頼にこだわっていた。あと数マイル、必死で進んだ。石の助けが得られなければ数時間もしたら倒れて死ぬだろう。山から十マイルのところで力尽きた。アラブ人がもう目の前にある山を指さした。まだ、その山の間では雷雨が続いていた。だが、ブランダーズはもう一歩も前に進めなかった。

『護符ですよ』とアラブ人たちがいった。護符の話で彼らを励ましたブランダーズが、今度は自分の話でアラブ人たちに励まされることになった。それは希望の残量が足りなくなってきたことを示してもいた。

『護符ですよ』彼らはかさかさになった唇でいった。このとき、ブランダーズが自力で立ち上がったのだ。そして、さらに数マイル進んで、山から流れ落ちる雨裂にまで辿り着いた。斜面は消えた水流の乾いた河床だった。ここからは真っ直ぐ進めなくなり、反対側を上ったり下ったりするには、大きく回り道をしなければならなかった。希望を抱いて、ただ希望のみを抱いて。平らなサハラ沙漠を歩いて渡るのも人間にとってはおおごとだったが、さらにこの過酷な道を進むのはブランダーズに残された力では無理だった。『もし、お前たちが行けるのなら、行け。私はここに留まって穴を掘ろう。かつてはここにも水があったのだ。深く掘れば、少しくらい見つかるかも知れない』

かつて水があったというのは間違いないと思われた。両脇に羊の背くらいの土手がある河床だ。昔の水流によって大理石の如く滑らかに丸く磨かれている。河床のほとんどは滑らかに磨かれた岩だったが、ところどころ砂地もあった。その一つを、ブランダーズはナイフを使って掘り始めた。アラブ人たちはもう一度山のほうを指さした。もう目の前にあって、雨に濡れていた。しかし、ブランダーズにはもう自分が一歩も前に進めないと判っていた。もしかしたら、自分の歩く力に絶望しつつも、われわれが思う以上に護符を信頼していたのかも知れない。アラブ人たちはブランダーズを置いていくこともなければ、穴を掘るのを手伝うこともなかった。

座って、灰色の外衣《バーヌース》を躰《からだ》に巻き付けて丸くなり、ブランダーズを見守っていた。ナイフで地面を掘るブランダーズと、渇きによる確実な死のあいだにあるのは、この青い石だけだった。アラブ人の顔をちらりと見たが、その乾いた砂の中に彼が水を見つけるだろうとはいささかも思っていない様子だった。彼らの表情はブランダーズにはショックだった。それでも、護符を信頼して穴を掘り続けた。そこにぎっしり埋まっている巨礫の中にはブランダーズ自身より大きなものもあったに違いない。雷鳴が遠く離れたところで鳴り響いていた。

突然、アラブ人たちが叫び声をあげた。ブランダーズは顔を上げたが、何をいっているのか判らなかった。だが、理解できたとしてももう手遅れだったのだ。そんな時間すらないほどの勢いで、豪雨が川の流れの跡に水を流し込んできたからだ。古い川の角を曲がって、涸れ川の本来の主が、ビー玉で遊ぶ少年のように巨礫を転がしながらやって来た。ブランダーズは一マイルも先まで押し流された。イスラム教徒たちが革の鞄にコーランを入れて持ち歩いているようなところで遺体を見つけたとき、その首に巻き付いた鎖には、勝ち誇ったように護符がぶら下がっていたんだ」

「溺れ死んだのか！」私がいった。

「溺れ死んだんだ。同じ値段で、溺死を防ぐ護符も買えたんだが、店に何があるか判っているわけもない」とジョーキンズ。

「そんなふうに流れ落ちて来るものなのか」

「アラブ人に聞いてみたんだが、宗教上の決まりで水流の跡に野営するのは禁じられているらしい。たとえ、祈りを捧げるためでも」

そしてほんの少し考え込んでいたようだが、苦しそうにこう付け加えた。「この手の護符はどれもそんなふうだ」

「まあ、何れにせよ、君に対してそんなことをしそうにはないね」

いい終えてすぐに、莫迦なことをいってしまったと思った。だが、怒りに満ちた言葉が返ってくることまでは予想していなかった。

「護符のおかげで飲み物にありつけたと思っているんだろう」とジョーキンズが声を張り上げた。「アフリカの魔女が護符の中に込められる呪《のろ》いにそんなものはない。どれも同じなんだ。護符でも呪文でもマスコットでも、契約を守りすぎる。どれでもそうだ。これが私に何をしてくれたんだ。契約をして、相応のものを得る。ブランダーズのときもそうだ。こいつらの取引はぜんぶ同じだ。いつでもだ。人間は必ず裏をかかれる。

私に何をしてくれるんだ。飲み物を持ってきてくれるのか。それなら、その飲み物は私に何をするのか。ほら、小さな悪魔が私に力と健康を約束するぞ。精神的、肉体的な活力を、物事の流れに立ち向かう哲学を。だが、それは圧倒的に不利なものばかりだ。私は信じている。いつだって信じている。これが私に何をもたらしてくれたか。ああ、君がいおうとしていることは判る。本当に君はいい奴だから仕方がない。この青い石に込められた妖術は、アフリカの黒い悪魔によって初めて刻まれたときと変わらず強力だ。私にもブランダーズと同じようなことをするだろう。ただ、もっとゆっくりと。だが、古代の妖術にとって時間など何ほどのものか」

私は何といったらいいか判らなかった。また莫迦な慰めの言葉をいってしまいそうになっていたとき、ジョーキンズが不意に微笑んだ。

「いや、ちょっと暗い話をしてしまったな」

自分が機転の利く人間だというつもりはないが、それでもときに我が内なる声が理由はまったく判らないままに正しいことをせよと私に告げてくれることがある。この時まさに、そういうお告げがあった。

「もう一杯飲むことにしよう」私はこの打ち拉《ひし》がれた人物に声をかけた。

「ありがとう。そうしよう」とジョーキンズがいった。

失なわれた恋

夏の間じゅう、ジョーキンズは私たちにまったく話を聞かせてくれなかった。ビリヤード・クラブの昼食にはよく姿を見せていたのだが、食事中もいつものように話をすることなく、その後は椅子で休んでいた。眠っていたというわけではない。むしろ休眠状態とでもいった方がいいだろうか。ときどき、ぶつぶつと呟くことはあったが、話はしなかった。誰も気に留めることはない。夏にはしなければならないことがたくさんあるのだ。ガーデニング、ゴルフ、芝刈り、その他、百はあろうかということに時間と関心を奪われ、話さなければならないことを与えてくれるのだから。ジョーキンズの話に耳を傾ける必要などあろうか。思い出すのは、我らがクラブの一人がガーデニングの話をしたことだ。それはもうでたらめばかりだったのだが、時間潰しにはなったし、その後で他の人が同じ話題を続けるきっかけになった。次から次へ、別の男が自分の庭の話をしていくという具合である。その間、ジョーキンズはずっと椅子の上で静かにしていたのだ。ところが、十一月になって、庭いじりの季節が終わり、ロンドンの日があっという間に短くなって、霧と夜が私たちを厳重に閉じ込めようとし始める頃、もはや私たちの語る話では失なわれた夏の輝きを甦らせることはできそうにないという気持になると、当然ジョーキンズの方に顔を向けるものも出始めた。というのは、どこから着想を得るのか疑問であっても、彼の話は日光の輝く国に起源があり、私たちの窓に冷え冷えと漂う暗い夕暮れを貫いて、多少なりと日の光をもたらしてくれるだろうと期待できたからである。だから、十一月のある日、月が変わったばかりだったが、私は図々しくも昼食後の休憩中だったジョーキンズに話しかけた。私が誰だかすぐには思いだせないようだったが、あるいは私が何をいっているのかすぐに判らなかったのかも知れないが、彼の注意を惹くことはできた。続けて誰かがジョーキンズの若い頃の冒険談に一つ二つ言及しさえすれば、彼の目に煌《きら》めきを呼び起こすことができたとはいえ、それでもジョーキンズは話をしなかった。ジョーキンズがようやく話をしたのは、私が喜んで提供した飲み物を手に取ってからだった。そのあとで、直接質問をぶつけてみた。いささか気を遣って質問の言葉を選んだのは、いつもとは違う何かがジョーキンズの心を捕えていると気づいていたからだ。「これまでに過ちを犯したことはあるだろうか、ご婦人との出来事に関して」

しばらく「ない」という返事をしそうな様子を見せていたのだが、そんな陳腐な答えは彼の唇の上で凍りついてしまったようで、数秒のあいだ、物思いに深く沈んでいた。

「たった一度。たった一度だけ、あるんだ。あれはもうずいぶん前のことだし、ここからずっとずっと遠いところでのことだ。お話ししよう。あれはアナクトスという島にいたときのことだった。たぶん、君たちは知らないだろうが、地中海にあって、ここからは遠いところでね。地中海の初夏だった。もう何もかも過ぎ去ったことだけど。夏のアナクトスで、初めて彼女を見たんだ。朝の輝きの中、胡椒木《こしょうぼく》の立ち並ぶ小道を歩いていた。ギリシャ改革派教会のシスターで、彼女たちは十八人いた。島に修道院があったんだ。彼女がそこから来たことは簡単に判った。そこまではまったく難しくなかった。難しいのは話しかけることだった。彼女の顔を見ることさえ難しかった。そうなんだ、修道士のような頭巾付きの外套は着ていない。修道女だから、その姿はヴェールで覆われ、まったく見えなかった。白い手袋もはめていた。肌は一インチ〔約二・五センチ〕も見えない。彼女たちのところには、蠅が降りてきて留まれるところには悪魔のための場所が生まれるという聖句か何かがあるんだ。さて、そこでだよ。いや、それでもだよ。確信を持っていたのは、あれほど強く確信できたことはなかったが、彼女はとてつもなく美しいということだった。背が高くて、ほっそりしていて、可愛らしい手をしていた。若い羚羊《かもしか》のように優雅に軽やかに歩いた。蹄のある足音がライオンにも聞こえず、森からこっそりと滑り出るあの羚羊だ。彼女の髪については何もいえないし、その目は一度たりとも見ることができなかったがね。

　彼女は左の列の前から三番目を歩いた。これは非常に困難な状況だ。それでも、彼女に独りで話しかけようと心に決めていた。その目を一度でも捉えることさえできれば、たとえ十七人とともに歩いていたとしても何とかなるだろう。でも、その目を見ることもできないのだから、合図を送るどころじゃない。角で待ちかまえていて、彼女がちょうど曲がるときを狙って合図を送れば……いや、そんなやり方では駄目だ。ああ、考えに考えた。通り道に手紙を置いておこうか、葉っぱを載せて。二番目の二人がちょうど通りすぎたときに、絹糸で葉っぱを動かしてはどうか。彼女の目の前に出てくるだろう。行列の中をいつも同じ順番に並んで歩いて行く。でも、そんなことは何の役にもたたない。彼女が屈んで手紙を拾うのをみんなが見てしまうだろう。そうしたら、手紙がどこへ行くことになるかは予想できる。その行列を初めて見たときに、毎日同じ時間に同じ道を通ると何となく判った。ただ当然だが、聖人記念日だけは別だろうと思った。そして、実際にそうだった。日ごとに、彼女の並外れた美しさに対する確信を強めていった。それからの一週間は他のことをまったく考えられなくなった。修道院には大層な塀があった。高さが十フィート〔一フィートは約三十センチ〕はあって、その上にガラスの破片が埋め込まれていた。それはいくら何でもキリスト教徒らしからぬやり方だと思ったね。でも、私を止めたのはその塀ではなかった。それを乗り越えたとしてもどうすれば他のシスターより先に彼女一人を見つけられるかが問題だった。他のシスターに当たる確率は十中八九といったところか。手紙を投げ込んだとしても、確率《オッズ》が上がるわけでもない。何しろ、名前さえ知らないのだから。

　その週の終わりになって思いついたことがあった。すぐれた着想は単純であるというのはもちろんだ。私は考えすぎていたんだ。だから、思いつかなかった。最初に思いついたときは、自分でも信用できなかったくらいだ。考えて思いついたものではなかった。小さな森へ向かって、そこへ行けば一人でいろいろ考えられるだろうと思って歩いていたときだった。彼女が穏やかで美しい足取りで、両手を風に微かに揺れる花のように柔らかく振りながら、七回目か八回目に私の側を通り過ぎた日だ。まだ誰の所有地でもなく、またそうしようという者もいない森の中へと入ろうとしていたとき、いがだらけの木の実に服が引っかかった。あれがなかったら、彼女に話しかける方法を見つけられたか判らない。その実にほとんど触れていないのに、引っかかったんだ。引っぱって外そうとしても、ますますひどく引っかかるように思えた。

それで思いついたんだ。薄紙に手紙を書いて、小さく丸めてからいがだらけの木の実に貼り付けた。書いたのはこれだけだった。『シスターの中でも最も美しい方、ここでも、またどの国であろうとも。どうしてもお話ししなくてはなりません。どこに行けばいいか教えてください。もし断られたら、私は永遠に地獄で苦しむに違いありません』

最後の文はあまり重視していなかった。結局のところ、彼女だって女だからだ。でも、彼女があまりに教義に凝り固まっていた場合には、地獄が脅しとしての意味を持つだろうからね。魂を地獄から救うのが彼女たちの仕事だ。そこへ送り込むのが仕事ではない。そんなわけで、そう書き込んだ小さな紙切れを投げつけようとしたわけだ。ほとんど脅迫状も同然だ。

その手紙のどこが彼女の心を摑んだのかまったく判らなかったのだが、どこかしらそういう力があったようだ。というのは、次の日、彼女たちが通る道に向かって歩いていたときに、そのいがのある実を通り過ぎる彼女の服に投げつけた。すると、翌日というわけではなかったものの、翌々日辺りに同じいがのある実が、われわれがいつも擦れ違う場所で私の上着にぶつかったんだ。彼女の手紙にはこうあった。『明日の五時に果樹園で。もし、柊《ひいらぎ》のそばの塀を乗り越えられるのでしたら』

もし塀を乗り越えられるのだったら。あの頃は今より五ストーン〔一ストーンは約六・三キログラム〕は軽かったし、目に見えない翼が私を持ち上げてくれたんだ。若いというのはそういうことだ。そうなんだ、私は塀を乗り越えられた。こちら側を登るために梯子のようなものを丸太で作って、ガラス瓶の底に対処するため麻布袋をたくさん持って上がった。ロープを手頃な木の根元に縛りつけて反対側を塀のこちら側に固定しておいた。戻るときのために。柊の木は降りるのには役立たなかった。窓から私の姿を隠すためには実に役立ってくれたけれども。降りたところに果樹園があった。注意深くしていれば、木々から身を隠すものはたくさんあった。彼女はそこで私を待っていた。その態度から判る限りでは、ずいぶん険しい様子だった。私の手紙に返事を書いたのは、何かの間違いじゃないかと思い込もうとしたほどだ。あれを読むだけでも、こういうところでは万引きより重い罪になるのかも知れない。そこに彼女は立っていた。近寄り難い美しさを纏っていたが、まさに彼女だった。顔をヴェールで覆い、手と手首は手袋で包まれていたが、それでも疑う余地はない。

彼女の最初の言葉はこうだった。『どうして、永遠に地獄で苦しむなどと手紙に書いたのですか。どういう意味ですか』

『なぜなら、あなたの美しさがあまりにも深く私を魅了したからです』

『美しいかどうか、どうやって判るのですか』

あまりにも夢中になっていた私は、妙な確信をもって答えた。『判るのです』

すると彼女は最初の問いに戻った。『永遠に続く地獄の苦しみとは?』

『なぜなら、私にはもう他に何も残らないことになるからです』

『でも、どうして』

『簡単なことです。ただ、どうすることもできずに漂うだけですから』

その話題から彼女はなかなか離れようとしなかった。だが、私は自分の魂の話はしたくなかった。もっと話したいことがあるからだ。美しく、全身を謎で包まれた女性と一緒にいるときは、君たちにだって判るだろう。魂のことなど考えていられなくなる。それでも彼女は、他の話をしたがらなかった。そんな話はしなければよかったと私は思い始めていた。でも、もしもそうしなかったら、彼女に会えなかったかも知れない。最初は彼女もその気になっていて、永遠に続く地獄の苦しみにしか関心がない振りをしているのだと思った。しかし、彼女はその話題から離れようとしなかったので、私も変だと思い始めた。こんな話をこんな場所で。灰色をした古い林檎の樹々の幹が大きな修道院の壁に面した静かな一画に集まっていて、緑の芝生が輝いているのが捩《ねじ》れた枝の間をとおして見える。柊の老木が私たちに日影と人目を忍ぶ場所を与えてくれていた。地獄の話をするための場所とは思えないではないか。しかし、彼女は地獄の話をしようとする。だから私は、私を哀れんでくれなければ自分は地獄へ行くだろうといった。

ふたたび『どうして私が美しいと判るのですか』と彼女は訊いた。

そしてふたたび、私は彼女の誠実さからその美しさを確信できると誓った。

すると彼女が私を嘲笑《あざわら》った。次は私の番だ。『ヴェールを取ってください。そうすれば、証明できますよ』

最初は駄目だといった。それは修道会の規則を破ることになる。私はいった。『いいえ、あなたは真実を嘲《あざけ》ったのです。あなたが美しいという私を嘲笑った。真実こそ、あなたがたの規則よりも先にあるのです』

そんなふうにしばらくのあいだ問答を続けたが、とうとう私が勝利に近づいてきたのが判った。ヴェールを取るとはいおうとしなかったが、そうするだろうと判ったのだ。春の早朝に植物の新芽が一斉に出てきていれば昼には花が咲くだろうと誰もが確信を抱くときのような自信があった。彼女の両手がヴェールを留めているフードにかかった。そしてそれを被せ直すと子供の頃の話を始めた。自分が誰だとか何をしたかということは話さず、若い頃に体験した恐怖について語った。その恐怖は村から村へ長く伸びる影のように静かに動き、それで死に至るか、生涯にわたる傷跡を残すかというものだった。天然痘だった。『私ももしかしたら』そこで悪魔に声を聞かれているかのように身を震わせた。『もしかしたら、そのときは私も美しかったのかも知れません』

『何が、何があったんですか』やっとの思いで訊いた。林檎の樹々の間を吹き抜ける氷風のように、不意に、何か間違ったことをしてしまったという恐怖を初めて感じたからだ。

『天然痘です』とだけいった。『命だけは助かりました。でも、私の美しさは』その言葉を口にするのはまるで罪であるかのようにいった。『まったく残りませんでした。顔立ちすら、ほとんど』

『ほとんど……』思わず口にしてしまったが、それ以上何をいったらいいか判らなかった。すると、彼女が砕け散った会話の割れ目を優しく埋めてくれた。

『もう私の顔など見たくはないでしょう？』

だが、そんなことはなかった。自分が確かなものだと思っていた美が崩壊してしまったのだと聞いて私は涙を流したかも知れない。それでも、私の想像した輝く顔《かんばせ》が跡形もなく崩れてしまうなどということは信じられなかった。それに、想像という言葉もふさわしくなかった。むしろ、洞察とでもいうべきものだろう。

そこで、私はいった。『いいえ、それでもまだ。これまでにも増して』

眩《まばゆ》いばかりの美貌は今もなお失なわれてはいないのではないかと思っていた。

大きなものを失なった彼女を慰めようとして、そしてそれは完璧に本当のことでもあったから、私はこういった。『あなたの声は美しい』

するとと彼女が答えた。『私の国の民は皆、声が美しいのです』

それだけで、何という民族なのかはいわなかった。

『あなたの国の人々ですか』

『ええ、ホッテントット族です』

『ホッテントットだって！』私は叫んでいた。

私の声に聞こえた何かが気に障ったようで、誇らしげにその言葉を繰り返した。『ホッテントット族ですよ』

私たちが英語で話していたことはもういっていただろうか。完璧な英語で。

『でも、英語を話しているではありませんか』

『イギリス人が支配していますからね』

『でも、修道院は？　修道会は？』彼女があり得ないことを話しているというわずかな希望にすがりつきながら私は口走った。

『ギリシャ改革派教会にはどんな人でも受け入れるという決まりがあります』

私は言葉を失ない、沈黙した。その沈黙の中では林檎の樹々のあいだで迷う、微風に揺れる若葉の音さえも聞こえただろう。それからしばらく経ってから、彼女がふたたび口を開いた。ヴェールで覆った顔を私の方に向けたことを覚えている。『それでも私の顔を見たいと思っていますか』

私は肯《がえ》んじた。他に何といえようか。ヴェールを取ってくれといわないにしても、見たくないとはいい難い。私が見たいといったとき、彼女はふたたび両手を動かしてフードに触れ、夥しい数の結び目を解きはじめた。老いた手がぐっと引いて締めつけ封じたかのように、きつい結び目のようだった。その間に視線を彷徨《さまよ》わせる余裕ができて、思考もまた同様だった。そうでなければ、彼女の顔を見ていただろう。だが、そのとき、確かにずいぶん遠いところだったことは否定しないが、シスターが二人芝生の上を歩いているのが見えた。その白い姿がときおり林檎の樹の幹に遮られるのが見えた。そのことを彼女に話して、ヴェールをとるのが修道院の規則に反するのであれば、今はやめておいた方がいいといおうと思った。だが、彼女の手は最後の結び目に取りかかっていた。結局『今はやめた方が……』としかいえなかった。

それから彼女をじっと見つめ続けた。自分が描いた幻影を思い出しながら。今でもその幻影は、果樹や柊の樹をふと目にしたときに不意に甦ってくることがある。私はロープのところに戻って、塀を乗り越えた」

そういってジョーキンズは暖炉の火の奥を悲しそうに見つめていた。昔の幻影がそこで今もなお輝いているかのように。そして、その美しさで中年男の血が少しは温められるかのように。どれくらい昔のことだったのかは神のみぞ知る。いつもの感謝の念を抱いて、ウェイターに合図を送った。

もう、誰にも話すことがなかった。ワトリーも何も話す必要がなかったはずだ。それでも、彼は話をした。こういったのだ。「ジョーキンズ、それは幻影なんかじゃない」

「何だって！」とジョーキンズ。

「幻影なんかじゃない」とワトリーが繰り返した。「ギリシャ改革派教会の修道女は、あの辺りの島でも美しい娘たちなんだ。そうなるように努めているんだ。美しい娘を入信させられたら、それを悪魔に対する勝利としてカウントするからね。彼女たちは美しいんだ」

「でも、ホッテントット族で、天然痘で醜くなってしまったんだぞ」

「ああ、それか」ワトリーは世界から天然痘とホッテントット族を拭きとるように手を動かした。「その辺は抜かりないからね。『悪魔よりも狡猾《こうかつ》に』というのが彼女たちのモットーだ」

ジョーキンズは隣に運ばれてきたウィスキーを握りしめ、一言も発することなくそれを飲み干した。私はもう一度ウェイターに合図した。それでも、ジョーキンズは黙ったままだった。私たちから何マイルも遠いところにいるように、それよりもむしろ何年も何年も遠いところにいるようだった。次のウィスキーが来ると、それもまた飲み干した。まだ何もいわなかった。私たちがいることなど気にもせず。私たちは静かに部屋を出て、彼を一人にした。私がドアを開けて外に出るときに見えたジョーキンズは、まだ暖炉の火の輝きの中に沈んでいる何かを探し続けているようだった。

リルズウッドの森の開発

ビリヤード・クラブで、ある日、私を含めて数名が張出し窓の前に座っていた。その日は誰にも、話題がまったく思いつかなかったのである。政府は何をすべきかということについても、どんなことが起こりそうかということについても。そんなわけで、私たちは窓から通りを眺めていた。会話が途絶えがちになって完全に黙りこんでしまったときや、このクラブの中が何もかもつまらなくなったときよくあるように。通りもまたつまらなく見えた。私としては、他にすることがあるのなら、通りを眺めていたくはなかった。それは、他の皆も同じように感じていただろうと思う。退屈、退屈、皆の頭に浮かぶのはただそれだけだった。そこにオープンカーが一台やってきた。中には男が一人、もたれるように乗っていた。肌は日に焼け、鋭い鷲鼻で、灰色の短い顎鬚を生やし、どことなく異国風の顔つきだった。贅沢な革のコートを着ていた。右手の指には葉巻を挟んでいたが、そこには大きなダイアモンドが輝いていた。彼が人込みの間を抜けて歩いてくると、それだけで通りの様子が一変したように見えた。もう退屈ではなかった。私は隣の男の方を向いて、たまたまそれはジョーキンズだったのだが、この類い稀な個性について一言二言話しかけた。振り向いたときに気づいていたのだが、他の皆もその男に少し気を取られていたようだった。

「彼も出世したものだ」とジョーキンズがいった。

ジョーキンズも人を羨《うらや》んだりするのだろうかと思った。

「誰が？」私はジョーキンズの注意を惹こうと思って、いった。

「あの男だ」と、さっきの新しい車から出てきた男を指さした。「サティリデスというギリシャの資産家だ」

その名前なら聞いたことがあった。「あれがそうなのか」

「そうだ。本当はギリシャ人ではないがね」

「じゃあ、何人なんだ」と一緒にいた数人が声をあげた。

「あの男の話をしよう」とジョーキンズがいった。

ジョーキンズはすぐに話しはじめた。その話が教えてくれるのは、人は何年も田舎を放浪できるということ、その最後にはそれまで知らなかったものを見つけられるということ、あるいは、こちらの方がよくあるのだが、まったく何も見つからない場合もあるということだ。

「メッディンという名の画家がいた。彼は郊外の大きな邸宅に住んでいた。農家の屋敷のようだという人もいるかも知れないが、忍冬《すいかずら》に覆われた惚れ惚れとするような建物で、ケント地方で見られるような大きな燧石《すいせき》とモルタルを使った建て方だった。裏には庭があって、その先には小さな果樹園が、そして、果樹園の先には森があった。森はリルズウッドの住宅地のものだった。メッディンはその邸宅に妹と一緒に住んでいた。暖かい季節のあいだは、暗くなるまで庭に座って絵を描くことがよくあった。昼の明るい光よりも、黄昏の薄明かりを好んでいたのだろう。彼は幻想的な絵を描いていたから、森と果樹園の間に立つギリシャ・ローマ風の彫像などは昼の眩しい光が消えてからの方が描きやすかったに違いない。その油絵を言葉で説明するのは難しいが、くすんだ彫像や心かき乱す森が仄《ほの》めかすように、木々に対する愛や古い神話に対する興味は見間違いようもなく、どちらかというとコローを思わせる画風だった。模倣的ではなかったが、彼がこの百年のあいだに師匠を求めるとしたら、それはコローだろう。実際のところ、メッディンの庭園よりも心地よいところはほとんどなかったし、彼の絵のなかで庭園の魅力は倍増していた。そして、リルズウッド住宅地の森で、開発が始まった。ある日、森の木が切り倒されはじめた。一ヶ月後にはすっかり森はなくなって、二ヶ月後には、バンガローが建ち並んだ。

この頃、メッディンと妹のルーシーは芝生にえぐり取ったような傷があると気づくようになった。金鳳花《きんぽうげ》やもっと大きな植物にも引っ掻き傷があり、ときには地面の下にあった白い球根が掘り出されてその場に残っていたりした。まるで何ものかが球根の皮を剝《は》いで、これから食べようとしたところで逃げたかのようだった。兄妹は穴熊のせいだと考えた。それから後、果樹園に植えたチューリップが掘り起こされた。メッディンと妹は庭中を見て回ったが、何も見つけ出せなかった。ときどき夜中に窓から耳を澄ませてみると、二人とも確かに物音が聞こえた。そこで、よく話し合った結果、メッディンが銃を持っていつもより遅くまで庭に座るのがいちばんいいだろうということになった。メッディンが鳩を撃つのに使っていたショットガンがあったのだ。リルズウッド住宅地の家々が周囲に増えてくるまでは使っていたのだが、もう鳩も来なくなっていた。

『でも、もしも狐だったら撃ってはだめよ』とルーシーがいった。

『ああ、そんなことをするつもりはないよ』とメッディンが答えた。

これはもう三十年以上も前のことだということはいっておいた方がいいと思うが、狐を撃つということはメッディンにとって、残りの生涯をインドでいう最下層民以下の存在として生きることを意味していたんだ。

その家で何が忌避されていようと、芝生の裂き傷はどれも館から遠い側で、深い傷は小さな根を剝き出しにしていた。それらはどうやら食べられていたようなのだ。メッディンはこれまで、たまに撃つ鳩以上に興奮する狩りの対象をまったく知らなかった。装塡したショットガンを持って家を出て芝生を歩いていく頃は、灌木や生垣の向こうから聞こえてくるその日最後の鳥の歌を除けば、何もかもが静かだった。虎を夜通し待つ男たちが日暮れ時に感じるのと同じようなスリルがメッディンにも近づいていたのだと思う。夕暮れはいつもわれわれを神秘の中へと置き去りにしていく。獲物が何だか判っていないことも、別荘地の庭にいるメッディンに神秘的な感覚をもたらしただろう。芝生を横切って果樹園の方へ歩いた。深く掘り起こされている方へ。林檎の木々は今までと違う姿を纏っていた。それまでは芸術家として果樹園を見て、そこから忍び出る幻想を捕えようとしていたが、今の彼はハンターとして近づいている。その違いは計り知れないほどだった。果樹園の縁に潜む芸術家のための幻想はなにもかもが親しげだったのに、今はそこに向ける銃を持っているのだから。夕暮れに何が徘徊しているとしても、メッディンに対して敵意を抱いているようだった。そして、メッディンもまた敵意を抱いていた。芸術家としてはこの時間になると、消え去った森に漂っていた厳粛な神秘が見えて涙を流しそうになるのだった。魔法をかけられた森の世界が身も露わに横たわっていた。しかし、銃を持ってそこに潜むものを探す男としては、一ヶ月前よりも隠れる場所が少なくなったことに喜びを感じていた。夜が素早く忍び寄ってくる夕暮れ時そのものが、潜むもののための隠れ家でさえなければ。注意深く石南花《しゃくなげ》の木の方へと近づいていった。ちょうど、果樹園の縁に生えている。その場所で、持ってきた小さなキャンプスツールに腰を下ろした。うまく隠れることはできたが、果樹園を見通すことはできなかった。かつて森があった荒涼とした地に闇がやって来た。メッディンが石南花の下に隠れてそれほど長く経たないうちに、柔らかく重い足音が林檎の木々の中を歩くのが聞こえた。銃の安全装置を外した。いよいよ最後の瞬間まではやるなと妹にいわれていたとおりに、だがしっかりと。そして、葉の覆いのあいだから覗き込んだ。

森のあった場所からは何ものかが近づいてきていた。しかし、どこに相手がいるのか耳では聞こえているのに、林檎の木々の陰からなかなか出てこなくて、メッディンはその姿をちらりとも捕えることができなかった。立ち止まって木の根を地面から掘り起こしていたが、なおも視界から隠れたままだった。メッディンには、どの林檎の木がやられているのか判ったが、石南花の木を揺らすことなく回り込んで様子を見ることができなかった。そんなことをしたら、きっと驚いて逃げてしまうだろう。すると、何か掘り起こしたものを食べ終えて、林檎の木をそっと回ってさらに前へと進んできた。その姿を見た瞬間に、自分にはそれが何だか判ったという。しかし、私はそんな瞬間のことを後になってからいう男たちの発言をあまり重視しないことにしているのだがね。とにかく、そいつはサテュロスだったんだ」

「サテュロスだって！」ターバットが声をあげた。彼もわたしたちと一緒に窓際の席にいたのだ。

「そうだ。大人のサテュロスだった。メッディンはまだ若いサテュロスだと思ったが、もうすっかり大人だった。それが、林檎の木の向こうからメッディンをまっすぐ見つめていた。ぜんぜんうまく隠れていなかったということだ」

「普通、サテュロスというのは郊外の家の庭にいたりするものなのかね」とターバットがいった。

「いや、そこが大事なところだ。彼らは森に住んでいるんだ。だが、その森の木が切り倒されてしまった。それでサテュロスには行くところがなくなった。林檎の木の向こうから顔を出していたサテュロスは、空腹で唇をぴくぴくさせているようにも見えたとメッディンはいっていた。それから、驚きの表情がサテュロスの顔に広がって、低く口笛のような音を出した。メッディンは銃を下に向けていて、最初に頭に浮かんだことは、絵のモデルを見つけたということだった。コローには決して得られなかったモデルだろう。だが、他のさまざまなことが頭に浮かんできた。何週間もメッディンと妹を悩ませてきたことだ。地主のレディ・リルズウッドが連絡してきてからずっと」

「その彼女がどう関わるんだ?」ターバットがいった。

「今、話を進めているところじゃないか。メッディンとサテュロスがどうなったのかが先だ。寒い日で、行く森もなかった。庭を出て行くこともできなくて、隣人たちに見つかりそうになると林檎の木の間に隠れていた。ほとんど裸でね。

最初に話しかけたのはメッディンだった。『こっちに来たまえ』するとまたサテュロスは口笛のような音を出した。『こっちに来たまえ』メッディンが繰り返した。『そんな音を出さないように。君はどこから来たんだ』

『森』サテュロスがいった。

『名前は?』とメッディン。

するとサテュロスは笑い声をあげた。

『空腹なのか』とメッディン。

サテュロスは素早く頷いた。

『何を食べているんだ』

『木の根』

『うちの庭の、木の根だろうね』

『そう。いい根だ』

何年も前に毎晩ＢＢＣでやっていた放送では、サテュロスの言葉は乱暴でひどいものだった。だが、メッディンはサテュロスのいうことがよく判った。

『どこで寝ているんだ』

『隠れている』

『そうだと思った』

メッディンはそういうと辺りを見回して、もう隠れるところがほとんど残っていないのを見てとった。もう森はなくなってしまって、誰かがサテュロスを見つけるのも時間の問題だろう。どうすればいいいか。この問題にメッディンは途方に暮れた。その理由をはっきりさせるのは私にはいささか難しいのだが。簡単にいうと、今世紀の幕開けの頃、イングランドには文化的に洗練された世界がまだ生き残っていたんだ。そしてそこでは、きまりごとが絶対だった。例えば、近所に引っ越してきた人がいて、前から住んでいる人のところをいきなり訪ねたりすると押し込み強盗扱いされるというように。だから、誰も古い住人のところを訪ねなかったわけだが、もしそういうことをしたらどんなふうに見られるか。これはそんなきまりごとの一つだがね。明文化されたものではないが、誰でも本能的に知っている。決して誰も口に出していうまい。まして文字に書き記すなんて。考えて呼吸をする人はいないのと同じだ。サテュロスを庭にそのまま住まわせておくというのも、そういうことだ。

『そうか、今は隠れていてくれ。この石南花の茂みにでももぐり込んでいてはどうか。服を持ってくるから』とメッディンはいった。

『服は着ない』サテュロスがいった。

『じゃあ、食べ物もなしだ』

『根も?』

『そうだ、着たら、たっぷり食べていい』納屋の方にじゃがいもが山ほどあったからだ。他にチューリップの球根も少しあった。

サテュロスは石南花の茂みに飛び込んで、一方メッディンは服を取りに行った。

『ルーシー』家に戻ると妹が知らせを待っていた。『コローがよく風景画に描き込んでいるやつだったよ』

『サテュロス?』とルーシーがいった。

『そうだ。コローは本物を見たことがあるのだろうか』メッディンが答えた。

『まさか、そんなのは全部出鱈目でしょ』

『いや、庭にいるんだが』兄がいった。

『今、庭に？』

『そうなんだ。石南花の茂みに。近所の人たちに見つかってしまうのも時間の問題だ』

ルーシーは兄がいわんとしているところを直ちに理解して、吃驚したり悲鳴を上げたりする時間を省いて、彼らの庭の評判を守らなくてはならないという本当の問題に心を向けた。もし近所の人にサテュロスの姿を見られたら、あるいは、そんな変わったものの一部でも目にされたら、自分たちの家は誰も訪れようとしない場所になってしまう。そして、誰も来なくなる。その庭にいるものが何であったとしても、自分たちはその同類と見做《みな》されてしまうのだ。サテュロスは隠さなくてはならない。二人にとっては自明のことだった。さもなければ、サテュロスに地位を落とされてしまう。

『もちろん、着せる服なんかないよな』とメッディンがいった。

『ええ』

『トマスが持っていた古い服があるんじゃないか』

以前、家の雑用のために臨時雇いした男がいたが、経済的な理由で雇わなくなっていた。絵が売れるかどうかにかかっていたんだ。今では、料理人が一人と女中がたまにくるくらいだった。

その古い服を出してきて、それから窓辺の植木鉢に植えようと思っていたヒヤシンスの球根を手に取った。いちばん手近にある『根』だったからだ。メッディンには球根が食べられることが判っていた。森があった頃、雉《きじ》が来てヒヤシンスの球根をいつも取っていったからだ。服と手で運べるだけの球根を持って、石南花のところに戻った。前に雇っていた男のブーツは、その男が履いたまま辞めてしまったので、仕方なく自分の古い靴を持ってきた。サテュロスにも浮浪者のきまりごとが適応されればいいと思って。すなわち、古いブーツはだいたい履けるというきまりごとだ。幸運にも、そうだった。いちばん難しかったのは服だった。サテュロスは一度も服というものを身に付けたことがなかっただけでなく、半ズボンがきつすぎたのだ。だが何とか着せて家に連れ帰ると、サテュロスをすぐに自分の部屋へ押し込んで、こういった。

『まずは、鬚を剃れ』

だがそれは、山羊に鬚を剃れというようなことだったし、メッディンにもすぐにそれが判った。そこで、わずかに尖った顎鬚だけを剃り落とし、耳のてっぺんから伸びている毛を丁寧に切り揃えるに留めた。その間、サテュロスは球根をむしゃむしゃ食べていた。

『庭の方に植えておけば、今ごろたくさん食べられたと思うのだけどね』とメッディンはいって、最後のヒヤシンスの球根を指さした。球根からはもう芽が出ていた。

『そう。いい根だ』

それから一緒に居間へ降りていった。サテュロスは少し困ったように足を引き摺っていた。

もちろん、彼の足に合うブーツなどあるはずがない。しかし、ブーツというものは足を隠すためのものであって、合う合わないは関係ないのだ。そんなものは脱いでしまいたかったが、メッディンからそっけなくいわれてしまった言葉があって諦めた。このときよくいわれた言葉なので、後に彼のモットーとなった。『許されるはずがない』

『これからどうしようか?』メッディンがルーシーにいった。そして、サテュロスの方を向いてこういった。『妹だ』

ルーシーが手を差しだすと、サテュロスはそれを舐めた。これも後に二人が教えた、千に及ぶやってはいけないことの一つに過ぎなかった。ただちに二人はサテュロスを食堂に連れていって、自分たちが食事するあいだ、皿の扱い方を教えた。そのときから二人とも、サテュロスが一緒に住んでいると隣人たちに思われそうなことを一切消し去ろうと努めたのだった。それは実に困難な仕事で、二人のために喜んで仕事をし、チューリップやヒヤシンスの球根よりもっと安い植物の根でも食べさせていける、無給の臨時雇いが来たようなものだったが、厄介払いできるまでは安心はできなかった。だが、サテュロスを帰すということが話題になるたびに、とくに最初の頃はよくあったのだが、すぐに答えが出てしまった。『森はもうなくなってしまった』ということだ。そこで、二人は秘密を守って、絶え間ない恐怖とともに暮らした。心優しくてサテュロスを追いだせないからでもあり、どうやったらそんなことができるのか思いつかなかったからでもあった。

ある日、ルーシーが部屋にいなかったとき、メッディンがサテュロスにいった。『森には他にもニンフとかがいたのかな』

『ええ、いましたよ』サテュロスがいった。

『どうなったんだ』とメッディンが訊いた。

『逃げました』とサテュロスはいって、泣きだした。メッディンにはもうそれ以上ニンフたちに関する情報を訊くことができなかった。

サテュロスは犬のように感謝の念を抱いていて、いつまでも何事も厭《いと》うことがなかったから、お茶の用意さえも教えることができた。ただ、火を怖がることはなくならなかったが。当初かなり重要なことだった外見については、足に合わないブーツときつい半ズボンはまだ解決していなかったが、顔はずいぶん立派になって、目つきは鋭く、動作もまた同様だった。顎髭はなくなって、剃った耳は薄茶色の肌だけになっていた。森から来た生き物だということを仄めかすのはもうそれくらいで、それもほとんど目立たなかった。

しばらくの間、メッディン家の二人には緊張と不安がつねにあった。そうして不安が募るある日、司祭の妻が訪ねてきた。二人はドアの前で呼び鈴を鳴らしている彼女を認めた。

『あれはスペルドリッジの奥さんよ』とルーシーがいった。

『どうしよう』メッディンがいった。

『あれにドアまで行かせて。いつかはやることになるんだから。それに、ねえ、もうあれをあれって呼ぶのをやめなくてはね』

そういうわけで、サテュロスがドアを開け、教えたとおり質問するのもうまくできた。『どちらさまでしょうか』と森の訛《なま》りでいった。それから、お茶の用意をした。精一杯上品に必要なものを全部運んだ。

『この男はいつも陽に当たっていましてね』とメッディンがいった。

『少しでも休みをやると、いつも外へ行って陽に当たるんです』とルーシーがいった。

『教会ではお見かけしませんね』とスペルドリッジ夫人がいった。

『もちろん、行っているはずです』とメッディン。

『ええ、もちろんです』とルーシー。

『いつもどうしたのかしらと思っていましたの』とスペルドリッジ夫人はいって、教区の話題を話し始めた。しばらく、レディ・リルズウッドが運営しているバザーの話になって、サテュロスはあらかじめいわれていたとおりに二三回部屋に出入りした。何もかも、うまくいった。スペルドリッジ夫人を見送るとき、淑女に対して当然のことではあるが、つねに彼女の方を向いているようにしたので、きつい半ズボンでも尻尾の存在を感じさせることはなかった。

お茶の余りとともに残されたメッディンら二人は勝ち誇っていた。自分たちの厨房でも疑いを抱かせなかったことは何より驚くべきことかも知れない。彼らは何か問題が起きるとは予想していなかったし、それは正しかった。女中のスミューさんの態度は厨房にいる男に対するいつもどおりのものだった。どんな臨時雇いに対する態度とも同じだった。いつでも同じなのだ。『あの人のこと、どう思った?』サテュロスが来た次の日に、ルーシーがずばり訊いてみたことがあった。

『悪魔のように見えて、じっさいそうかも知れません』とスミューさんは答えて、仕事を続けた。

それはトマスがいたときの態度とまったく変わらなかった。彼もこの半ズボンを穿いていたのだ。ルーシーは満足した。ただし彼女が満足するということは、必ずしもすっかり恐怖が払拭されたということを意味していない。すでにいったと思うが、今世紀の初めは、そもそも庭にサテュロスを置いてはいけなかったのだ。彼らは家の中に置いていた。サテュロスがそれほど従順に感謝の念をいだいておらず、そして、忠実でもなく、他の臨時雇いたちと同じように村を歩き回っていたら、すぐに発見されてしまっただろう。慣例についていわれることは多々ある。慣例が来るべき破滅から世界を救うこともあるかも知れない。当時は実際のところたった一つの慣例しかなかった。『すんだことは、すんだこと。もう変えようはない』というものだ。だが、慣例は古くなり擦り切れてしまった。世界が強くなりすぎたんだ。もちろん、例外はある。これがその一つだ。司祭の妻が年に一回訪ねてくる家で、サテュロスを匿っているのだ。メッディン家の二人がそのことを話題にしない日は一日たりともなかった。サテュロスを厄介払いする方法を見つけない限り、彼らに平安は決して訪れないのだ」

「ヴィクトリア朝の後期の人々がそんなにサテュロスを嫌がっていたというのは聞いたことがないね」とターバットがいった。彼はジョーキンズとほとんど同じ年齢だった。「サテュロスがあらゆる装飾品に描かれているのを見かけるじゃないか。その頃の数百もの絵画にだって。コローのことは君もいっていた」

「そうだ。だが、サテュロスを遠くから見ただけにすぎない。コローが描いたような、遠くの柳の木々の間にいるサテュロス、高い壁の上にいるサテュロス。あるいは、詩や空想の世界を描いた絵画では、サテュロスが神話的な存在として描かれた。だが、ここで話しているのは、家にいるサテュロスだ。君たちのためにドアを開け、皿を手渡すサテュロスだ。それはまったく別の話だ。居間には一瞬たりともいてはならない神秘的な存在というものがたくさんある。同様に司祭の妻が再び訪ねてきたときの居間でサテュロスが許されないのは確かだ。あるいは、彼女の夫の教区民の誰かであっても。彼らの立場からいうべきことがたくさんあるだろうからね。ところで、自分たちの問題を抱えていたメッディンと妹だが、もっとサテュロスに注意を向けた方が賢明だっただろう。このサテュロスを匿うのは簡単なことではなかったのだから。しばらくの間、二人はサテュロスに精一杯注意を注いでいたのだが、ある日、画家としてのメッディンが突然現れて、サテュロスの絵を描かせろといいだした。これはどう考えても、危なすぎる話だ。何よりもまず、たちまちあれが見つかってしまう危険がある。もちろん画家は、サテュロスを裸にして、その姿を果樹園で絵にするからだ。そして、絵がメッディン家にとっての証拠となる。その絵が生きたモデルを忠実に再現したものだということは誰にでも判ってしまうのだから。また空想的な画家が風景画の中に想像で描き入れたものではないことも。ルーシーはそんなことさせないでくれと懇願したが、メッディンは譲らなかった。ある日、サテュロスの肌の輝きを見たのだった。そのとき、何としてもそれを描かなくてはならないという考えが生まれてきた。そして、描いた。果樹園の木の幹で隠れるように、老木の大きな穴を使って。夕暮れ遅くになってからサテュロスを伴って外に出た。短く黒い顎鬚はもちろん記憶から甦らせなくてはならなかったが、サテュロスの肌と、その隣の苔むした木の幹に宿る仄かな輝きが絵になれば、それが展示場に掲げられることになるのだ。メッディンがそれを思い切って人に見せようとするのであれば。そんな晩にメッディンが気がついたことは、巣に戻る鳥たちがサテュロスのことを全然怖がらないことだった。鳥が馬に近寄るときのようにサテュロスのそばに留まって平気な顔をしていた。それも、メッディンに気づくまでのことだが。

いつまでも立たされ続けてサテュロスが退屈しないように、メッディンはあれが、いや彼が――この頃はそう呼ぶようになっていた――ちゃんと隠れているあいだなら、球根を少し掘り起こしたりしてもいいことにした。ルーシーは始終警戒していて、兄に、頼むからもう二度とサテュロスの絵を描こうとしないでくれといった。この絵が完成したらとメッディンは約束したが、もはやおだてたって兄を止めるのは不可能だと判った。

その兄妹はサテュロスの食べ物の問題について話し合った。

『もう少し食事の幅を広げたいところだね。彼にやってもらっている仕事に対して、チューリップとヒヤシンスの球根では足りないと思うんだ』とメッディンがいった。

家の中と同様に庭でも仕事をしてもらっていた。薪にする木を切ったり、バケツで水を運んだり。

『私が惜しんでいるのはチューリップの球根じゃないのよ。私たちの社会的な信用なのよ。それがすべて。私たちがサテュロスを置いていると知られたら、一体誰が私たちを訪ねてくるというの』ルーシーがいった。

『ああ、それはもう大丈夫だ。彼はもはやサテュロスではないから』

『サテュロスじゃない?』

『ズボンを穿いていればサテュロスではない。それにスペルドリッジ夫人がサテュロスだといわないうちは、まだサテュロスじゃない』

『そのうち、誰かに見られるでしょうね。果樹園の中をこそこそ歩き回って、彼が何なのか見て、それでサテュロスが私たちのところにいるというのよ』

『いや、いや、そんなことにはならない』メッディンがなだめるようにいった。だが、彼もまた恐怖を感じていた。

サテュロスの習慣が穴熊に若干似ていることに気がついて、メッディンは蜂蜜を試してみようと思った。そこで、蜂の巣ごと渡してみたところ、サテュロスはたいへん喜んで食べた。

『彼にも名前がなくてはね』メッディンがいった。

『トマスの服を貰ったのだから、名前も貰うことにすればいいでしょう』とルーシーがいった。

『彼には私が話しておこう』

そんなわけで、サテュロスはトマスになった。彼は一日中働いた。テーブルのそばに控えて待ち、その後で掃除をして、メッディンの筆をテレピンにつけて、次いで石鹼と水で洗った。家政婦がやっていた仕事を何でもこなした。それから、庭の手入れもした。実際のところ、男二人と女二人分の仕事をしていた。しかも、まったくの無給で。それでもメッディンにはまだ自分でやらなくてはならないことがあった。例えば、剃刀を使うようなことでは信用できなかったし、髪を伸ばすのを許す気にはなれなかったから、毎朝サテュロスの髪を剃ってやっていた。その間メッディンとルーシーは絶え間なく、近隣の住人から彼らの家が隠している秘密を見つからないようにする策略を考案し続けていた。リルズウッドの住人たちの慣習に批判的なことをいうのは結構だが、おそらく君たちだって野生のサテュロスのいる家を訪ねるとしたら心配するんじゃないか。いくらサテュロスに服を着せて、鬚も剃っているとはいえ、数日を家の中で過ごしたからといって森林で身についた気質は変わらないだろうから。その頃、一度ならずルーシーはこんなことをいった。『彼を森に帰してあげられたらいいのに』

メッディンはこう答えた。『もう森はぜんぜん残っていないんだ』

『もっと遠くにならら見つけられるでしょう』とルーシーはいい張った。

『いや、僕たちはトマスを厄介払いできやしないよ』

『できるとは思っていないわよ』とルーシーはいって溜息をついた。数秒のあいだ希望が薄くしていた不安の雲はまた降りてきて彼女を覆い尽した。メッディンもまた同じ雲の下にいた。二人がリルズウッドの村の外まで旅行することはあまりなかった。もし出ていったとしても、行くところもなかったのだ。リルズウッドの住人たちが彼らの家を訪ねることを拒否するようになったら、ローマ人やギリシャ人が流刑者を遠く離れた地に追放したのと同じように彼らもまた自分の邸宅の庭に追放されたも同然だ。リルズウッドの住人たちはサテュロスのいる家を訪問しようとしないことが二人にはよく判っていた。そんな状態が何日か続いた。曖昧な不安に満ちた日々が。だが、鳥たちが幸せそうに歌うような春の暖かい日の晩には、メッディン邸の真ん中にサテュロスを匿っているという恐怖を感じはしなかった。ある日、彼らの頭上に雷鳴が轟いた。朝食後のルーシーのところへ手紙が届いたのだった。レディ・リルズウッドが、その日の午後お茶に訪問することを許してくださるなら、お会いしたいという内容だった。レディ・リルズウッドはリルズウッド住宅地を購入した夫を亡くしていて、今は彼女が開発を担っているのだ。彼女は見た目も美しく、活動的な女性だった。リルズウッドの村が必要とするどんな活動に対しても有り余るほどのエネルギーを注ぎ込み、何事も自ら彼女が指示した。彼女は四十歳であることを認めなかったし、そうも見えなかった。再婚の噂が頻繁に流れた。噂がまことしやかであるにもかかわらず奇妙なことに大事な情報は欠けていて、新しい夫の名前はいまだに出てきていないのだった。彼女が轟かせた雷鳴はメッディン家を崩壊させるほどの脅威だった。それはレディ・リルズウッドが世界を旅していたことがあるだけでなく、家中にありとあらゆる古風な大理石像を並べていたからだ。ルーシーにはよく判っていたし、メッディンもまた同じように考えていたのだが、スペルドリッジ夫人を簡単に騙せても、レディ・リルズウッドは一目見た瞬間にサテュロスの正体を見破ってしまうだろうと思った。そして、もしレディ・リルズウッドが彼らの家を訪問するのを金輪際やめてしまったら、さっきいった追放ということになるわけだ。彼女が十年間一度も訪れることがないのが問題になるといっているわけではない。訪れない理由があるというのが問題なのだ。その理由が知られたら、誰も寄りつかなくなる。その日の朝をまるまる使って、サテュロスを特訓した。昼食のあとには、サテュロスのことが少し楽に考えられるようになった。やる気があって、機敏で元気だった。森の中では知的だとすらいえた。きつい半ズボンと異国風の容貌と焼けた肌以外は完璧な召使いに見えた。いや、実際には容貌だって立派だし、陽に焼けた肌だって魅力的だ。見た人にサテュロスのことを思い出させることさえなければ。お茶の時間が近づいてきたとき、メッディンはルーシーにこんなふうにまとめてみせた。『最初に彼を見て何か気づかなければいい。次に彼女は彼が何なのかが判らなければいい。それから、彼女が証明できなければいい』

だが、そんな偽りの慰めをルーシーは受け入れなかった。『彼女がいうだけでも問題なのよ。

誰もレディ・リルズウッドに証明しろなんて要求しない』

それは本当だった。リルズウッドはまるまる彼女のものだっただけでなく、彼女はあらゆる委員会や団体で積極的に活動していた。彼女が会いに来る目的はメッディン兄妹のどちらも知らなかったし、二人とも想像すらつかなかった。

『トマスのことは気づかれない』とメッディンがまたいった。

レディ・リルズウッドがやって来た。二人が最初に見たのは、彼女の目がサテュロスに釘付けになっている様子だった。応接室に入ってきたときのことだった。それから、サテュロスがお茶を運んでくることになっていた。その足音が聞こえた瞬間、ルーシーがレディ・リルズウッドの方を向いて、こういった。『兄は絵が上手いんです。お気に召さないかも知れませんが、もしよろしければご覧に入れましょうか』

レディ・リルズウッドは、隣人が見せようとするものに関心を抱くことなくリルズウッドの管理をするつもりは一切なかった。彼女はただちに立ち上がってメッディンとともにサテュロスが戻って来る前に部屋を出ていった。不意に、心が沈むような考えがルーシーの頭に浮かんだ。アルフレッド（兄の名前だ）は新しい絵を見えないところに置いているだろうか。ルーシーは立ち上がって、急いで二人を追った。レディ・リルズウッドは見せられた絵をどれも気に入った。すると、壁の方を向いている絵を見つけて『それも見ていいかしら』といった。

『ああ、それは未完成なんです』とルーシーがいった。

レディ・リルズウッドは、ルーシーの態度とその声の調子から絵を見られたくないのだと察すると、最後まで聞かないうちに振り向いて、アトリエから出ていこうと歩き出した。メッディンが出し抜けに口を開いた。『あれですか。お気に召すはずです。遅い夕暮れの光が茶色の肌を照らして、それが古くて苔で覆われた林檎の木にも当たっていて。お気に召すと思いますよ』

彼はそういって絵のところへ行った。

『思うんですけど』とルーシーは口を開いたものの、それ以上何といったらいいのか判らなかった。自分が世界の縁に立っているような気がした。その縁は崩れかけている。その言葉でメッディンの動きが止まった。だが、その手はもう絵にかかっていて、やはり絵は見せないとレディ・リルズウッドにいうわけにもいかないことが判った。

『この光が当たっているのが……』

『ええ、素敵ね』とレディ・リルズウッドがいった。

それから、三人は応接室に戻った。メッディンがお茶の席で今日の客をよく観察してみると、どうも考え込んでいるような目をしているではないか。気づかれたのかどうかは判らなかった。しかし、ルーシーにはっきり判っていたことは、レディ・リルズウッドがあの絵を見た後でもう一回サテュロスの姿を目にすれば、今は疑いでしかないものが確信に変わるだろうということだった。どうすればトマスを部屋に入らせずにすますことができるのか、ルーシーは判らなかった。ただ、為す術もなく座っていた。私がこの話の全容を聞いたのはメッディンからだったのだが、彼はお茶の時間に何を話したのかまったく覚えていなかったという。次にサテュロスが姿を見せるのはいつなのだろうかと終始思っていたことだけは鮮明に覚えていたらしい。そして、レディ・リルズウッドがいった。『車を呼んでいただけるかしら』

そこで呼び鈴を鳴らすしかなかった。すると、サテュロスが部屋に飛び込んできた。レディ・リルズウッドがちらりと彼の方を見た。さらに悪いことに、サテュロスは振り向いて彼女に背を向けてしまった。ついに背後を見られて、きつい半ズボンと尻尾の痕跡も見えてしまったわけだ。メッディンにはそれが判った。ルーシーにも判った。二人とも、レディ・リルズウッドは何もかも知ってしまったことが判ったのだ。

レディ・リルズウッドは二人に別れの言葉を告げた。いつもと何も変わらない魅力を振り撒きながら。そのあと二人は、どんよりとした心で自分たちの未来を見つめた。お互いにほとんど口も利くことなく。

人間にとって、ときどき破滅を見つめるのはいいことかも知れないと思うんだ。その暗黒の裂け目から目を上げてみると、こんどは世界が光り輝いていることに気がつく。アルフレッドとルーシーがそうだったように」

「何が起きたんだ」と私はジョーキンズに訊いた。黙って座ったままだったからだ。

「彼女はそのあとすぐに結婚した」とジョーキンズが答えた。

「誰が？　何したって？」とターバット。

「レディ・リルズウッドがサテュロスと結婚したんだ。彼女は彼と一緒にいてほんとうに幸せだったと確信している。三、四年前に亡くなるまで。サテュロスの方は、さっき通りすぎたのを皆で見たところだ」

真珠色の浜辺

ビリヤード・クラブにいる皆が、小切手に貼る二ペニー印紙を最初に考え出したのが誰だったか思いだせずにいた。そのとき、八人か九人の会員がその部屋にいたが、一人もその名前を思い出せなかったのである。もちろん、知っている者も多いのだが、そのときは皆、名前を忘れていたのだ。それが、記憶のいたずらという話題の始まりだった。記憶なんて大した問題ではないという者もいれば、ビジネスでもっとも大事なことは記憶よりも将来を考えられることだという者もいた。過去の記憶よりも、今、自分の周りで起こっていることをしっかり見つめることが大切だという者もいた。そこで、ジョーキンズが話に入ってきたのだった。いや、記憶こそが問題なのだといった。彼は未来を見通すことよりも、しっかりした良い記憶力の方を高く評価するという。

「どうしたらそうなるのかよく判らないな」と株式仲買人をやっている男がいった。彼にはジャファーズ株を六二で買うと、それが七五まで上がるというまい話があったからだったが、実際のところ五九・二五に下落していた。

だが、ジョーキンズは譲らなかった。「優れた万能の記憶力があれば、数百万だって儲けられる」

「だが、どうやって」と、その仲買人がいった。

「その話をしよう。ネクタイピンに嵌め込んだかなりいい真珠を持っていた。当時は何もかも思うように行っていなくてね。経済的にっていうことだが。それで、簡単にいうと、真珠を取ることにしたわけだ。今でも覚えているが、冬の日の晩、暗くなるまで待ったのは、人目を忍んで質屋に行こうとしたからだった。質屋に入って、真珠を捩《ねじ》って外した。二度とその真珠を見ることはなかった。真珠は財政状態にしっかりした基盤をふたたび与えてくれた。しかし、私はおそらく打ち拉《ひし》がれているといっていい様子で店を出てきたのだろう。きっとそんな顔をしていたと思うし、ネクタイには残った金のピンが挿さったままになっていたんだ。普通そんなこと気づくわけないじゃないか。もっとも私が見たところ、人は少し酒を飲みさえすればそういうことにも気づくようになるんだがね。ともかく、そこには背の高い男が一人、壁に寄りかかっていたんだ。それまでに一度も会ったことのない顔だったが、こちらの方を面倒臭そうに見ていた。首を動かすのも嫌だというように、目だけ動かして、いや、視線を動かすのも煩わしいといった様子で目を開いていた。そして、こういった。『カラパッカスの海岸に行きたいのだろう。お前が行きたいのはそこだ』そういって緯度と経度を教えてくれた。『そこに行けば真珠を集められる』

一体どういうことかとその男に訊ねた。どうして私に話しかけたのかと。いろいろなことを訊きまくった。しかし、何を訊いてもこれしかいわないのだ。『お前はカ、ラ、ッ、パ、ス、に行くのだ』それも、二回目には同じ名前じゃなかった。

私は緯度と経度をシャツの袖口に書き留めた。念のため両袖に。そしてよく考えてみた。いろいろ考えて最初に判ったことは、あの男の話は嘘偽りのない本物だということだった。おそらくこの秘密を長年のあいだ守り続けて、ある日、微酔《ほろよ》い加減でつい口を滑らせてしまったのだろう。酒を飲むということに対していいたいことがあるならいうがいい。だが、真珠を失なったことに同情したというだけの理由で、そんな話を素面《しらふ》でしてくれる男には会ったことがない。それから、カラッパス海岸でも他の呼び方でも構わないが、そこが実在したというのは忘れないでくれ。経度はずっと東で、緯度はかなり南だったが。ある日ロンドンを出発して、アデンに向った。全部ロンドンの話だなんていったかね。旅を始めるのにこれほどのところは他にない。まあ、私はロンドンを出発して、ふたたびアデンの地を踏んだ。以前、私が奇妙なロマンスを経験したところでね。実は、アデンで結婚したんだ。いやいや、あれはもう終わった話だ。

アデンに着いて、まずまっさきに手配したのは水夫を三人だった。それで何とかなると思っていたんだ。それから緑の竜骨のあるあの変な小さな舟も一艘。帆も、もちろんだ。船乗りは二人見つけた。ちょうど探していたとおりの男たちだった。一人はビルという名前で、もう一人は『ポルトガル人』とのことだった。私には二人とも、どう見てもイギリス人だったが。その二人がもう一人を連れてきたんだが、そいつが薄のろだった。二人はそこがいいんだという。宝を分けるときの頭数《あたまかず》は二人ですむというのがいいところだ。事前にこれは宝に関係のある話だといっておいたところ、上陸するときに三人目は舟に残しておけばいいと二人はいった。あいつは、歌を歌っていれば幸せなんだといって。その男の名前はとうとう判らなかった。ビルとポルトガル人はいつもその男に怒鳴ってばかりいた。その男はいつもそれに応えていた。彼の家はアデンにあった。あとの二人がどこから来たのかはまったく知らない。私はビルに緯度と経度を教え、ある朝アデンから、その小さな舟をインドの方に向かって出した。カラッパスの岸辺に着くまでずいぶんと時間がかかった。そういう名前だとして。来る日も来る日も変わらない、火膨れになりそうな青空だった。そして夕陽が、舟の艫でじっと見つめるわれわれの顔を焦がす。それから、毎晩背後で一斉に星々が姿を現す。そうやって進むあいだずっと薄のろが同じ歌を歌っていた。ただ、海だけは変わっていった。とうとう、目的地に着いた。ビルがいっていたとおりにすることになっていた。小さな湾に白い岸辺が輝いて、岩がその湾を外の海岸から遮断している。そして、崖によって内陸からも。背面に低い崖が急斜面を作っている。その小さな湾は五十ヤード〔一ヤードは約九十一センチ〕ほどの幅もない。錨を下ろし、ビルとポルトガル人とともに泳いで上陸した。薄のろは舟の上に座って歌を歌っていた。あの酔っ払いがいったことは確かに真実だった。私に何をしてくれたかを思うと、彼を酔っ払いといいたくはない。純粋な親切心からしてくれたことだったんだから。それにしたって、私が先ほどいった意味は判るだろう。少しばかり酒を飲むと、ものごとに素早く気づけるようになって、他の人のことをすぐに感じ取れるようになる。そして確かな真実しかいわなくなる。古い諺にあるじゃないか。おそらく、酒はてきめんに記憶を鮮明にする。緯度や経度といった細かいことについても。私は浜辺を歩いているときのざくざくいう音を決して忘れることはないだろう。真珠はどれも大きなえんどう豆くらいだった。それが、固い灰色の砂の上に、六から八インチ〔一インチは約二・五センチ〕くらいの厚さで積もっていた。しかも、六から八インチくらいの厚みが五十ヤードにわたって広がっていたんだ。海から崖まで一面、岸辺はまるまる真珠でできていた。海から崖まではおよそ五十ヤードあった。だから、浜辺の幅五十ヤードを海から崖までの距離に掛けて、さらに二分の一フィート〔一フィートは約三十センチ〕の深さを掛ければ、真珠の総量が判るだろう。私は自分で計算しなかったが。真珠の層は海まで延びているわけではなくて、海に入ると死んだ牡蠣の殻以外には何もなかった。奇妙で小さな海流が湾の中身を掬い上げていた。その様子を見ることは今でもできるんじゃないだろうか。もっとも、貝はすっかり空になっているがね。しかし、かつてその水流がこの小さな浜辺にのんびりと真珠を集めたに違いない。そして、人の眼差しの向こうにあるインド洋へと走り去っていったんだ。いや、もちろんわれわれにはポケットを真珠でいっぱいにすること以外、なすべきことなどない。ただちに、その作業に取り掛かった。非常に奇妙なことだったのだが――たぶんほとんど信じられないだろうが――ビルはポケット一つ分しか真珠を集めなかったのだ。もちろん、われわれは二人とも泳いで舟に戻らなくてはならない。それが理由なら妥当なところだが、ビルの理由はそれではなかった。金持ちになりすぎるのが怖かったんだ。『これでどれくらいの価値なんだ?』とポケットに真珠を詰めながら何度もいった。『二十万ポンド以上だ』少し考えて私は答えた。『「以上」じゃあ、二十万ポンドと四十万ポンドの区別がつかない』とビルは納得しなかった。

『ずいぶん違うじゃないか』私がいった。

『ああ、二十万ポンドを使い切ったときにはそうだ』ビルは話を終わらせなかった。

『まあ、そのときはそのときだな』

『それで、それはいつなんだ?』ビルは問い返した。

ビルのいいたいことがやっと判った。

必死になっているのは別のことだったのだ。ビルは大きな幸運に恵まれた人の話を読んだようだった。宝籤《たからくじ》で大当たりした人とか、そんな話だ。ビルによると、そういう人たちはたちまち自制心を失って駄目になってしまうのだという。それを怖がっていたんだ。私にできることは、もう一つのポケットをいっぱいにさせることだけだった。ポルトガル人の方は静かに自分のポケットをいっぱいにしていた。しかし、心配そうにしてビルの警告に耳を傾けていた。あまりにも大きな財産が怖くなるのも判るだろう。国の戦費をまかなえるくらいはあった。あるいは、それなりの大きさの国を何らかの手段で破滅させられるくらいだ。私は自分のポケットをいっぱいにしたらもう数分もそこにいなかった。浜辺に座って真珠を指に挿んで転がしたりしていた。それから三人で舟に泳いで戻った。私はビルにいった。『もう一回真珠を取りに行くっていうのはどうだ？』そうしないのはもったいないような気がしてね。ビルはただ『錨《いかり》を上げろ』とだけいった。すると、ポルトガル人がいった。『それがいちばんだと思う』それから、薄のろが歌を止めて、錨を上げた。そうしてアデンに向かって出発した。

二週間ほどで燃えかすのような湾に入った。しっかり真珠を持って。そこで真珠の一部を少しだけ、目立たないように、疑いを抱かれないように売った。薄のろには千ポンドを分け前として支払ってやって、ポート・サイドへ進んだ。われわれ三人はロンドン行きの大きな船に部屋をとった。真珠を売るのが目的だった。ある晩遅くポート・サイドに入って、翌朝には出帆した。そのときには、薄のろの分け前と船室の料金を支払い終えていて、そんなに現金が残っていなかったのだが、ビルが少しばかり調達する方法を知っているといいだした。真珠を手に入れてからビルは酒をかなり控えていたが、賭事だけはどうしてもやめられなかった。『今なら少しくらい大丈夫だ』と何度もいっていたが、もちろん、そんなことをしていいわけがない。ポート・サイドに上陸したときには、真珠は各自手許においておいた。誰も信用できないから、自分たちの目に見えるところから動かさなかった。そして、ビルの知っている館に行った。それにしても、ポケットにもう一回二十万ポンドを詰めに行くのにそんなに苦労もしないビルが、二百ポンドかそこらをポート・サイドの賭場で調達するのにこんなに熱心になるのはどうも変ではないか。だが、ポケットいっぱいの真珠で十分だという考えを変えたということではなかった。二度とあの湾に戻るつもりがなかったのだ。何度も、戻ってはどうかといってみたが、あの白い真珠の小さな浜辺に対する、恐怖のような感情に取り憑かれているようだった。あるいは、庶民が何世代にもわたって受け継いできた、何か不自然で危険なものに対する警告みたいなものがあって、簡単に手に入る莫大な富を恐れるのか。莫大な富が明るい日の光を浴びて転がっている、あの素敵な浜に対する恐怖は、本当に何なのだろうと何度も考えた。あの美しい小さな浜辺の恐怖は。その恐怖が私に取り憑くことは決してなかった。ただ、ときどき考え込んでいるときのふとしたはずみで、何か朧《おぼろ》げに存在を感じ取れたことはあったかも知れない。だが何であれ、それには永続的な強い力があって、あの善良なロンドンの男がいつまでも壁に寄りかかっていたのもそのせいに違いない。酔っぱらって寛大になったとき私に教えてくれた富を自ら獲得しようと、東の太陽の中へ進んでいく努力もせずに。あるいは、そんなことをしたようには見えないと私が判断したというべきか。

私自身はあまり賭場には行きたくなかった。だが残りの二人と親しくして、目を光らせておくには、他に方法はなさそうだった。そこで、ポケットに拳銃を滑り込ませてから、二人と合流した。おそらく、ポート・サイドの名前が出たならば、そこで誰もが感じる雰囲気に私もまた引き込まれていたのだろう。誰もがそこで見てきたことをやはり見ることになる。どこか特定の賭場の話になると、こんなことをいうものだ。『ああ、そうなんだ、あそこには五十ポンド落してきたよ』

私はそれ以上を落した。

何れにせよ、その館に着いて、ビルと私とポルトガル人は中へ入った。すぐに賭け始めて、儲けた。一階では賭け金も高くなくて、だいたい勝てるようになっている。実際、一階の部屋は、草地の上に穀物を落して作った罠へと導く線のように思えた。二階では賭け金がずっと高いので、そっちへ行きたいといった。一階を取り仕切っていたギリシャ人は、夜のポート・サイドの影の領域で出会いそうな、実際によく出会う類いのギリシャ人だったのだが、二階の男もやはりギリシャ人だった。ただ、会いたいと思うような人物ではなかった。それまで気をつけろと警告されたどんな相手よりも悪そうだった。われわれが入っていくとギリシャ人がこちらを見た。一人ずつ順にだった。見つめられるときにはそいつの目がぎらりと光るような気がする。顔の血の気も消えて行くようだ。男の力とエネルギーが全部その目に集まったようだった。

『ここは高いぞ』とギリシャ人がいった。

私はうなずいたが、ビルとポルトガル人が何か喋り始めた。

『金はあるのか』ギリシャ人が嚙みつくようにいった。

その男の様子は何もかも苛立たしかった。機嫌でも悪いように見えた。ビルとポルトガル人は、そいつの話し方に明らかに怒っていた。私は黙ってポケットに手を滑り込ませ、真珠を一握り取りだした。部屋の気持悪い光を受けて輝いていた。ギリシャ人は真珠を見ると、ゆっくり唇を広げた。それからしばらくしてようやく口を開いた。『真珠か』妙に小さな声でそういった。私は、そうだといおうとした。まるで本の一ページのようだった。薄暗い部屋に真珠を手にした男が一人いる絵のあるページだ。ちょうど何かをいおうとしている。そのページを捲ると、何かまったく違うものが目に入る。真珠とはまったく関係がなくて、部屋もなくなって、誰も口を開いていない。ただ、沈黙と戸外の空気だけだ。そのとき、深い沈黙の中から男の声が上がってきた。同じことを繰り返していたが、その言葉は何の意味ももたず判らなかった。そんな時間が過ぎていった。それからまた言葉が聞こえた。今度は言葉に意味があったようだ。落ち着いて、考えようとしさえすれば、理解できる意味が。

『道で気を失っていたんだ』男がそういっていた。

私は確かに道にいた。辺りを見てすぐに判った。そして、さっきの声は見たことのない男が警官に向かっていっている言葉だった。気を失っていたんだ！　私の額には卵二つぶんくらいの瘤《こぶ》があった。当然のことだが、口の中にはクロロフォルムを吸った後にいつも感じる味があった」

「それで、真珠は」と仲買人が口走った。

「真珠か」ジョーキンズは一瞬悲しそうな微笑みを浮かべて、いった。「夜のポート・サイドの通りで意識を失っているところを見つかった男に、真珠を身に付けている者などいない」

ジョーキンズはしばらく首を振っていた。「だろうね」と沈黙を破って誰かがいった声がジョーキンズを話に引き戻した。

「そうだ」とジョーキンズはいった。

それからしばらく、ほんの数週間だけ自分のものだった途方もない財産を低い声で嘆いているようだったが、ジョーキンズは話の残りを聞かせてくれた。「その後、ビルとポルトガル人には二度と会うことがなかった。生死にかかわらず、彼らの痕跡すら見つけられなかった。警官を連れてギリシャ人の館に戻った。その場所は簡単に判ったから。一階の部屋は前と同じで、取り仕切っている男もすぐに見つけた。そいつを起こしてベッドから引きずり出したよ。だが、二階の部屋は見つけられなかった。それどころか、そこへあがる階段すらも。館をくまなく見て回っても、一体何が起こったのかも、どこで起こったのかも判らなかった。ギリシャ人は何も起こらなかったと誓っていった。どうやったらあそこまで様変わりさせられるのだろう。私は告発を取り下げて、警官にはお礼の心づけを渡し、船に戻った。自分の真珠を見ることは二度となかった。ただ一つ、服の裏地に隠れていたものを別にして。二階のギリシャ人にもまったく見つけられなかった真珠だ。私はそのたった一つの真珠をネクタイピンに嵌めた。カラッパスだかカラパッカスだかも、地図に見つけることはできなかったし、二十箇所を越える港で訊ねても聞いたことのある者は一人もいなかった。結局、ネクタイピンに嵌めたたった一つの真珠だけが残った。酔っぱらって壁際に立っていた男が教えてくれた親切な助言のおかげで手に入ったものはそれだけだったわけだ」

「でも、緯度と経度があるだろう」とターバットが追いつめる者の静かな声でいった。

「まさにそれだ。私がどうしても思いだせないというのが、それなんだ」とジョーキンズがいった。

解説コラム　アデンとジョーキンズ

ジョーキンズの話にはアデンという都市が特別な意味を込めて出てくることが多い。この作品でもそうだ。アデンはイエメン南西部のアデン湾に臨む都市で一八三九年からイギリスが基地を置いてインドへの航路の中継地点とし、一九三七年からはアデン植民地となった。ヨーロッパ人はこの湾岸都市を通って東洋へ向かったが、ジョーキンズも旅の途中でよくこの都市に立ち寄ったことになっている。あるとき彼が、この都で出会った人魚と結婚したという作品が「ジョーキンズの奥方」で、これは『魔法の国の旅人』（荒俣宏訳・ハヤカワ文庫ＦＴ）に収録されている。人魚への恋とつらい結末が強い印象を与えたせいか、ジョーキンズ作品に出てくるアデンという地名には特別な気持が込められているようだ。恋愛とは縁のなさそうな中年から初老の紳士であるジョーキンズだが、「ジョーキンズの奥方」「柳の森の魔女」の他、本書に収録した「失なわれた恋」では、若き日のジョーキンズの恋の物語が描かれている。

イギリスで刊行されたジョーキンズ・シリーズの最初の四冊には、作品毎に章番号が付されており、連作短篇集のように頭から順番に読むことを想定していたようだ。だから、前の作品に出てきた話や人物などが後の作品に登場するのだろう。また、直接の言及でなくてもお互いに関連する主題だったりすることもある。今回の邦訳では全作品を収録することはできないので、そうした事情による面白さを補うべく、このような解説コラム欄を作ることにした。

アフリカの魔術

ビリヤード・クラブでの会話はときとして輝くほど熱を帯びることがある。その一週間かそこらで起こったできごとを分野に関係なく話題にして、その情報が正確かどうかということも通常は気にせず、あらゆる話題においてさまざまなことを学んできた。だが、あの午後はじつにどんよりした天気だった。どうしてそうなのかは知らない。私は気象学者ではないのだから。それでも、大気中には確かに気持を塞ぎ込ませるものがあった。もしかしたら、アイスランドからくる怪しげな気配かも知れない。あるいは、都会からの不景気が、ここの会員にも影響を及ぼしているのかも知れない。それが何であったにせよ、私たちの一人がすっかり話題の尽きた会話の方向を、わざとアフリカの森へと進めていた。その話題にたちまち何人もの会員が加わっていった。そしてもちろん、ジョーキンズを巻き込んで話をさせることになった。これが実によかった。窓ガラスに降りかかる霧雨がますます部屋を薄暗くしていたし、まだ早いのにカーテンを閉めて明かりを灯したせいで、その場の誰もが話題の転換を必要としていたからだった。

「アフリカには呪術医とかがいて、魔法なんかそこら中にあるんだろう？」と誰かがジョーキンズに訊いた。

「その話をしよう」とジョーキンズがいった。

そして、その話をしてくれた。私としてはジョーキンズの説明はだいたいのところ、おそらく正しいものだと考えておきたい。

「知り合いにキレットという男がいた。その男が最初にある話をしてくれたんだ。妙な話だった。庭園で食事をするハルツームの晩餐会で会ったのだが、そこの薔薇の樹を見るとイングランドを思い出してね。ただ、暑さのせいで一月の終わりにはすっかり萎《しお》れていたが。キレットは食事が終わってから、小さな明かりが作る光の輪のなかでその話をしてくれた。背後には黒く見える灌木の茂みがあって、頭上には空に向かって立ち上がる椰子《やし》の樹の黒い姿が見えた。ウムゴーゴの国で呪術医に会った話をしてくれたんだ。躰《からだ》に纏った骨をかたかた鳴らして踊る男だそうだ。キレットが魔術を実際に見せてくれないかといってみると、呪術医は仮面を被って、少し踊ってくれた。だが、それだけではあまり感銘を受けなかったというわけだ。そのやり方ではどうも感銘を与えていないことを見て取った呪術医は、角笛を吹いた。それから、うずくまって小さな太鼓を叩いた。どれもキレットには感銘を与えなかったので、今度は、姿を消してみせようといったんだそうだ。キレットを座らせて火を焚くと、煙がもくもくとキレットの方へ漂ってきて、呪術医はその煙を挟んでキレットの反対側にいたから、実際に姿が見えなくなった。やはり、キレットは感銘を受けなかった。すると呪術医は男を三人消してみせようといった。そして、また同じことをした。

『なるほど、全部でたらめだったんだな。煙が君の目に入るようにして誤魔化したってことか』

『いや、違うんだ』キレットがいった。身を乗り出すと、私の膝を叩いた。そのとき、彼は完全に素面《しらふ》だった。『本物だ。あれは、アフリカで一番の驚異じゃないかな』

テーブルは片づけられて、照明も持っていかれてしまった。だが、キレットが私を見つめていることは判っていた。涼しい夜の空気の中でその目は見えなかったがね。

『アフリカで一番の驚異だ』とキレットはもう一度いった。

『でも、煙で姿が見えないようにしていただけだろう』

『違うんだ。本物だった。私も信じていなかった。君と同じことを考えた。すると呪術医にも私が考えていることが判った。「それならば私が火の側にいて、君を消してみせよう」と呪術医がいったんだ。彼がいっていることを理解するのにしばらくかかった。木材と葦材で作った、へんてこな、特徴のある椅子に座らされて、その椅子の中にいる君は姿を消すといった。そのとき彼は火の側に留まったままでいるという。じゃあ、やってくれと私はいった』

『意味がちょっと判らないんだが』私はキレットにいった。

『でも、そういったんだ。翌日、また同じ場所に来るようにといわれた。正午になる一時間前に。呪術医は空を指さしただけだったがね。アフリカのその地域では、時間の話になると、そんなふうにするんだ。太陽はいつも六時に昇って、六時に沈む。だから、何時かは太陽がどこに位置するかで判る。いわれたとおりの場所に行ったよ。ちょうど太陽が天頂点に達したときにね。呪術医はもう小さな焚き火の準備をしていたが、火は点けていなかった。あの変な椅子はそのすぐ風下にあった。二、三ヤード〔一ヤードは約九十一センチ〕くらい離れたところに。私を椅子に座らせると、呪術医は薪の上で踊った。何か私の知らない部族の言語で歌を歌いながら。それから火を点けて、少し離れた。これは、高い草の生えている空き地で執り行われた。直径十五フィート〔一フィートは約三十センチ〕くらいの空き地だったかな。他に原住民を数人連れて来ていた。呪術医の脇に立って、私を見ていた。呪術医は歌い続けた。とうとう原住民のうち三人の男が姿を消した。今回、姿を消すのは私だといっていたのだが。もちろん私には、彼がどういうつもりでいっていたのかは判っていなかった。だが、彼は実際にやったんだ。あれはただの木が燃える煙じゃなかった。だったら何かといわれても判らない。でも、前に火を見せてくれたときのように、煙に咳《せ》き込んだりすることもなかった。実は、なかなか気持がよかったといってもいいくらいだった。その煙を通して呪術医がはっきり見えていて、これから何をしようというのだろうと不思議に思っていたんだ。その珍しい状況を楽しんでいたことを覚えている。ただ、本当に何か驚くようなことを見られるとは、ほとんど期待していなかったけれども。椅子に座ってすっかり気持がよくなって、煙もほとんど気にならない。そのとき突然、呪術医がこういうのが聞こえた。「お前は消える」

確かに私は消えた。同じ椅子に座っていたし、太陽は空の同じ位置にあった。でも、焚き火はなくなっていて、景色もすっかり変わっていた。見覚えのある目印は何もなかった。その後のことを手短にいえば、原住民を何人か見つけて、ここはどこかと訊いて、どこに行きたいかを伝え、支払いを約束してポーターとして雇うと、長い道を歩いて出発点まで戻った。戻ったといっても、一ヶ月と三週間かかったがね。魔術で四百マイル〔一マイルは約一・六キロ〕飛ばされたんだ』

キレットのいうことをよくよく考えてみた。興味を惹かれる話だったからね。でも、彼は自分の主張を一歩も譲らず、それ以上に、私もキレットが本当のことを話していると判った」

「どうして判ったんだ？」とそこにいた一人か二人が訊いた。こういうところでは、私たちも当然得られる限りの確証を求めることになる。そして、この話全体の信憑性はキレットが正直に話しているかどうかに依存するように思えたからだ。

「ああ、人が酒を飲むときには、さまざまな段階があるのだ。キレットは完璧に素面だった。しかし、晩餐が始まれば、まずまずのワインが出てきた瞬間に、悪知恵の働く奴でも相手を騙そうということを諦めてしまうものだ。最初は、そうしようと思っていても。その段階にいつ到達したかをどうやって知るのかうまく説明することはできないのだが、それでも判るのだ。キレットと一緒にいてもそれは判った。とはいっても、キレットがそのとき四百マイルを移動した、しかも一瞬でといったときには完全に信用したわけでもなかった。だが、私はあの男を信用したかったんだ。彼の話はまだ信用できなかった。詳しく問い詰めたのは、そのためだ。自分がそこに行くことがあるなら、彼が語る話を検証できるようにと詳細を聞き出した。だが、私は行かなかった。ウムゴーゴの国はずいぶん遠くだったし、その方向へ行く予定もなかったからだ。でも、キレットのことは忘れなかった。その話に本当に心惹かれていたんだ。だから、話に出てきた地名を全部書き留めただけでなく、呪術医の名前も記しておいた。ムワといった。それから何年も後のある日、厄介なことがいろいろあってね。七月一日付けで配当金を受け取ることになっていたんだ。かなりの額だった。ところが、全然支払われなかった。一方、その日はたまたま、私がこまごまとした借金を返済しなければならない日でもあった。一つ二つなら何ということもないが、一度に全部となるとかなり厄介な事態になる。そこで、全ての請求に同じ回答を送った。もちろん、本当のことを書いた。配当金が支払われていないというだけのことだ。すると皆、同じ返答が来た。まるで、示し合わせているかのように。莫迦げた返答だから、ここでやり取りを繰り返すほどの価値もない。でも、二つのうちどちらを選ぶか慎重に考えなくてはならなかった。掻き集められるだけの金を使って少しでも連中を納得させるか、あるいは嵐が収まるまでしばらく遠いところへ行くか。そのことをよく考えれば考えるほど、連中は部分返済で納得して許してくれるような人たちではないということが判ってきた。彼らの自業自得だ。私はもう一つの方を選んだ。そんなときに隣の村に逃げた時代もあっただろうが、現代では違う。道の反対側から奴らの一人がやって来る可能性は、フランスの南部やイタリアに行こうとも、道の反対側の舗道に渡るのとそんなに変わらない。だから、アフリカに行くことにした。もちろん、ハルツームではない。そこでは薔薇を育てているとさっき話したが、それはつまり彼らが種苗業者のカタログを持っているということで、情報は逆方向にも同様に伝わるということでもある。だから、私がそこにいることなんかあっという間に知られてしまうだろう。いや、もっとずっと南に行かなくてはならないと判っていた。私はウムゴーゴの国へ行った。そこにいる間に、キレットが体験した話の真相を知りたい、あの呪術医を見つけ出して、本当にできることは何なのかを見てみたいと思った。私はキレットが行ったところとまさに同じところに行って、そこでムワのことを訊いた。数日後には私が彼を探していることがムワの知るところとなった。ハイエナの吠える晩に私のキャンプの囲いへとやって来た。ちょうど陽が沈んだ頃だった。キャンプを保護するための囲いは周囲に丸く棘のある枝を巡らせたもので、ライオンを寄せ付けないようにと作られているのだ。大したキャンプではなかった。古いテント、夜に燃やし続けるための薪の束がいくつか、高さが二、三フィートしかない雨よけは、ポーター二、三人と料理人一人に一つしかなかった。そのときは、それが精一杯だった。呪術医は灰色の影のようにキャンプの囲いにやって来た。全身に草木灰を塗っていたんだ。そして、私に何を求めているのかを訊いた。『誰かを消してみせてほしい』といった。『お前を消してやろう』いきなり究極技を見せようとしてきた。きっと、私が自分のことをあまり評価していないと見て取って、他のことをやって見せても大した印象を与えられないと思ったのだろう。

『いや、それはいい』

私が見たかったのは彼の究極技というわけではなくて、それがどういう仕掛けになっているのかを、見たかったのだ。キレットは椅子に座った。そして、本当のことを話していたようだった。もし私が自分で椅子に座ればキレットが見たことを見るに違いない。つまり、キレットと同じことしか判らない。そんなふうに考えたわけだ。そして、自分は間違っていないと思っていた。

『自分で消えて見せよう』と呪術医がいった。

『いや、他の白人《ブワナ》にしてくれ』

他の白人といえばだね、アフリカのおかしなところに、どこへ行っても、しばらくすればいつでも白人を見つけられるというのがある。一週間もかからずに、一人は見つけられる。ある夜、そこから一マイル離れた丘の上に焚き火を見つけて、翌朝そこへ訪ねたら、まさに一人の男を見つけた。ジクスンという名の、如何にもやる気のなさそうな奴だった。その眼を見れば、象牙を追っているのだとすぐに判った。儀礼的な理由がなかったら、職業など訊きはしなかったが。彼は、蝶を集めていると答えていた。『それより何か重いものではなく？』と私がいうと、『いや、それだけさ』と答えた。『確かに、あれは綺麗なものだ』と私もいっておいた。実際、そうだから。それから、彼にどうしてほしいか話をした。キレットが座った椅子に座ってもらって、それを私が見守ろうという考えだった。蝶よりももっと儲かる話があるんだといった。私は象牙のことをいおうとしたが、そこは蝶といっておいた。もちろん、ジクスンも私のいわんとするところを理解していた。キレットが話してくれたことを私も彼に話して、ヨーロッパがまだ知らないことを知らしめる相談をした。そこから儲けを得ようというつもりだった。そして、そうなるはずだった。そういう話を聴きに人が殺到して、きっと支払いをしてでも聴くはずだ。アルバート・ホールを確保してもいい。何千人も来るだろうから。私にうるさいことをいっている連中には無料招待券を何枚か配ってもいい。そうすればもう小切手を要求されることもなくなるだろう。どれだけの金が入ってくることになるのか自分の目で見れば、もうそんなことはいえまい。打ち倒されるときまで、請求書を持ったあいつらに取り囲まれたりはしないぞ。死にかけた男に群がる蠅そっくりだ。忌忌しい奴らめ！」

「何があったんだ、ジョーキンズ」

「何があったか、お話ししよう。トリックを見抜こうという人間が近くをうろつくのをムワが嫌がるのは判っていた。魔術なんてあるわけがないからな。前にキレットが話してくれた、背の高い草の中で地面を少し踏み固めて作ったムワの魔法円《マジックサークル》がどこにあるのか探し出し、そこから辺りを見回して、姿を見られることなくこっそり様子を窺える場所を探した。もちろん、身を隠せるところはたくさんあった。そこらじゅうに高い草が生えていて、何でも身を隠せるなかった。とはいっても、その丘はなかなか好都合で、勾配も好ましい感じで、頂上に木があった。その木に隠れてツァイス社製の双眼鏡で様子を見ればよく見えるだろう。そこからは、すぐそばを流れるウムゴーゴ川はもちろん、遠くへ流れていく川面の輝きも見ることができた。ムワが魔術を執り行うところからは草に隠れてその川は見えなかったけれども。

ムワは今回もキレットのときと同じ時刻を選んだ。そして、キレットが説明してくれたのと同じ変な椅子も。席や背は葦材で、枠は何らかの木材だ。この辺りには生えていないような種類の木だった。何年もアフリカ人の掌で磨き上げられてきたような色合いだ。その前日にすっかり準備が整い、夜になってから私のささやかなテントでジクスンと食事を共にして、これから二人で儲ける金の話をした。

『蝶よりもずっといいぞ』もう一度念を押した。『ヨーロッパ人は珍しいものには法外な額でも払うからな』

それに、私自身もこのアフリカの魔法が本当にあると信じていたんだ。でも、それがどんなふうに作用するのか知りたかった。アルバート・ホールで皆に説明できるようにだ。だから、ジクスンと協力するわけだ。

私は翌朝早くから出かけて、その後ジクスンがあの椅子のところへ行った。ジクスンが腰を下ろしてから、双眼鏡を片時も離さなかった。眺めはいいと話したが、アフリカの心臓部を通ってゆうに十ノットの速さで流れていくウムゴーゴ川を十五マイル先まではっきり見通せた。ジクスンが座っているところからはそういった景色はまったく見えない。ムワが火を熾《おこ》し、湧き上がる煙がジクスンの顔を覆った。ジクスンがじっと快適に座っている様子は、キレットが話してくれたとおりで、煙の中で不快なことはなさそうだった。呪術医が少し踊ってみせた。すると、呪術医と椅子に座っているジクスンの両脇にずっと静かに立っていた男たちが、突然前に出てきた。それと同時に、高い草の茂みからさらに数人が出てきて、椅子に座っているジクスンを持ち上げて走り出したから驚いた。ジクスンはそれでもなお、その妙な椅子に静かに座っていた。ジクスンは、頭も手もまったく動かすことなく、眠っているようにしか見えなかった。彼らはまっすぐにウムゴーゴ川へ向かい、二十人の漕ぎ手のいるカヌーに乗せると、十人が漕ぐカヌーは急流に乗ってみるみる遠ざかっていった。一時間ほど様子が見えていたのだが、流れに乗ったり漕ぎ手が漕いだりして、ゆうに十五マイルは川の上を進んだようだ。十人しか漕いでいないのは、交代制なのだろう。一体、彼らはどこに向かっているのだろう。もちろん、私には彼らを止められなかった。アフリカでは誰もがそうしているようにライフルを持っていたが、四分の一マイル離れたところで椅子に乗ったまま運ばれているジクスンをライフルで助けることはできない。それが可能ならこのとんでもない事態から解放してやれそうな気はしていた。ムワは両手の埃を払い、ゆっくり歩いて立ち去った。一瞬、そこまで行って厳しく問いただしてみようかと思った。しかし、また別の考えが頭に浮かんだ。『いや、やめておけ、キレットは戻ってきた。同じようにしてジクスンも帰ってくる可能性が高いぞ』

私は間違っていなかった。ジクスンは戻ってきた。二十五日後に戻ってきたんだ。キレットが話していた日数と同じだ。その間、私はずっと待っていた。そうしたら、ある日、ジクスンが私のキャンプに歩いて来たんだ。いつもと変わらぬ様子だったが、疲れて、かなりぐったりしている様子ではあった。象牙を追う男たちによく見られる、ずるそうな目つきも相変わらずだった。

『やあ、戻ってきたな』私がいうと、

『そうさ、これはすごい体験だった。今までにないものだった。純粋なアフリカの魔術だ。ロンドンを震撼させるぞ』

『いや、駄目だね』

『駄目だって？』私の言葉に息を飲んだ。

『駄目だね、どうやったのか見たんだ』

『でも、俺は一瞬で四百マイルも移動したぞ』

『その時間をどうやって計ったんだ？』

『太陽の動きだ。俺の驚異の旅のあいだにまったく動いていなかったからな』

キレットもそういっていた。

『何曜日だったか判るかね』

しかし、アフリカのその辺りでは、そもそも何曜日かなんてことを普通は気にかけない。ジクスンはその質問をあっさり無視した。

『君は眠っていたんだ』

『眠っていたって?』

『あれはただの煙じゃなかった』

『結構気持よかったけどな』

気持よかったとはね! ああ、そうだろう。でも、気持いいことが必ずしも我々にとって良いこととは限らない。ウェイター! ウィスキーを頼む。ずいぶん話したような気がする。喉が渇いてしまった。それで、すっかり調べ上げて、一体あれがどういうことだったのか判ったんだ。キレットのときもまったく同じだったに違いない。あの川の流れに乗って、男たちは必死に漕いだ。一時間に十五マイルは進んだだろう。二十四時間後には川から見えないところにまで運んで、椅子の上に座らせておくと、やがて意識を取り戻すというわけだ。目を覚ましたときには太陽はまだ十一時のところにある。

そうだ、これこそアフリカの魔術だ。白人をばかにするための。しかも、実にうまくできている。二十四時間意識を失わせる薬はアフリカの薬としては別に珍しくも何ともない。赤道付近の森にはもっとひどいのもある。気がつかないくらいの引っ掻き傷から入っただけで、目覚めるのにずいぶん時間がかかる薬物だ。しかし四百マイルも移動することはないだろうと思うかも知れない。あれはキレットの誇張だった。でも、実際かなり遠いところではあったし、キレットが戻ってきたときの道はずいぶん遠回りだった。それはジクスンの場合も同じだった。ジクスンと私が別れたとき、二人とも儲け話なんてないことは判っていた。ムワには、私が突き止めたことは何も話さなかった。私が秘密にしてきた、ささやかな知識というわけだ。知っていることを話しにアフリカへ行ったことはない。あるいは、知らなかったことも」

「で、君の借金の問題はどうなったんだ」

「ああ、あれは皆忘れてくれたようだ」

一族の友人

クリスマス・イヴのことだった。ビリヤード・クラブでは幽霊の話をしていた。「幽霊に会ったことがあるかい、ジョーキンズ」と誰かが訊いた。

「幽霊か。いつも答えるのが難しいんだ。ぼんやりしたものだからな。いつもぼんやりとした光のところに現れる。はっきりいうのは難しい」

「だから、そんなようなものを見たことがあるのかってことだ」とターバットがいった。

「ああ、実にそれらしいものをね。本当に、それらしかった。いつも、そうだったんじゃないかと思っている。でも、はっきりしたことは誰にもいえない。今でも覚えている。あれはクリスマスだった。あのころは、クリスマス・ディナーを期待できるかどうかもはっきりしない状況だった。控えめにいっても。経済的に憂慮しなくてはならないというわけではなかったが、それでもクリスマス・ディナーに使えるほどの余裕はなさそうだった。食べられるのは、当時でも、クリスマス・ディナーとはとても呼べないような代物だった。おそらくチーズの欠片《かけら》に、薄いカツレツ一切れだ。

ところで、よく知っている沼地があった。誰も狩猟に行かないような荒れ地だった。私は古ぼけた銃を持っていて、その近くには村があった。エグリンデュンの村だ。君らが知っているかどうかは知らないがね。そこには〈森の住人亭《グリーン・マン》〉という宿屋があった。沼地で鴨を一番《ひとつがい》仕留められれば、その一羽を宿屋で料理してもらって、もう一羽を何か別の料理と交換してもらえるんじゃないかと思いついたんだ。もちろん、そんなにたやすくはないが、そのときは、それくらいのことをくよくよ悩んでいられる状況ではなかった。

それで、〈森の住人亭〉にその夜の宿をとった。経済的には、それで僅《わず》かな金額しか残らないようなことになった。

宿の主人と少し飲んで、土地の状況を教えてもらった。その沼地に来る鴨のことは少ししか話してくれなかったのだが、その辺りに現れる幽霊の話をたっぷりしてくれた。エグリンデュンの館にはよく幽霊が出たという。昔のエグリンデュン卿の誰かが十五世紀にしたことが原因らしい。エグリンデュン卿は薔薇戦争のときに間違った側につき、その幽霊は（その話によれば）正しい側についていたのだそうだ。

幽霊はクリスマスになると現れた。話によると、むごい仕打ちを受けたのがその季節だったからだという。それ以来、どのエグリンデュン卿も代々、誰も座らない椅子を幽霊のために用意しているらしい。

『クリスマス・ディナーに誰も座らない椅子か。私が幽霊だったらよかったのに』

『怖いことをいいますね』

それから、沼地に現れる幽霊の話になった。これから私が行こうとしている荒れ地だ」

「クリスマスに鴨撃ちかね」ターバットがいった。

「そんなわけがない」ジョーキンズが答えた。

「でも、古い銃を持っていて、鴨を探しに行くといっていたと思うのだが」

「鴨を探すことが、すなわち撃つこととは限らない。銃を持って行くということについていえば、たんに武器を持っているからといって殺人の罪に問うこともできない。君は弁護士だろう、ターバット、私よりもよく知っているはずじゃないか。いや、あの夜、鴨は私の近くにまったく来なかったんだ。だから、そんないい加減な告発はやめてくれないか。まったく近くにいなかったんだから。遠くの鳴き声が聞こえたんだが、どんどん暗くなって寒くなって、獲物はさっぱりだった。


小柄な鳥たちが巣に帰ってしまったあとも、まだ私は残っていた。最後の深山烏《みやまがらす》が去った後も、鴨が巣に入った後も。だが、それは私の近くではなかった。私はただ空腹だからそこにいた。そうして、西から振り返ったときに、空の小さな一角を除いてすっかり光が消え、猟をするには暗すぎるのが判った。

そこで、燈芯草《とうしんそう》の茂みから出て足を伸ばした。寒さで痙攣するようになっていたのだ。そして、鴨はぜんぜん駄目だったが、幽霊を見たんだ。少なくとも、私の印象ではそうだ。灰色の輪郭が沼地全体を覆っている霧の中に浮かんでいた。夜の帳《とばり》が降りるにつれて、霧はますます深く濃くなっていった。最初は輪郭しか見えなかったが、その様子は宿屋の主人から聞いた話と一致していた。

そういうのに対してはこちらから話しかけるのが慣わしだから、一体何をしているのかと訊ねてみた。すると、エグリンデュンの館に姿を見せる季節なのだと答えた。か細い甲高い声だった。沼地の秧鶏《くいな》の嗄《か》れ声と茂みのざわめきにも似た物寂しい音が混ざったような声だ。

『どうして、そんなことをするんだ』と訊いた。

『昔の過ちのためだ』それがか細い声で答えた。そいつには一つ変なところがあった。頭を左腕で抱えていたのだ。どうしてかは知らない。そんな格好の人間と、いや人間ではない何かにしても、話をするのは妙なものだった。でもその時は、そんな夕闇の中の真っ暗なところにたった一人で不毛な会話をする声に囲まれていたのだから、なにもかも妙といえば妙だった。

『それで、お前は何をしているんだ』と幽霊がいった。

その声を聞いたり、その姿を見るのは、難しかった。しかし、目を凝らして、想像力と聴力を駆使すれば、何とか声を聞いたり姿を見たりできた」

「想像力だって」とターバットがいった。

「そうだ。夕暮れ後のああいうところでは、想像力を使わなくてはならない。暗くなってからは想像力を使わないと沼地から出られなくなるんだ。ほとんど見えないからね。それで、何をしているんだと訊かれたから、『ディナーを探している』と答えたわけだ。すると、『私の代わりに行きなさい。エグリンデュンの館へ行って、私の友人だといえばいい。そうすれば、クリスマス・ディナーを出してくれる。私のための席がもう何代にもわたって用意され続けているから』というじゃないか。

『食事は何時から』

『八時十五分だ』

なんとか間に合う。

『何といえばいい』

『私を三代目の友人だといいなさい。そうすれば、判るだろう』と幽霊が答えた。

『三代目の何?』

『三代目のエグリンデュン卿だ。当然じゃないか。他に誰がいるというのか』

『その友人が誰だか判るのだろうか』と私は訊ねた。彼らの家のディナーの席に強引に入って行こうというのだから、確証が欲しいというのは当然だろう。

『まあ、もしかしたら友人というのは正しい言葉ではないかも知れないが。でも、彼らは理解するだろう』と幽霊が答えた。

『それで、彼らとはどういう繋がりがあるんだ』と訊いてみた。

『卑劣な人殺しをめぐってだ』

断っておくが、私はただ幽霊の見解を話しているだけだ。もとより偏見があったんだろう。ああいう幽霊というものは、長年偏見を心に抱き続けるものだから。エグリンデュン卿の一族の見解はそれとはまったく別だろうね。彼らは私に素敵なディナーを出してくれたのだし。

すぐに出発して、クリスマス・ディナーに間に合うよう精一杯急いだ。微かなそよ風が吹き、幽霊は霧と藺草の声と囁きの中へ漂い消えていった。沼地を無事に抜けると、かなり遅くなってしまったが、〈森の住人亭〉に戻った。夜会服を持ってきていたのは幸運だった。いつ着る必要が生じるかはまったく予想できないものだ。〈森の住人亭〉には馬車があったので、それでエグリンデュンの館までディナーに間に合うよう連れていってもらえた。呼び鈴を鳴らすと、執事が姿を見せた。『三代目の友人に遣わされて来た』と私はいった。

『まさか本気でしょうか……』といい始めた。

『そうだ、本気だ』

『では……』執事が小声で呟いた。

『彼の席を使っていいといわれたが』

『どんなご様子でしたか』

そこで、執事に説明してやった。

『確かにあの方でしょう』

それから、私を食堂へと案内してくれた。

そこには皆が揃っていた。十七代エグリンデュン卿とその家族だ。ディナーを待っているところだった。執事がこういうのが聞こえた。『三代目のご主人のご友人のもとからいらしたお方です』

それから食堂へと入ると、確かに席があった。間違いようのない、色褪せた綴織りで飾られた椅子で、もう何代もの間、誰も座ることがなかった席だ。私は真っ直ぐそこへ歩いて行って席に着いた。エグリンデュン夫人と娘の一人が私の両脇にいた。皆が私に狩猟のことやら、いろいろな話題について話しかけてきたが、本当に聞きたいことはただ一つしかないということがすぐに判ったから、判る限りのことを話してやった。

『ご友人は、恨んでいる様子でしたか?』とエグリンデュン夫人がいった。

それが、彼らが知りたがっていることだった。彼らは私に素晴らしいディナーを出してくれた。その食事のことを話すつもりはないよ。あんなディナーを今になって思い出したりすると悲しくなるからね。でも、これ以上はないというほどのもので、みんな親切だった。だから、彼は今ではそれほど恨んでいない様子で、まるでそろそろ許してやってもいいと思っているように見えたと答えた。

『そろそろ?』エグリンデュン夫人と娘が同時にいった。

『まあ、彼らにとっての、そろそろでしょうが』

『それはどれほどですの?』エグリンデュン夫人が私にいった。

『おそらく、百年くらいではないでしょうか』

それを聞いてみんな喜んでくれた。呪《のろ》いにしてはそんなに長くないし、彼らの一族に五百年も掛けられていたものなのだから。あまり嬉しかったのか、その晩は泊まっていってはどうかといってくれた。友人が真夜中に迎えに来るかも知れないが、もしも彼のことを待っているなら一緒に立ち去らなければならないだろうし、ああいう人たちは早い時間に立ち去るものだから、と。でも、夜明けに起きるとしても私には早すぎる。だから、私は礼を述べて、別れを告げると宿屋に戻ったんだ」

解説コラム　食卓と幽霊

この作品ではジョーキンズが幽霊の代わりに食事をしたが、ダンセイニの作品には他にも幽霊と食事をする場面が描かれているものがある。印象深いのが「食卓の十三人」。狐狩りをしていて迷い込んだ館で十三人の幽霊と食事をともにする話である。「晩餐後のスピーチ」で描かれるのは、毎年ホテルの宴会場で開かれる二十二人の晩餐会だが、主催者が一人来ただけで食事が始まる。そして、晩餐後のスピーチをする。そこには二十一人が確かにいたのである。ダンセイニの描く食卓には幽霊がよく似合う（ような気がする）。幽霊がいなくても、印象深い食卓は多く、しかし何といっても本書では「ナポリタンアイス」だろう。これを訳してみて、海亀のスープを味わいたいと思ったが、何となく地球の生物多様性の保全によくない影響がありそうな気がして兎肉料理に方針を変え、その味を堪能し、さらにナポリタンアイス（特にピスタチオアイス）の味を確認した。ダンセイニを訳すのもなかなか大変である。次は幽霊と食事をしなくてはなるまい。

食卓は出てこないが、「不死鳥を食べた男」の不死鳥も忘れ難い食材である。そして、幽霊も出てくる。そんなわけで、グルメサイトで不死鳥料理を探す今日この頃である。

流れよ涙

ビリヤード・クラブでの午後や昼食のひと時にジョゼフ・ジョーキンズから聞いた話を書き留めるようになってもうずいぶんになるが、大袈裟に思われかねない題名をつけたとしても、そんな話を集めるのにどんな困難があるのか理解していただけるかは疑問である。というのは、前にも不満を表明したように、クラブ内には大人数で徒党を組んで、ジョーキンズがなるべく参加しそうにない会話で占めておこうとする者たちがいるからだ。ジョーキンズの粘り強い努力や巧妙な話術がなかったら、私は彼の話を全然聞けなかったはずだ。パグルという会員の一人がハーモニカすら持っていないくせに突然音楽の話を始めたのは、私よりも扉寄りに座っていた彼が、ジョーキンズの到着に先に気づいたからに違いない。そして、まさにそうだったと判ったのだが。彼はジョーキンズがドアから入るのを見ていたし、そのいささか荒い息遣いを耳にしてもいた。そんなわけで、ジョーキンズが食堂に入ってきたときには、パグルと共謀者たちが音楽の話をしていただけでなく、わざとそこで話が途切れないようにしていたのだ。ジヨーキンズはクラブの長い食卓の席に黙って腰を下ろした。音楽談義は順調に続いていったので、ジョーキンズに長年根深い対抗心を抱いているターバットが、あえてジョーキンズに対して勝利を宣告してみたくなったようだが、そんなことは誰がやっても軽率な振舞いになるに決まっている。「ジョーキンズ、君は音楽にはたいして関心がなかったんだな」

「そうなんだ。でも、知人に強い関心を抱いているのがいる」

そうして、食卓についた私たちは残りの時間をジョーキンズからいささか変わった話を聞いて過ごすことになった。

「スメギットという名前の男だった。何よりも音楽に関心を抱いていた。実際、各地の歌を採集するためにできるだけ多くの国々を旅していたんだ。持ち歩いている笛の類いを吹いたりしていた。いろいろなところへ行ったが、ギリシャでのことを話そう。あれは春のことだった。アネモネや菫が咲き始めた一月のある日、そこでは誰もが寒くて暗い日々を過ごしていたわけだが、彼はたまたま驚くべき発見をした。その頃は私もスメギットのことを知らなかった。それから一年後に偶然道で擦れ違ってね。二人の警官に連行されているところだったんだが、二人の警官は涙を流していた。私は、これは恐ろしい事件に違いないと思って、目を離さないようにして情報収集を怠らず、彼の面識を得るところまで行った。ある日、スメギットは何もかも話してくれたんだ。それはまったく深刻な事件ではなかったし、数日勾留されただけだったそうだ。

ことの次第はこうだった。スメギットがギリシャで発見したことというのは、古い歌の記譜で、それは大理石に彫られていた。いや、もちろん大理石に彫られているものなら何でも人の注意を惹くだろう。イングランドならね。でも、そこはギリシャだ。如何にもアネモネの花の咲くところにありそうなものだし、最初はたいして気にも留めなかったらしい。でも、掘り出してみると、とても重くて持ち運べないと気がついて、アテネからさほど遠くないその場までタクシーで乗りつけて運び入れると、アテネ市内のホテルに取って返した。まあ、アテネには考古学者がごろごろしているから、そんなのを数人見つけて、その曲を解読してもらったわけだ。結論からいうと、オルフェウスの曲の記譜に他ならなかった。もちろん、そう聞くと君たちはきっと驚くだろう。でも、ギリシャでは別に珍しいことでもない。私自身、アクロポリスの倒れた大理石柱にプラクシテレスの署名があるのを見たことがある。ポセイドンの神殿でバイロンの名前が彫られているのも見たことがあるが、もちろんそれは現代の新しいものだ。

スメギットはそれをピアノで演奏してみて、自分が正しく読めているか確認しようとした。肩越しに振り返って意見を求めようとすると、二人の考古学者は涙を流していた。自分の手に入れたものが何なのか判るのに、さほど時間はかからなかった。すぐに帰国すると、ロンドンの住まいに腰を落ち着けた。最初にやろうと心に決めたことがあって、そのことをすっかり話してくれた。普通そうそういったことは人に話さないものだが。だからこそ、話してくれたことを何よりもまず信じようと心に決めたんだ。スメギットがしようとしていたのは、世界各国から集めた数知れない民族音楽を収入にしようということだった。しかし、私に話してくれたところによると、税金が高すぎて、それで生活していくのは到底無理だと判ったということだった。そこで、税金を払わないことに決めた。

『でも、払わせられるに決まっているだろう』と私はいったんだ。

『ちょっと待て。私が手に入れたこの曲で、二人の考古学者が噎《むせ》び泣いた。滂沱《ぼうだ》の涙を流しているときに、私に対して一体何ができるっていうんだ』スメギットが答えた。

『税務署員にその曲を聞かせようというのか』

『思いついたことというのは、それだよ。このところ、税務署の要求を一切無視してきた。何とか音楽を仕事にしてそれなりの収入にしてきたのだが、ほぼ二年間まったく税金を払っていないんだ。そうしたら、ある日、下宿のメイドが怯えた様子で私の部屋に来て、サマセットハウスから来た紳士がお話があるといっているとね。「なんだい、入っていただきなさい。部屋にお連れしなさい」といってやった。あの娘は私の手の内なんか知らないわけだからな。その男の心を和らげて、バターになるまで溶かしてやるつもりだった。税金についていえば、そんな話を聞かなければならないのは、これで最後になると思っていた。メイドは部屋を出て、階下から男を連れて戻ってきた』」

「それで、どうなったんだ」ジョーキンズが話を止めたので、ターバットが訊ねた。

「口が乾いてしまっても話のできる人たちもいる。私はそんな人たちに対して賞讃の念を抱いているし、私もそうできたらいいのだが」

「ああ、判った」とターバットがいって、ウェイターに向かって頷くと、ウィスキー&ソーダが運ばれてきた。ジョーキンズは、それを口にしてから、いった。

「何が起こったかというと、税務署員が請求書を手にして部屋に入ってきた。威圧的な態度だった。スメギットは後悔している様子で座ったまま考え込んでいて、やがてポケットから長い笛を取り出した。たぶん、クラリオネットという型だと思うが。心ここにあらずといった様子で手に取って、それを吹き始めた。サマセットハウスから来た男は崩れ落ちて、啜り泣いた。『さて、これでいいだろう』とスメギットは考えた。男は請求書を手に持ったまま泣いていて、スメギットは笛を吹き続けた。男はスメギットに何度も何度も謝った。涙が請求書の上に落ちて、字が滲《にじ》んでしまったからだ。申し訳ないが吸い取り紙を使わせてもらえないだろうかといった。スメギットは顔で場所を示しながらも、演奏を途切れさせることはなかった。濡れた請求書に吸い取り紙を当てて、字がちゃんと読めるようにすると、なおも泣きながら、その請求書をスメギットの手に押付けた。スメギットは躰《からだ》を震わせて噎び泣く男を見つめながら、もうこれで終わりにしようと考え、はっきりといった。『でも、私に心から本気で支払いを要求しようというわけではないのですね』もう男の心がすっかり壊れてしまいそうに見えたからだった。男はもう話すこともできなくなっていた。しかし、請求書を彼に押付け続けた。スメギットはクラリオネットだか何だかよく判らないが、その笛で演奏を続けた。男が請求書を示そうとしなくなると、やっとスメギットがこういった。『ところで、何らかの払戻しはしてくださるんでしょうね』男はまだ噎び泣いて躰を震わせていたが、ようやく声を取り戻した。その曲を作ったオルフェウスという奴は、よっぽどすごい人物だったんだろう。男はまだ啜り泣きながらも、何とか言葉を話すことができた。『吸い取り紙の費用については、払戻しをいたします。その権利があります』

スメギットは、税金を払わないという目的を諦めず、曲の演奏を続けた。目の前で頭《こうべ》を垂れて躰を震わせ噎び泣く男が、厄介なことを起こすとは思いもしなかったんだ。でも、そうなった。男は啜り泣く合間に警察を呼ぶといった。そして、実際にそうした。スメギットの部屋の窓を開けて、呼子を吹くと『お巡りさん！』と叫んだ。

警官は二人いてね、私が道で見た二人だよ。その二人が走ってきて税務署員の顔を見たとき、これは少なくとも誰かが殺されたんだろうと思った。その涙と噎び泣きを見たんだから。しかし、法に定められた税金の支払いを拒否している事件に過ぎないと判って、きっと彼らは少しばかりがっかりしたんじゃないだろうか。警部と話してもらわなくてはならないから、警察署に一緒に来るようにと警官はいった。しかし、スメギットはただ微笑むだけだった。そして、二人に向かって目の前でやはりあの曲を演奏した。二人の警官は、サマセットハウスから来た男や二人の考古学者と同様に突然泣きだした。驚くべきことでもない。オルフェウスはハデスにも涙を流させたと記録されているのだから。スメギットは自分の勝ちだと思った。しかし、そううまい話でもなかった。一緒に行くのを拒むと連行された。それでも、演奏を続けるのは許されていたが。二人が腕を片方ずつ肩の近くで押さえて、道を進んだ。泣き続ける税務署員が後ろに続いた。それが、私の目撃した光景だったわけだ。しかし、ああ、あの曲は。君たちはたった今、音楽の話をしていたんだった。音楽が演奏されているときに君たちが目を潤ませるようなことがあったかどうかは知らないが、あのとき、私の目には涙が溢れてきた。泣いてしまったことを認めよう。彼らのあとについて歩きながら、声を出して泣いたんだ。スメギットはずっと演奏を続けていた。天国からまっすぐロンドンの通りに降りてきたナイチンゲールのようだった。天使たちの歌から新たに霊感を得た曲ばかりだ。君たちが話しているような音楽家たちに、そんなことができるのかどうか私は知らない。オルフェウスにはできた。あのときわれわれを見た人たちがどう思ったのかは知らない。何か恐ろしいことが起きたんだと私ならいうだろう。

その後でスメギットの住所を手に入れて、この話を聞いたんだ。彼は結局のところ税金を払わなくてはならなかったがね」

ジョーキンズの忍耐

私が記録したジョーキンズの旅行記をどれか一つでも読んだことがある方々のなかに、それを法螺話ではないかと疑う人は一人もいないと主張するのはいくらなんでも莫迦げているだろう。そんな疑念を抱く人はいたし、そう表明する人すらいた。それでも、私がはっきりと抱いている印象としては、一般読者の方々は公正な受け止め方をしてくださったようだ。変わった話だからというだけで人を信用しないわけではない、最終的な判断は科学が確実に証明するまで差し控えるのだと固く心に決めた態度とでもいおうか。そのときは、最終的な判断がジョーキンズに不利なものとなるかも知れないが、それは今日ではない。そうなったときには、公正な心の持ち主が十分な証拠もなしに表明できないような冷笑的な不信の念を込めて、公然とジョーキンズを嘲笑することにもなろう。私自身としては、彼がしてくれた話であっても、それに対してビリヤード・クラブの誰かが、あるいは他の誰かが、法廷にその話を真実ではないと確実にいえる証拠を持って来られるような話だったら、一切記録しないように気をつけることにしている。彼の話にどれか一つでも真実があるかと、法廷論争は今も静かに進行しているであろう。そこで原告が弁護人の嘲笑にどれほど耐えられるか見るのも興味深い。しかし彼の話に対する一般読者の反応は、法廷におけるどんな評決よりも誠実なものだった。不思議なことに、それらの話の源であるビリヤード・クラブでは、ジョーキンズに対してもっとも不誠実な態度が向けられたのだ。たとえば、つい先日のことだが、クラブの会員の一人が不必要に失礼な態度をジョーキンズに対して示した。たった一言であったとはいえ。いうまでもなく、それはターバットだった。その言葉自体は別に失礼なものではなかったのだが、だからこそなおさら狡猾だったのだ。本当に一言だった。短い文ですらない。作家がよく「それを一言でいおう」というときによくある文だ。さて、その話を始めよう。

　私たちはビリヤードについて話していた。ビリヤード・クラブでそんな話題になることはあまりなかったのだが。おそらく、誰かがビリヤードの話をしても、想像力も経験もそれ以上のものを提供できないという雰囲気があったからではないだろうか。ビリヤードという存在は、いわばビリヤード・クラブの基調なのだ。アシーニアム・クラブ〔ロンドンに一八二四年に設立された実在のクラブ。科学志向が強く、作家や芸術家も名を連ねた〕が鳥を象徴の女神としながら、ランチのために梟《ふくろう》を一羽註文することは滅多にないのと同じだ。だが、今日の私たちはビリヤードの話をしていた。ボンゾリン球〔十九世紀末に象牙に変わる材質として開発された合成樹脂製のビリヤードボール〕がいいか、昔からある象牙の球がいいか議論していたのである。その議論を記録するつもりはない。ジョーキンズの話とはまったく関係ないからだ。ただ、ビリヤード・クラブでは唯一ボンゾリン球だけは現代ふうの代替品の中でも従来の本物と比べて遜色がないと話していたことは、読者も関心のあるところではないかと思う。私たちの結論もそういうことだった。そのとき、もっと分別があって然るべきだったのだが、若い会員の誰かが近くにいたジョーキンズを見ると、突然、こんなことをいいだしたのだ。「今までにユニコーンを見たことがあったりしますか、ジョーキンズ」

もちろん、こんなのは年配者に対する話しかけ方ではない。仄《ほの》めかしている内容も明らかによくない。ジョーキンズは一瞬、この若い男に目を向けて、ユニコーンの存在をまったく信じていないことを見てとった。何れにせよ、自ら試してみるまでは、代々伝えられてきたものを何も信じないという年頃をまだ終えていないのだ。

「運が良ければ目にすることができる動物と想像上の動物との間に厳格な一線を引くことに私は賛成できない」とジョーキンズが話し始めた。「実際、リージェント・パークの周りに引かれた線と何ら変わらない。本当にそれだけのことだ。線の中にいるものが、存在を信じられる動物だ。外側にいるのが想像上の動物だ。つまり、動物園で見たことのある動物の存在を信じて、そうでないものを信じないということだ。だが、歴史を振り返ってみれば、ユニコーンに関する報告はたくさんあるし、詳しく記載したものもある。それでも日曜日にリージェント・パークに行ってみて、そこで君のパンを待っているユニコーンがいないと、その存在を信じるのはやめるわけだ。いや、私だって自分の目で見るまではそうだった」

「見たことが？」とこの話題を始めたあの若者がいった。

「その話をしよう」とジョーキンズがいった。

「北グアソ・ニエロ川でキャンプをしていたとき、というよりそこから二百五十ヤード〔一ヤードは約九十一センチ〕のところでキャンプをしていたときのことだった。距離の違いが重要なんだが、二百ヤードだと蚊が住処《すみか》から一斉に飛びだして来るんだ。もちろん、蚊にとって好ましい生息地はたくさんあるわけで、それが問題だ。でも、どちらかというと川沿いを好むから、キャンプはできるだけ川から遠いところがいい。だからといって、大した距離ではない。アフリカでは、また別の方面に危険があるのだから。だが、そのときはそうした。博物館のために動物の頭を集めていたんだ。白人のハンター一人と八十人の現地人とともに、結構な時間、アフリカの地を歩き通して根気よく仕事を続けていた。しかし、私はその仕事に飽きはじめていた。夕食後に焚き火のそばに座って、隣にいた白人のハンターと一緒に煙を上げなら燃える丸太を見つめ、蛍があちこち飛び回るのを眺めながら、その間ずっとロンドンの光のことを考えていた。蛍の数がゆっくり増えていくにつれて、炎の輝きも増し、私のロンドンに焦がれる気持も強くなっていった。そんな気分で、明日はどうするかハンターに訊いてみた。彼が何を狙うといっても、私はそれはもう撃ったと指摘した。実際、そのとおりだったのだ。

　風が森の方、あるいは草原を越えて吹いてきて、杉の枝から立ち上る煙を穏やかに玩《もてあそ》んでいた。炎の輝きの中に見える幻は次々に姿を変えた。ハンターは次々に新たな提案を出してきたが、とうとう私は苛立たしい声をあげてしまった。『まだ撃っていないものを見つけてくれよ』

するとハンターがいった。『判った、そうしよう』

『何なんだ、それは』

だが、彼はいおうとしなかった。

私は訊ね続けたが、彼はいおうとしなかった。焚き火担当の男をわれわれはアスカリ〔植民地政府所属のアフリカ人警察官や兵士のこと〕と呼んでいたのだが、その男がやってきて焚き火に薪を足していった。われわれは背中に少し冷たい風を受けながら手や足を焚き火で暖めつつ、いつまでも座っていた。それでもまだハンターはいおうとしなかった。『どうしていわないんだ？』ととうとう私は訊いてみた。『狂っていると思われるからだ』とハンターが答えた。『ああ、そうじゃなかったのか』と私はいった。当てこすりの気持が半分、そのとき私を襲っていた理由の判らない苛立ちが半分だった。どちらもアフリカのせいだ。

翌日、キャンプを川辺に移した。そこで、長いこと待った。どれくらい長かったかは覚えていない。まるまる二週間だったか。その間ずっと、私が今までに撃ったことのない獣を見つけると約束し続けた。

そのうち私にマラリアの症状が出始めた。ハンターもそうだった。ある晩、治療法について話していたとき、というのは二人ともキニーネにうんざりしていたからなのだが、ハンターがわれわれの探しているものが何なのかをいったんだ。そうだ、要するにユニコーンだった。現地人を何週間も森の中へ捜索に行かせていて、まだ姿を見てはいないものの、その足跡は見つけていたとハンターがいった。それから、ユニコーンの捕まえ方を説明した。彼が説明するには、その動物はいつも人間にかなり警戒心を抱いていて、例外はあるものの、おおむね他の動物以上に人間を避けようとした。ここ数世紀においては、おそらく人間が火器を発明して以来、あるいは人間の生き方に他の変化が生じて以来なのか、人間を徹底的に避けるようになったので歴史からほぼ姿を消した。十五世紀のある日、ローマ教皇がフランス国王フランソワ一世にユニコーンの角を賜ったときまで。そしてその後しばらくはユニコーンへの言及がよく見られたので、ユニコーンは人間を避けたいと願っていたのに反してうまくいかなかったといえるだろう。その時代以降は、それまでになかった悪知恵がユニコーンの孤独を愛する心に加わることになり、その結果、ヨーロッパに生息する哺乳類のなかにユニコーンが位置づけられることはもはやなくなったのだ。それからハンターはユニコーンの捕まえ方の本題に入った。どうやってもユニコーンに近づく方法はないと彼はいう。そして、たった一つの例外は、そうせざるを得ないように仕向けることだといった。そういって紙とペンを取りだすと、どんなふうにするのかを描いてみせてくれた。まず、半円形に点を並べた。それは勢子《せこ》を表していた。円の中心にユニコーンを表す×印を書いた。そして、両サイドからどんなふうに間合いを詰めるのかを示した。彼の手はマラリアのせいでかなり震えていたし、私もあまり具合が良くなかったが、それでも話は簡単で、まったく通常の狩りと同じだと思った。

『ああ、判った。それで銃はここでいいんだな』私はそういって、ユニコーンの前方を指さした。勢子の半円形が動いていく先だ。

『いや、違う。それは他の動物のときのやり方だ。ユニコーンには、それではだめだ。何度も試されてきたが、それでうまくいった者はいない。ユニコーンが人間を避ける気持はとてつもなく激しい。過去はどうだったにせよ、今はそうだ。犀には匂いが判らないと考える以上にひどい間違いだ。ユニコーンは勢子の列を目にして、忍び寄る両サイドの状況を知った瞬間、追いつめられていることを把握するだろう。その列を一瞥しただけで（ユニコーンの目は鋭いのだ）、方向も察知する。直ちに正確に反対方向へと森を抜けていく。勢子たちの間を抜けてだ。森の中では、現地人にも見られずに動ける。現地人はユニコーンを見たことがないというわけじゃないが』

『じゃあ、銃の位置は――』

『まさにそうだ』と私の言葉を遮った。『ユニコーンの正面だ。どこにいたとしても、君から遠ざけようとすればいい。ユニコーンはまっすぐに逆行するだろう』

そのときは、これで完璧だと思った。ユニコーンが人を避けるということに、疑いの余地はない。その場合、避ける方法というものがあるはずだ。際立った知性があるのだから。知性がなかったら方法なんて役に立たないじゃないか。追い詰められた時は密林に逃げるよりも対象に向かっていった方がいいに決まっている。われわれの歴史は、ユニコーンなどいなかったのだと思わせる話でいっぱいだが。

『ところで』とライノがいった。ライノ・パークスという名前だったのだ。イングランドで何をしていたかは知らないが。『カンバ族の追跡隊が見つけた。明日あたり試してみてはどうだろう』

『明日はまだライフルを構えられるかどうか判らないな』私がいった。

『ここではマラリアに対して敗北を認めても無駄だ。つまり、マラリアに対して何かできた者はいないんだ』

その場所が保養地として書かれることがよくあるとはいえ、それは本当だった。

『判った、明日にしよう』と私はいった。

そして、明日が来た。それはよいことだといえるだろう。マラリアのときは、何が来るか判りはしないのだから。

翌朝、五時にはもう起きて準備ができていたが、ライノは、私が朝食をたっぷり摂ってからでないと出発しようとしなかった。それで腰を下ろして食事をした。液体でなければならなかった。そのときの私には、ベーコン&エッグを食べるなど、生きた栗鼠《リス》を食べるのと同じくらい難しい状態だったのだ。そこで二瓶持っていたベルモットを食事とし、七時には出発した。

ここからが、この話のちょっとすごいところなんだ。川を渡って森に入った。私はカンバ族が囁き声で指示した位置につき、勢子たちが私から離れていった。その間、私はライフルに弾薬《カートリッジ》を装塡するのをすっかり忘れてしまっていたのだった。そんなこと信じないかも知れない。たとえ信じないとしても私は驚かない。でも、そのときはそうだったんだ。マラリアのせいじゃないかと思う。実際のところ、人間なら生涯に一度はやってしまうことの一つで、それが生涯最後のできごとになってしまうこともよくあるわけだ。私は空っぽのライフルを持って立ち、ユニコーンを待ち受けていた。三六〇口径の弾倉で、一つに五弾薬《カートリッジ》だった。銃身にもう一つ入っていなければいけなかった。勢子たちの足音が遥か遠いところから響いてきた。そのとき、とぎれとぎれの密やかな音が聞こえてきた。何か重いものが、森の中をこっそり通る音だ。そこで私は空っぽのライフルを持って立っていた。突然、あまりにも優雅で、滑らかに輝く大きな肩が見えた。すぐそばの、緑が密に繁るところに。ユニコーンに違いないと思った。もちろん、何百枚とユニコーンの絵を見たことがあったから、その動物、つまりユニコーンを見ていちばん驚いたのは、そういった絵に驚くほどそっくりだということだった。私はライフルを構え、慎重に狙いを定めた。そして、引き金を引いたとき、空だと判った。

もちろん、弾薬《カートリッジ》を持ってくるのを忘れたわけではなかった。いくら熱があったからといって、そこまで狂ってはいなかった。ポケットにはいっぱい入っていた。すぐにポケットを探って弾薬《カートリッジ》を摑み、装塡した。ユニコーンまでの距離はたった二十五ヤードだった。だが、かちっという音が聞こえてしまったのだ。その音が何であるか判ったかどうかにかかわらず、人間がいることは知られてしまったわけだ。こちらの姿が見られていないとしても。ユニコーンはすぐに向きを変えて森の中を駿足でそっと走り出した。もう一度、木々の隙間からその白い輝きが見え、私は撃った。確かな手応えがあったので、ユニコーンのところへ近寄った。どこに私の弾が当たったのかはまったく判らなかった。肩の後ろに当てるチャンスは逃してしまったから、どこでもいいから当たってくれと思って引き金を引いたのだった。ここでまた弾倉を外した。装塡する時間はないし、ユニコーンは私に迫ってきていた。ポケットからもう一つ弾薬《カートリッジ》をとりだそうとしたまさにそのとき、煌《きら》めく角を掲げて突進してきた。象牙のような恐ろしい武器だ。私はライフルで角を払いのけた。ユニコーンの首の力がとてつもなく強かったから、躱《かわ》したといっても、すれすれのところだった。間にあったとしても、剣の突きを払うように受け流せるものではなかった。その恐ろしいほどの突きは生きている力をすべて込めたものだった。レピヤー〔細身の剣〕の突きを払おうとするように素早く反応しなくてはならない。あるいは、もっと素早く。ユニコーンはすぐにもう一度突いてきた。また、私は受け流した。ライフルを装塡するなど考える暇もなかった。ただ、角を払うので精一杯だった。躱したといってもぎりぎりのところで、その角が私の着ていた茶色のシャツを切り裂いて、左腕の下を擦っていた。銃弾のようにすっぱりと切り裂いていた。もし、また突かれたら、同じように受け流さなくてはいけないのだと判っていた。次に突かれたら、あるいはその次でも、それでもう終わりになるだろう。その角に込められた力は、あきらかに私の能力を上回っていたからだ。そこで、一瞬でも時間を稼ぐために後ずさった。が、ほとんど動けないうちに、素早く巨獣が突進してきた。私はライフルを背中にまで振り上げると、もう一度突かれる前に、思いっきりユニコーンの頭に振り降ろした。それが自分の最後のチャンスだと知っていた。マラリアで弱った躰《からだ》に残された力をすべて使い果たした。今度は向こうが受け流す番だ。向かってくるライフルを見てとると、角ではじき飛ばそうとした。角がライフルを捕えて、両者が激突した。どちらも勢いがあった。当たったときの衝撃はかなりのものだった。だが、牙も鋼鉄も砕けるものではない。私のライフルはというと、どこへ行ってしまったのか判らなかった。周囲に折れた枝の破片が飛び散っていた。そのとき、長くて細い、殺人的な力を秘めた角が、私の横の地面に白く転がっているのに気がついた。ユニコーンもそれを見た。前脚を伸ばして、頭を下げてその匂いを嗅いだ。ユニコーンが何もしなかった一瞬の隙に、私はその角を手に取った。私の手にある角を見て、ユニコーンは心が決まらないような様子だった。そんなふうにわれわれはしばらく向かい合っていた。その体重で私を簡単に圧倒できただろう。その鋭い蹄で踏みつぶすことだってできただろう。それでも、身動きせずに立ちつくしていた。自分自身の角を畏れるかのように。今やその角は自分の方を向いているのだ。私は手にした角を持ち上げてライフルのように構えた。ズボンの左ポケットに突っ込んであった弾薬《カートリッジ》を取りだせるかどうか試してみようという考えもあった。そのときの私の持つ角の動きで、ユニコーンは馬のように驚いて後ずさり、向きを変えると踵を蹴って飛び去った。ほとんど一瞬で森の中へと姿を消した。それが、ユニコーンを見た最後だった」

「でも角は」と最初にユニコーンの話を始めたあの若い男がいった。「角は持って帰らなかったんですか」

「ウェイター」ジョーキンズは批評家には一言も声をかけることなくいった。「私がクラブに寄贈した長柄のフォークを持ってきてくれないか」

私たちはほとんど皆クラブに何か寄贈している。ジョーキンズは確か象牙の柄のついた長柄のフォークだった。配膳室の抽斗《ひきだし》に入っている。しかし、クラブで一体誰が長柄のフォークなど使うだろう。さて、ウェイターが銀製、というより銀鍍金《めつき》の先端と長い象牙の柄でできたフォークを持ってきた。象の牙にしては細すぎ、象の歯にしては長すぎた。「それから、ウィスキー&ソーダも一杯たのむ」

ウィスキーが届くと、それを飲みながら、変わったフォークを手に取って皆に見せた。クラブの会員の皆は見たことがなかった。見たことはあっても、それを注意深く見たことのある者は一人もいなかった。

「さあ、これは何製だと思うかね」ジョーキンズはウィスキーを飲み干していった。

そのとき、ターバットが私の方に身を屈めて囁いたが、よく聞こえすぎてしまった。彼はこういったのだ。「ボンゾリンだ」

この狭量なコメントが、何というか、瘴気《しょうき》のようにテーブルに広がった。それこそ、ジョーキンズが忍耐を強いられた所以である。

解説コラム　ユニコーンのこと

本作品に登場するのは幻獣ユニコーン。一角獣ともいう。額に捩れた一本の角がある馬に似た動物で、尻は羚羊《かもしか》、尾はライオンのようだという。イギリス王室の紋章にも描かれている。十三から十四世紀にヨーロッパで作成されたタペストリーに「貴婦人とユニコーン」という主題があり、そんなタピスリー（タペストリー）に秘められた禁断の愛を描いたトレイシー・シュヴァリエ『貴婦人と一角獣』も有名である。この「ジョーキンズの忍耐」に「十五世紀のある日、ローマ教皇がフランス国王フランソワ一世にユニコーンの角を賜った」という文があるが、ダンセイニの幻想長篇『ヱルフランドの王女』にも、「これが、後になって法皇からフランシス王に贈られた角なのである」（原葵訳・月刊ペン社）として登場する。ジョーキンズとユニコーンの対決を読みながら、『ヱルフランドの王女』のオリオンがユニコーンの角を獲得する場面を思い出し、〈エルフランドの黄昏の光〉を思い浮かべる幻想小説愛読者も少なくないだろう。なお、十五世紀のある日となっているが、フランソワ一世は十六世紀前半のフランス王なので十六世紀のある日の間違いとみられる。

本書には他にも、「象の狙撃」の四本牙の象、「アブ・ラヒーブの話」の謎の獣アブ・ラヒーブなど、人間の叡知を超えた動物が登場する。これらの動物たちは、あちら側の原始の自然に属する存在である。ダンセイニ作品にはこういった人間の力の及ばない原始の自然が、機械文明批判の姿勢とともに姿を見せることがある。その姿勢の色濃い長篇が『牧神の祝福』（杉山洋子訳・月刊ペン社）であるが、入手が難しくなっているのが残念でならない。

リンガムへの道

ジョーキンズがこんなことをいい始めた。「ある飲み物がないと私は話ができないなどという人たちがいるようだが、どうしてそんな考えが広まるのかどうにも理解しがたい。今日の午後、心に浮かんだばかりの話があるんだ。もし、実体験を話《ストーリー》と呼ぶならばね。ちょっと変わった話なんだが、もし聞いてみようということならお話ししてみようか。でも、飲み物はまったく必要ないということだけは保証しよう」

「ああ、判っている」と私はいった。

「お願いしたいのは、人に私が話したことを伝えようというときには、相手が信じるように努めてほしいんだ。君に聞かせてきたような話をぜんぶ作り話だという人たちがいたじゃないか。多いとはいわないが。私をミュンヒハウゼン男爵呼ばわりした奴もいる。親しみを込めてそう呼んでくれたことは認めるが、それでも比べられたのは事実だ。私にはそれがつらい。出版社にとってもそうだと思う。君の書き方のせいではないかな。どの話も本当のことなのに。どうも君の書き方が、疑いを抱かせるようだ。これからは、もう少し注意してもらえるだろうか」

「判った、よく気をつけておくよ」

それでやっとジョーキンズは話を始めてくれた。

「そう、これはずいぶん変わった話なんだ。それは間違いない。でも、君たちは疑いを抱かずに聴いてくれるだろうと思う。そうでなければ自分の体験談を話そうという者は皆、話を信じてもらうために、退屈極まりない、ありふれた話題を選ばなくてはならなくなってしまうだろう。ペンジからヴィクトリア駅までの鉄道旅行の説明とかをだな。ここではそんなことにはならないと信じているが」

「もちろんだとも」私がいった。

「それなら結構」ジョーキンズがいった。

そのとき、他の会員たちが数名、私たちの近くに腰を下ろし、ジョーキンズは話し始めた。

「まるで昨日のことのように思い出せる。イングランド東部にある長い街道でね、ポプラの樹が道に沿って続いていた。三マイル〔一マイルは約一・六キロ〕はあったと思う。ポプラの樹はその道の両側に沿って並んでいた。平らな湿地帯《フェンズ》を突っ切っている道だった。湿地は排水が進んでいたが、まだところどころに沼地が残っていて、排水路に沿って生える燈芯草《とうしんそう》の穂が揺れていた。人間に戦いを挑んで敗れた軍隊のようでもあった。四散していたが、壊滅したわけでもない。人間は湿地の排水をしただけでは満足できなかったようで、ポプラの樹を切り倒し始めていた。街道が目に入ったときには、緑と銀の綿毛のような平原の向こうに真っ直ぐ二本の線になって続くポプラに対してすでに仕事を進めていて、実に手際よく切り倒しているのは確かだった。運搬車に乗せやすいようにと街道の上に倒されていたが、それで邪魔される交通量は気にするほどのものでもなかった。もし誰かが来るとしたら、どちら側から来てもどうせ三マイルも先から見えるわけだ。いや、そんなのは一人も見なかったがね。これから話そうとしているものを別にすれば。ちょうど一本切り倒そうとしているところで、街道を塞ぐように置かれている二本の間に倒れるようにしていた。枝が絡み合わないようにするためだろうが、そのための余地は二フィート〔一フィートは約三十センチ〕もないくらいだった。だが、仕事の手際がよく、葉が触れ合うこともなく倒されて、樹は大きな溜息とともに二本の間に横たわった。両側の樹の方を向いている小さな葉はことごとく心配そうに揺れ、そして震えながら、最後の大きな息を吐いた。その手際が見事だったので、私は帽子をとって喝采を送ってやった。誰だってそうしただろう。倒されたものに賞讃を表そうとする者はいない。すくなくとも表立っては。だが、そう考えるのを止められるとは限らないし、悲運の並木道に響く勝利を称える自分の大声を恥じる気持が湧き上がってくるのに五分もかからなかった。

それが、その日倒される樹の最後の一本だったのだ。それからほどなくして、私はリンガムの村へ帰ろうと一人歩いていた。人の住むところで一番近いのがその村で、沼沢地をはさんで三マイルほど離れていた。ちらちらと揺れる夕刻の光がポプラの樹を周囲に溶け込ませていた。

伐採人たちは、荷車に切り倒した樹を積み込んで、反対側に去った。彼らの話す大きな声と馬への指示が次第に小さくなり、聞こえなくなっていった。そして私はまったく破られることのない静寂の中にいた。耳に入るのは自分の足音と、ときどき背後から聞こえてくる微かなざわめきだけだった。ポプラの梢を揺らす風の音だと思っていたのだが、風はまったく吹いていなかった。

一マイルも進まないうちに、何かまったく見当もつかない強い気配に襲われた。それから十分くらいのあいだに、どんどん強くなっていった。たんなる疑いから、直感が確信へと変わった。自分は密かに跡をつけられている。振り返ってみたが、何も見えなかった。というよりむしろ、街道が微かに曲がっているせいもあって、過ぎてみれば明白なこともそのときはよく判らなかったのだ。そこで起きていることが、どうしても信じられなかった。その後は、つけられているという感覚が強くなるにつれて、振り返る勇気がなくなっていった。自分の恐怖にぴったり当てはまるような追跡者を思い描こうとしてみたが、まったく浮かんでこなかった。まだ四分の一マイルも進んでいないところだった。それからさらに四百ヤード〔一ヤードは約九十一センチ〕行ったかどうかというところでね、ひどく喉が渇いてしまった。あんな経験はしたことがなかった。今になって思い返しても、喉がからからになって、ほとんど話ができなくなってしまう。誰か、そんな話を聞いたことはないかな」

「誰も聞いたことがないだろうね」私はそういって、ウェイターに合図をした。ジョーキンズを今でも恐怖で震えさせる記憶があるのは間違いないようだったからだ。ジョーキンズが気を取りなおして最初に発した言葉は、親しい友人にふさわしく、私への感謝だった。それから、話を続けた。

「私を追っているものは人間ではないという恐ろしい確信を抱いたのは、それから四百ヤードも進んでいないところでだった。そのときの衝撃は、最初に跡をつけられていると気づいたときよりも大きかったかも知れない。もう、追われていること自体にはかすかな疑いも抱いていなかった。規則的な足音が聞きとれるんだ。でも、それは人間の足音じゃない。それに平原を見渡しても人なんていない。平らな湿地だけだ。自分は一人っきりだという気持でいたからこそ強く感じたのかも知れないが、もしそこにいる何かが人間に対して何らかの反感を抱いているとしたら、その怒りは私一人に向けられることになるだろうと思った。夕暮れの明るさが消えて何もかもが暗く謎めいてくるにつれて、その感覚はますます強まっていった。それでも、まあよく耐えた方だと思っている。しっかりとした足音が次第に大きくなって迫ってくるのだから。とにかく、振り向く勇気がなかった。つけられていると知ったとたんに怖くなった。素直にそれは認めよう。それがまったく人間ではないと知って、もっと怖くなった。それでもなお、恐怖に身を委ねたりはしまいという固い決意を抱いていた。ただ、振り向きたくないという恐怖は別として。こうして話してきたことの記憶は今もなお、私の喉をからからにするんだ」そういって話を止めると、もう一度、ゆっくり喉を潤した。実際、ジョーキンズのタンブラーは空になっていた。

「凄まじい恐怖はなお私に迫ってきていて、手足を萎えさせるほどの恐れに慄《おのの》くあまり、危うく街道にくずおれそうになった。今でもときおりその恐怖が蘇ってくると、私の躰《からだ》は打ち震え、夜に付き纏って離れないことも少なくない。われわれは皆、動物界で傲慢に振る舞っている。そして、それが当然のことだと思っているから、それ以外のものに攻撃されると動揺し、息が止まるほどの衝撃を受けるんだ。そのときは、まさにそうなっていた。自分を追っているものが絶対に動物ではないとわかったときに。どさどさという足音が聞こえた。さらさらという長い音が聞こえた。だが、息をする音はまったく聞こえなかった。辺りを見回す時間はたっぷりあった。それでも、私にはその勇気がなかった。固く重い足音に肉の柔らかさはなかった。鉤爪のある動物の足でも蹄《ひづめ》のある動物の足でもなかった。足音はもうすぐ背後にまで迫っていて、もしそれが動物ならば息をする大きな音が聞こえて当然だ。そんな瞬間にわれわれを導いてくれる霊的な智恵がすなわち直感であり、内なる感覚なんだ。まあ、君たちが呼びたいように呼べばいいが。その感覚がはっきりと告げてくれた。それは、われわれと同類ではないと。か弱い身体と限りある命を持つわれわれではない。そうではなかった。そうではなかったんだ。

変わらぬしっかりした足取りで進みながら振り向こうと心を決めた瞬間は、私の人生でも最も怖いと思う瞬間だった。立ち止まって向きを変え、真後ろを向いた。どうしてそんなふうにしたのかは判らない。もしかしたら、そんな大胆な動きをすることで、パニックにならないよう自分をしっかり抑えられそうな気がしたのかも知れない。もちろん、それが自分の終わりをもたらすかも知れなかった。もし走り出していたら、きっとそうなっていただろう。私は躰の向きを変えて、追ってくる者の正体を見た。

ポプラが倒されたとき、私がどんな歓声を上げたかはさっき話した。私はその樹のすぐそばに立っていたんだ。男たちは何週間もポプラを切り倒してきた。私がそばで歓声を上げた樹がどんな様子だったか今でも思い出せる。たまたま気づいた枝が垂れる様子とか、今でもはっきりと思い出す。あれは、街道のまさに真ん中だった。土の塊がついたままの太い根が一本真っ直ぐ上を向いていた。それが私の跡をついて、リンガムへの街道をどしどし歩いてきてたんだ。この話を落ち着いてしているからといって、私がそのときも落ち着いていたとは思わないでくれ。恐怖のあまり心が壊れそうだったわけでもない、といっただけでも、私はただの嘘つきになるだろう。私の揺れ動く心にあったのはただ一つ、とにかく走ってはならないということだった。昔からある、ライオンに追いかけられた男たちの話が頭に浮かんできた。その内容を思い出し、そこで教えられたように行動することができた。決して走ってはならないということである。私の貧弱な知性に残っていた分別の欠片《かけら》だった。

もちろん、知らず知らずのうちに歩みを速めようとはしていた。それがうまくできたかどうかは判らない。あの樹は恐ろしいほど迫っていたのだ。私はもう振り返らなかった。それでも、怖い足音の主から私がどう見えるかは判っていた。蟹のように、象のように、容赦のない足取りで、迫ってくる。そして、葉の間のそよぎから、私を急いで追うあまり小枝がことごとく後方になびいているのがわかった。だから、私は決して走らなかった。

他の樹々も私を見張っているように思えた。もしも彼らが本当に動かない生き物だとしても、そのものたちがいつもわれわれに向けるよそよそしい態度ではなかった。まして、人間に払われるべき敬意というものはない。私は、あのポプラの樹々の怒りの中で恐ろしいまでに孤独だった。それに、思い出してほしいのだが、私は一本たりともその樹を切ってはいないんだ。

膝に力が入らなくて走れなかったわけではない。走ろうと思えば走れた。私の良識が留めたんだ。私に残された最後の揺るぎない分別が良識だった。もしも走り出したら、あの樹の限りない追跡の前ではなすすべもなくなるだろうと判っていた。当然のことだが、自分を追っているものが何であれ、ここに座っている人たちと同じように、合理的にものごとが見られるとすれば、そして決して逃がすまいというつもりでいるのなら、逃げようとすればするほど相手を刺激するに違いないということは判っていた。それに、樹は一本だけではなかった。彼らが何をするつもりなのか、私には判らなかった。まだ見張っているだけだが、そのときは見渡す限り人の姿が見えず、あまりにも孤独で、何も問題ないような振りをして心を落ち着かせるのが最善だと思った。その態度を傲慢だという人もいるだろうが、命を持たないものに対するわれわれの姿勢はまさにそういうものだし、そのときはそれを最大限に活用すべきだと思ったのだ。夕闇が深くなってくると、鴫《しぎ》がぱたぱた羽ばたく音が私を寂しくとりかこみ、平らに広がるがらんとした荒れ地の上に響いた。その苦境にあって、動物界のささやかな声に多少の仲間意識を感じたのかも知れない。ただ、どういうわけか、鳥たちがどちら側についているのかということに確信が持てなかった。また、それが味方かどうかよく判らないときに聞こえる鴫の羽ばたく音は、とても不安を誘うものだった。大気がその声とともに呻いていた。実際その音には、樹の追跡を抑えるような要素は何もなかったわけだし、動物界の味方が助けに集まってくれたのだと勝手に期待しているだけではないか。深山烏《みやまがらす》が何も気にしていないような様子で道を譲った。追跡はまだ続いていた。恐怖のあまり、自分が人間であることを忘れ始めていた。自分が動物であることしか覚えていなかった。深山烏たちが去っていって、鴫の羽が空気を切ったとき、私を見張る恐ろしいポプラの樹々と背後に迫る恐怖が解消されるのではないかという少しばかり莫迦な希望を抱いのだ。でも、鴫の羽ばたく音は孤独感を増し、深山烏は闇が集まるのを助けただけのようだった。ポプラによる恐ろしい横暴を留めるものは何もなかった。私は惨めな逃亡に一人取り残された。疲れ切った足を引き摺り歩いた。片方の足だけ長く速い歩みを刻みながら。歩幅を長くしたり、足取りを早めてみたり、いろいろ変えてみた。精一杯、追っ手を攪乱《かくらん》しようとしてみた。しかし、こんな滑稽な行為をしたところで別にいいことはなかったようだ。静かに追ってくるものが何であったとしても、自分の歩調に注意を払いながら、追跡者と餌食の間の距離と速さを推し量り、自分の歩調を合わせようとしがちだ。だから、ときにリードを広げながらも、すぐにまたさらさらと枝のたてる音が大きくなっているわけだ。

今でも夜になると、どしどしという土の音が聞こえることがある。悪夢に苦しんでいるときは、他のどんな音の中からでも瞬時に聞き取れるんだ。

三マイルというと、そんなに遠いようには聞こえない。ケンジントンからここまでほども遠くない。でも、たった一頭のライオンに追われているだけでも、それまで歩いたことのある距離よりもずっと遠いといい張るだろう。十倍は遠く思えるかも知れない。ただのライオンなら、自分と同じ息と血を持っている。もしかしたら、死も。そんな死は数千人に訪れただろう。だが、ここで私の直面していた恐怖は人間が経験したことのないものだ。今までどんな人間も決断を迫られたことのない事態、決して予想しなかった相手に直面していたのだ。そして、私はまだ走らなかった。

とうとう心細さの向こうから変化がやって来た。リンガムからの光が見えはじめたというだけではない。煙突からの煙、大気中に漂う人間の印だけではなかった。家々から発せられる暖かさだけでもなかった。暖かさ以上に寛大な感覚、人間の存在から感じられる輝きだった。それを感じ取ったのは私だけではなかった。ついさっきまで私を殺してやろうと念じていた街道のポプラもまた、もはや私を激しい関心を抱いて見張ってはいなかった。

「どうしてそんなことが判ったんだ」ターバットはいった。ジョーキンズをどうしても放っておけないのだ。

「何年も何年もポプラを観察し続けるか、あるいは、私があのとき歩きながら見ていたようにポプラを見れば君にも判る。膨大な時間が、あのたった一回の体験に凝縮されていたからね。ポプラの樹に見張られていたら、君だって判ったはずだ。あの後は、そんなふうに感じたことも滅多になかったし、確かにそうだと思えたことは一度もなかった。でも、あのときは間違えようもなかった。確かにぴんと張りつめた緊迫感が葉の一枚一枚に、村に静寂を命じる幽霊の指のような枝に漲《みなぎ》っていた。君だって間違えることはなかっただろう。でも、葉は柔らかな夜の大気の中で揺れ動き、枝にも脅威になるところは何もなく、樹々が指し示したり仄《ほの》めかしたり待ち受けたりしているものは何もないように見えた。あの恐ろしいほど何かを切望している緊迫感に『待ち受ける』などという穏やかな言葉を使えるならだが。何よりもよかったのは、希望が生まれたこと。まだそのときは希望とまでは呼べなかったのだが、恐ろしい追跡者を少しずつ引き離していたことだった。そして、家々の窓に近づくほど、その希望は大きくなった。その柔らかな光は、夕暮れの光を反射しているものもあれば、すでに灯されたランプの輝きもあったが、人間の影響力を遥か沼沢地にまで投げ掛けているように見えた。そのとき犬が吠える声が聞こえた。そしてすぐにぱかぱかという、荷馬車が自分の小屋へ帰って行く健康そうな音が。ここには産業革命などなかったのだなとすぐに判った。動物界が今でも優位に立っているのだと判った。背後の恐怖の足取り、聞き間違いようのない確かな躊躇《ためら》いを耳が捉えた。それでもなお、とぼとぼと歩調を変えずに歩き続けた。私の鼓動がどう響こうとも。今や、鵞鳥や家鴨《あひる》の声が聞こえ始めた。荷馬車の音もまた。ときおり少年が馬に向かって何か叫び、そこに犬の声が加わる。自分がふたたび動物界の境界の内側に戻ってきたことを悟った。背後から今なお聞こえるどしどしという恐ろしい音もさらに弱くなっていった。もはやあの樹の存在が信じられなくなるくらいだった。そうだ、君と同じくらい余裕があったよ、ターバット」ターバットが何かいおうとしているのを見て取ったジョーキンズがいった。「ここで安全に座っている君と同じくらいにね」とうとうターバットは何もいわなかった。

「ようやく村の入口に辿りついたときにはすっかり微かになっていたが、それでもまだ自分が追われていることは判った。ただ、復讐心に満ちた樹がリンガムのどこまで入り込み、傲慢で疑い深くもある我らが種族の支配者と相対する気があるのか、微かな怖れが残っているだけだった。まだ走り出さずに、それでも急いで、がっしりした扉のあるよさそうな宿屋に辿りついた。一瞬立ち止まって、宿屋を見つめた。扉を、屋根を、正面の壁を。簡単に打ち壊されそうにない姿に満足し、これこそが私の求めていた避難場所なのだと判って、兎のように中へ滑り込んだ。

　テーブルの前の椅子に座り込むというか倒れ込んだときに、ポプラの樹の前で何とか保っていた虚勢が、脱ぎ捨てられたマントのように私から抜け落ちた。躰の一部はテーブルの上に、一部は椅子の上にあった。そして、人々がやって来て、私に話しかけ始めた。でも、口が利けなかった。そこにはビールの入ったグラスを持った労働者が三、四人、エールのマグを持った地主がいたが、みんな私の周りに集まってきた。私はまったく話ができなかった。

彼らは本当によくしてくれた。ようやく言葉を見つけたとき、襲われたんだといった。でも、何者にかは話さなかった。ウィスキーはよくないと思われてしまうかも知れないからだ。私の命はウィスキーに懸かっていたんだ。彼らが一杯持ってきてくれた。いや、こういわなければ彼らに申し訳ない。ウィスキーをストレートでタンブラー一杯持ってきてくれた。私はただそれを飲み干すだけだった。もう一杯持ってきてくれた。知っているだろうが、グラス二杯なら私は何も変わらない。ほんの少しも変わらない。もう一杯欲しかったのだが、その前にどうしても確認しなくてはならないことが一つあった。何かがここの外で私を待ち受けていやしないか。だが、そのままの言葉で訊く勇気がなかった。

『素敵な村だ』テーブルから顔を上げながら、そういった。『外には素敵な樹もあって』

『樹なんかないぞ』と一人がいった。

『樹がない？　五シリング賭けてもいいが、樹はあった』

『いや、ない』といって男は自分の言葉に固執した。賭ける気も見せなかった。

『何か……樹があったように思ったんだが』ポプラという言葉をいう勇気はなく、代わりに樹といったんだ。『扉の目の前に』

『いや、樹なんかない』と男は繰り返した。

『十シリング賭けてもいい』

男は、賭けを受けた。

『じゃあ、行って見てきたらいい』

私がまた扉の外に出ていく気があったとは誰も思わないだろう。だから、こういった。『いや、君が見て決めてくれ。自分の記憶より君の記憶を信じるわけではないが、もしも外に出て見てくれるのなら、そのときの言葉があったでもなかったでも、私にはそれで十分だ』

彼が微笑んだのは、私のことをちょっと変なやつだと思ったからだろう。ああ、あの男は私が本当のことを話していても、そう思ったに違いないんだ。

とにかく、彼は私がどきどきするような知らせを持って戻ってきたわけだ。私が十シリング負けたという、輝かしいほどの黄金の知らせだった。私は掛金を支払って、三杯めのウィスキーを註文した。状況がどうなっているか判らないうちはリスクを冒せなかった一杯だ。そして、その三杯目が勝利を収めた。私の惨めな心を打ち倒してくれた。私の疲労と私の恐怖を打ち倒してくれた。そして、私の理性に付き纏っていた、動物の命が築き上げてきた確固たる支配が瓦解するかも知れないという呆れるような疑念を打ち倒してくれた。何もかも打ち倒してくれて、私はテーブルに突っ伏し、深い眠りに落ちていった。

翌日の昼になって目が覚めると、すっかり恢復していた。そこのいい奴らが二階のベッドに運んでくれてね。赤っぽい瓦屋根の向こうを眺めた。下には庭があって、赤煉瓦の壁の内側に鵞鳥が歩き回っていて、山羊が一頭繋がれていた。女が一人餌をやりに出てきた。その向こうから、太古から続く農場の音が響いてきた。その前では時も無力だったのだ。私はその動物の支配する音を何もかも楽しんだ。そして、朝の輝きのなかで安全を感じていた。その光が、もう恐怖の体験はすっかり終わったのだと告げてくれていた。

もちろん、そんなものは何もかも夢だったんだというかも知れない。でも、こんなふうに夢を何年経っても覚えているという人はいないだろう。いや、あの恐ろしいポプラは人間に対して何かを抱いていた。それに、私にも認められる理由があった。

もし私が走ってしまっていたら、いったい何をされたか、考えるのも耐え難い」

ジョーキンズはそのことを考えようとはしなかった。そしてウェイターに向かって楽しげに手を振って合図をした。その一杯で記憶を掻き消すために。

解説コラム　原始の自然の力

「ジョーキンズの忍耐」の解説コラムにも書いたが、ダンセイニの作品には文明批判、あるいは機械や工業への嫌悪が感じられる作品がある。本作品もその一つといえるかも知れない。ただいつもは、キリスト教文明に相対する存在として神話上の生き物が登場することが多く、牧神《パン》だったり、サテュロスだったり、あるいは一角獣《ユニコーン》だったりするのに対し、本作「リンガムへの道」にはそういった生き物は登場せず、反文明的な存在が恐怖を与えるものとして描かれているところが珍しい。主人公を追うのは原始の自然の力を代表する樹木なのだ。圧倒的に理解不能な存在として迫ってくる。動物は仲間であり、農家から聞こえてくる音は救いである（もともとダンセイニの好みは田園風景とそこでの生活であって、荒々しい本当の大自然ではないようだ）。原始の自然に属するこの理解不能な力は長閑な田園風景とは違い、恐怖の対象である。理解できないという恐怖である。それまで長閑だった田舎道は一転、恐怖に満ちた世界になる。そして、その描写は紛れもなくダンセイニの夢見る力であろう。「ヤン川の舟歌」（《バベルの図書館》国書刊行会所収）でダンセイニは、もはや夢見る力を失ったと書いているが、ジョーキンズ・シリーズの中にその力は保持されていた。ジョーキンズ作品というと、ただの冗談だったりして初期の幻想短篇群とは異なる作品系列だと思う人が多いかも知れないが、実際のところ初期作品にも笑いの要素はあるし、ジョーキンズ作品にも幻想的描写はふんだんに含まれている。〈エルフランドの黄昏の光〉に照らされた風景を垣間見ることのできる法螺話というのは、実はダンセイニの本質であるといっても過言ではない。

ライアンは如何にしてロシアから脱出したか

「もう一度いっておく」とジョーキンズが不意に声をあげた。私が聞いていなかった誰かの発言に答えたものか、強烈な記憶が心に甦ってきたのか。「もう一度いっておく。断固としていってておかねばならないが、私が今まで語ってきた話にどこか奇妙なところがあるという者は、実際、人々が毎日毎時間絶えず語っている話にはそんなところがないとでもいうのか。毎日二十四時間、誰かがロンドンで話をしている。その他の場所でもだ。そしてそれは、私が今までに話したものより、ずっと信頼できないものだ。それなのに、なぜ私だけを選んで懐疑心としかいいようのない態度をとるのか。答えられるかね。できないだろう。私が今までに話したことを科学的に間違っていると確かに立証できるかね。できないだろう」誰にも話す隙を与えずに付け加えた。いずれにせよ、誰かが実際に何かいおうとしていたわけではないが。ジョーキンズはさらに続けた。「私はいつでも、自分の話す内容を証明できる。私が今まで話したこと以上に奇妙な話をする男のところへ、いつでもすぐに連れて行こう。今からでも。ここから一マイル〔約一・六キロ〕以内だ。もし、そんな話をしていなくても、話してくれるよう頼めばすぐにしてくれる。何人でも連れて行こう。行ってみる気があるのは誰かな」

ジョーキンズが話を続けた。「おやおや、行こうというのは誰もいないんだな。そういうことならもう二度と、私が誰も話さないような奇妙なことを喋っているなんていわないでくれよ。他の誰にもいわせないでくれよ。何しろ、こうやって証明する機会を皆に提供したんだから。いいだろう。ウェイター！」そういって註文の合図を送った。

次の瞬間、ジョーキンズはたっぷり入ったウィスキーでくつろごうと心に決めていた。ウィスキーで自分の心を慰め、そのあとは少し眠ってしまおうと思っていたのだろう。目が覚めたときにはすっかり怒りを忘れているはずだ。というのも、ジョーキンズはもともと怒りをひきずらない性格で、怒りとともにできごと自体も忘れてしまうからだ。私たちを案内しようといった男のことも忘れてしまうだろう。私はジョーキンズの話が、奇妙だとか奇妙でないとかいうつもりはない。それは読者諸兄の判断に任せたい。だが、もっと変わった話をする男がいるというなら、それは間違いなく珍しい話だろう。そこで、ジョーキンズがウェイターの目に留まる前に、ウィスキーがジョーキンズのもとに届けられる隙も与えずに、私はこういった。

「それは皆に対して公正な態度とはいえないな。君の話が常軌を逸しているわけではないと証明する方法を提供したんだろう、聞こえた話によると。君が皆に証明する機会じゃないか。ぼくが行くよ」

ジョーキンズは一瞬、部屋の反対側にある衝立の方を少し残念そうに見てから——それはその後ろにウェイターがいるからなのだろうが——こういった。「よし、いいだろう」私たちはビリヤード・クラブを出て、すぐタクシーに乗り込み、ソーホー地区へと向かった。同行したのはタットンだった。出発前のぎりぎりになって一緒に来ることにしたのだった。

タクシーに乗り込んだあともジョーキンズはウィスキーのことを残念がっているのかと思った。黙り込んで座っていたからだ。だが、ジョーキンズが運転手に場末の料理屋の名を告げ、〈宇宙《ユニヴァース》〉という名の暗くて小さな店に入って探し求める男の姿がすぐに見つかると、たちまち元気になった。男は一人で座って、何やら見慣れない外国の料理を食べていた。「あの男の額を見てみろ」とジョーキンズがいった。

「確かに額があるな」と私がいった。

「いや、あの出っ張った眉だ。額なんてない。君のいうように。想像力のある男じゃない」

「まったく、なさそうだな」私はいった。

「ない、まったくない」タットンもいった。

「まあ、いいだろう」とジョーキンズ。

ジョーキンズは椅子を二つ摑むと、男のいるテーブルまで引き摺って行った。私は自分の分を持って行った。

「君の話を聞きたいという友人だ」というと同時にウェイターに向かって指を立てて合図をし

た。男はおそらく東欧出身だろうと私は思った。それ以上のことは判らなかったが。アブサンが届けられたところをみると、あの合図はアブサンを意味していたのだろう。男は一言も発さないうちに、アブサンを口に含んだ。そして、もう一口味わった。そこで納得できたのか、やっと話し始めた。「私はロシアの囚人だった。独房の壁の厚みは十フィート〔一フィートは約三十センチ〕だった。私は死刑の宣告を受けていたんだ」

「そもそもの最初から始めてくれ」とジョーキンズがいった。

「実は、翌朝、死刑になるはずだった」男は構わず話し続けた。「だから時間があまりなかった。大きな石の周りの漆喰をズボンのボタンで削っていた」

「最初から頼む」とジョーキンズ。

「ああ」といって、男はアブサンから顔を上げると、アブサンで濡れた黒い口髭を指で摘んで、記憶を探るように視線を彷徨《さまよ》わせた。そして、改めて話し始めた。

「私は自分が誰をスパイするのかまったく判っていなかった」

「どうしてスパイをすることになったのか話してやってくれ」ジョーキンズがいった。

「パリのチェスクラブに行ったんだ」といって、男はアブサンのグラスを手に取るともう一口飲んだ。話をすっかり思い出したようだった。「暗い、いかがわしいところだった。二回しか行ったことはなかった。その二回目のときに、自分のゲームから顔を上げて他のテーブルを見たんだ。その日は調子がよくて、少し勝ち越していた。それで、対戦相手が駒を動かしているあいだに、他のテーブルへ目をやってみたわけだ。私のところと同レベルのテーブルが通路の反対側にあって、ものすごいショックを受けた。不意に、二人の対戦者はナイトの動きを知らないのだと気がついたんだ。一人が出鱈目に動かしていたんだが、相手は気づいていなかった。これは、チェスクラブなんかじゃない。

そこは見ず知らずの男に紹介された場所だった。助けを求める相手もいない。私の対戦相手は大丈夫そうだった。だが、早合点は禁物だ。他の対戦をいくつか盗み見てみると、隣のテーブルで見かけたようなことがあちこちで行われているのが判った。チェスは見せかけだったのか。ここは何をするところなんだ。私はドアから遠い席にいたから、本当に心細い気持になった」

「一度も聞いたことがなかったが、パリでは何をするつもりだったんだ」とジョーキンズがいった。

「何かないかと見て回ろうと思っただけだ」

「ああ、そうか。続けてくれ」

アブサンをもう一口含むと、男は話を続けた。

「何人くらいの男が自分と出口のあいだにいるのか、ドアの方の様子をうかがい始めた。最悪の状況だった。出口に向かって走り出したら、どうしようもなく目立ってしまう。男たちは私の目の動きを追っていて、もう何を考えているのかは見抜かれていた。すぐ別のテーブルにいた男が立ち上がって、こっちへゆっくり歩いてきたが、たまたまそこを通るだけという振りをしていた。でも、私には判っていた。私のテーブルを通り過ぎようというところで、すぐに振り返って話しかけてきた。『お仲間ですかな』

そうだといっても無駄だった。合言葉を思いつくわけがないのだから。それも、きっとたくさんあるに決まっている。その種の人々だと判ったのは、彼らが見かけどおりの人間ではないと判った瞬間だった。

だから、『そうではないが、そうなりたいとは思っている』といった。

口にしたのはたったそれだけだった。それなのに、誓いを要する組織に引き込まれてしまうこととなった。その中身については何も話せないがね。罰則があったんだ。それで、私も仲間になった。一番下の階級だった。実際には何なのかさっぱり判っていない結社だ。その目標について判っていることといったら、私が所属している階級のメンバーに彼らが指令を出すことくらいだった。その指令には従わなくてはならない。その他には、楽しくないことがいくつか、薄汚い部屋の端にある衝立の後ろ、もちろんドアからは遠いところにあるわけだ。のちにはそれがセーヌ川行きになる。

その部屋を抜け出してから、ミミのところへと戻った。ミミのことはまだ話していなかったかな。そこでミミにこういった。『ミミ、チェスクラブはチェスクラブじゃなかった。何か別のもので、俺はパリから出て行かなければならなくなった』

するると彼女はすぐにこういった。『行かないで。ああいう人たちはずっと見張っているのよ。逃げ出そうとしているのを気づかれないようにして。危ないから』

判っているだろう。彼女は正しかった。だが、私はこういっただけだった。『ああいう人たちだって？　でも、彼らがどんなだったか話してもいないじゃないか』

彼女がいおうとしているのは、こういうことだった。『あのタイプの人たちのことは判っている』そして、逃げ出そうとしないでくれと説得し続けた。

確かに、彼女が正しかった。ずっと見張られていたんだ。次の日の朝、ミミは窓から外を覗くと、何もいわずにただじっと見つめていた。私もそばに行って見てみた。外には男が一人、あまりにも関心がありませんという様子で、あまりにも物思いに耽《ふけ》るように夕暮れの空を見上げて立っていた。ミミが正しかったと判った。

だから、ただミミのところにいるだけにした。そうしたら、ある日、指令が来た。チェスクラブへ行って、首領から指示を受けることになっていた。その指示がどんなものかは、嫌な予感しかなかった。でも、私は行った。

行ってみると、彼は暗い部屋の一番奥に正装して待っていた。薄暗く、カーテンで仕切られたところに、蠟燭が二本あった。

『ロシアに行ってもらう』と彼がいった。次の言葉を挿《はさ》む隙も与えず、私がいわなければならない言葉を割り込ませた。『誰かを暗殺しに行けというのはよしてください』そのときにそんなことをいったのは、いったん指示を受けたら、もう終わりだからだ。後になって逆らうようなことをすれば、セーヌ川行きだ。共犯者らと一緒に。私は絶対にそうするつもりがないと納得させられれば、わずかながらチャンスはあるのではないかと思ったんだ。もし思いどおりにならないと判っていたら、わざわざ夜中に重い袋を担いでセーヌ川まで行くようなことをする必要があるかと思ったわけだ。ほんのわずかなチャンスだ。彼は驚いたような顔をした。そして、しばらく黙りこんだ。『もし、そいつが二十万人の無実な男女に対する死刑執行令状に署名していたとしてもか』と彼はいった。

『それは、そいつの問題ですね。私には私の問題がある』

『そんな男であっても、殺すつもりはないと？』

『ありませんね』

またそこで黙りこんだ。他の奴らでもそうなるだろう。ああいう沈黙は、地震みたいなものだ。他の恐ろしい天災でもいいが。黙ったまま、着ている外衣《ローブ》の衣擦れの音だけが聞こえた。あいつが口を開くまで、二秒くらいしかなかったんじゃないだろうか。

『誰かを暗殺しろと命じるわけではない』

うまくいったんだ。ほんのわずかなチャンスでしかなかったとはいえ。

『人間よりも恐ろしいものを破壊することになっている。だが、もしかしたら、君の良心は機械を壊すことも咎《とが》めたりするのかね』

その言葉は簡単なことに思えたが、彼のいい方はじつに悪意に満ちて聞こえた。『指示に従います』と私はいった。

『ロシアに行ってもらう』また同じことを繰り返した。『ノヴァルシンスクという町にある機械なのだが、間違いなく軍事関係のものだ。ロシアには三つしかない。世界でもっとも恐ろしい三つの機械だ。その一つを破壊しに行く』

そこで話が終わった。別の男たちから、パスポート、現金、鉄道の切符、見た目と違って半分だけ鋼鉄製のステッキを手渡された。後でこれを折って服の中に隠し、問題の機械の中に落とし込むことになっていた。それから、私がその機械を扱える最高の専門家であることを証明する書類を渡された。ロシアで大きな影響力を持っていそうな男の署名がついていた。もちろん、偽造だ。工学には多少の知識はあったが、大したものではなかった。

『その機械をどうすればいいのですか』と私が訊いた。

だが、彼らは打合せの片づけをするのに忙しかった。『そこにいる時間はそんなに長くない。すぐにその棒を落とし入れるんだから。そうしたら、できるだけ早くここに戻ってこい』と一人にいわれた。それから、その男に急《せ》き立てられるように帰された。翌日、ヨーロッパ横断の列車に乗る私を見送ったのもその男だった。君たちに話していないことはたくさんある。ミミに話したことはもっと少なかった。それでも、その件についてミミはいろいろと考えていたようだった。不思議なことに彼女は、私はちゃんと戻って来るだろうといった。どうして彼女が知っているのかは、神のみぞ知るところだ。いろいろ奇妙極まりない経験をしたあとに彼女がいったことを思い出して、千対一でも彼女が正しい方に賭けるのが安全だと思ったね。

そんなわけで、ヨーロッパを横断して行った。ドイツの輝くような緑のライ麦畑を通って。他にもいろいろなところを通ったわけだが、景色のことなどあまり考えてはいなかった。だって、もう一回見ることになるのだから。戻って来るときにだ。自分はまた鉄道でロシアから戻って来るのだと思い描いていたんだ。それは、そう思うだろう、戻ってこられるのであれば。どうやって私が戻ってきたのかを予想して時間を無駄にしたければ、してくれて構わない。私にはとても想像できなかったがね。

そうしてロシアに着いて、証明書を見せた。最初に私が見たときにはちゃんとしているように見えたのだが、彼らにとってちゃんとしているかどうかはどうでもよかった。私は明らかに彼らが待ち望んでいた人間そのものだった。彼らには技術者が不足していたようだ。私を機械のところへ連れて行った。だが私は、それが機械であるということと、オイルを差す必要があるということの他にはほとんど何も判っていなかった。巨大な装置で、小型船舶のエンジンと同じくらいの大きさだった。そして、私の足元で轟音を立てていた。それを見つめる彼らの眼差しはまるで――いや、単純に比べられるものがないな。ロシアには宗教がない、王もいない、人間的な生活を気にしすぎたりもしない。だから、自分たちの子供のようにといっても仕方がないし、神か何かのようだともいえない。だが、彼らが見つめる様子から、その機械を傷つけようとする者に対して彼らが何をするかだいたいのところは判った。とりあえず、オイルを差して回った。しかし、私ができることはそれくらいしかなかった。一年に二千ポンドの給料を貰うというのに。できるだけ早く壊して、ここからおさらばするに越したことはない。そこで、そうした。だが、おさらばできなかった。彼らが責任を持って見守っていたのだ。できたのは壊すというところまでだった。私は金属棒を押し込んだ。一フィート半の棒だ。人差し指で端を押して、格子の隙間を通した。確実に落とし込んだから、巨大な歯車の歯の間へと矢のように落ちて行った。上下するピストンの影に隠れて見えなくなった。次の瞬間、ピストンはもう上下していなかった。ぶーんというようなエンジンの大きな轟きの音調が突然変わった。こんなにも早く音が変わってしまっては困る。他にどんなことが起こるのか私には判らなかった。今では、静かに機械を壊すなんてことは、動物園の虎を釘で殺そうとして、しかも監視人の誰にも気づかれないのを期待するも同然だと判っている。もちろん、誰もいないときにやったんだが、陶磁器の店に閉じこめられた怪我をしたゴリラのような咆哮が始まって、ボルシェビキたちが私の方へ走り寄ってきた。もちろん、私は何も知らないといった。彼らも私を嬲り殺しにしようというわけではなかった。裁判にかけるつもりだといわれて、私は監獄へ連れて行かれた。それ以外は丁寧な扱いだった。彼らには何も証明できないだろうと気がついた。私にも十分チャンスがあるのではないか。私が一番心配していたのは、裁判を始めるまでもしかしたら何ヶ月も拘留されるかも知れないということだった。だが、私が思っていたよりもずいぶん早かった。私のチャンスに最初の影が差したのは、ロシア人が一人来て私を尋問したときだった。『そんなことといっても何も証明できないだろう』と私は指摘したんだ。『証明するだって！　われわれは何かを証明するなどということで時間を無駄にはしない。何が起こったのか完璧に判っているようなときは』

『法廷で裁かなくてはいけない』

『いけない？　どうして？』

『そうでなければ、無実の人間を罰してしまうかも知れない』

男は笑って、こういった。嫌な感じの笑い方だった。『そんなことのために法の執行を止めていたら、虫を殺すのを恐れてトラクターで大地を耕すのをやめるようになるだろう』

物事の見方がイギリスでは違うと指摘しようとしたが、あやうく思いとどまって、よく考えることにした。

さっきいったように、すぐ裁判になった。必死に弁明するつもりだった。誰が金属棒を持っている私を見たのか。どうやってそんなものを隠しておけたのか。年に二千ポンドもの収入になるのにどうして機械を壊さなくてはならないのか。他にもいろいろ指摘してやろうと思った。でも、どういうわけか、裁判所にいる男たちを見たら、何もかももう決まっているのだと判ったんだ。最後の瞬間に、もっとうまいやり方でなければいけないと気がついた。

告発内容が読み上げられ、裁判官がまっすぐ私を見つめて、こういった。『お前がやったのか』

『はい』ととっさにそう答えていた。

『なぜだ』

『無理矢理させられたのです。資本家にです』と私は答えた。

彼らはすぐに関心を抱いた。『どこの国のだ』と訊いてきた。

『イングランドです』と答えて、それがどんな印象を与えたのかを見守った。

『命令したのは誰だ』と裁判官がいった。

『カンタベリー大主教です』自分は正しいことをいったのだと判った。うまく罰を逃れられるとまでは思っていなかったが、もしイギリスの資本家たちのせいにできれば、命は助かるだろうと確信していた。

『その命令はどこで受け取ったんだ』裁判官がいった。

『大聖堂の裏です』

これでよかったようだ。彼らはランベス宮殿のことは聞いたことがなかったが、世俗的な会話は大聖堂の中でなされないということは知っていたからだ。裏手にある巨大な壁の影の人目につかないところだったら、その手の話に完璧な場所だろうと思ってね。そうしたら、私のことを信じた。私にもそれが判った。

『そいつは正確には何といったのか』判事が訊いた。

私が砕け散ったのはそのときだった。何の用意もできておらず、裁判官の目は何の用意もする時間のなかった私の顔にじっと注がれていたのだから。

『あの忌忌しいロシア人のところにある機械なのだが』といい始めてみたものの、彼らの顔に浮かぶ表情から失敗したと判った。他人の考えに自分の命がかかっているとき、人は相手の心を顔から読み取ろうと細心の注意を払うものだ。面と向かって彼らに悪態をつくようなことをするつもりはなかった。だが、その愚かな礼儀正しさによって破滅したんだ。彼らは、資本家の支配する国の有名人の言葉を期待していたのだから、それをいえばよかったんだ。私の上品ぶった言葉などではなく。彼らは、自分たちに対して大主教が激しい言葉をぶつけるのを期待していたんだ。私のはどうにも穏やかすぎた。彼らの気持を慮《おもんぱか》ろうとした結果、得たものは死刑宣告だった。もう私のことを信用するのをやめたのだと判った。その後は、何をどういっても莫迦な答えにしかならなかった。一、二分して、裁判官は煙草を一息吸うと背もたれに背を預けて私を見つめた。今度は肺から煙を吐き出して、ロシア語で単語を二つだけいった。『死刑だといってやれ』彼らの一人がいうのを聞いた。嫌な感じのする銃剣を持って私の脇に立っていた見張りが口から煙草を離して、『死刑だ』というと、また煙草を吸い続けた。

彼らにはまだ私の本当の名前は知られていなくて、そのときになってようやく訊かれた。もうそんなことどうでもいいじゃないかという頃になって。彼らにはバークだと答えておいた」

「われわれには何という名前だと答えるのかな」とジョーキンズがいった。

男はしばらく考え込んでから、こういった。

「ライアンだ」

「ここから奇妙な話になっていくんだ」とジョーキンズが私たちに向かっていった。男が話を続けた。

「監獄に戻されたが、ここにはそんなに長くはいないだろうと判っていた。イギリスでは、こういうときに魂の安らぎのため多少の時間が与えられるものだが、ロシア人は魂を持っていないのだから、私を待たせる気もないわけだ。

監獄の壁の石をじっと見つめた。灰色の四角い石材で、漆喰を塗っていた。その漆喰を削って石を外そうと心に決めた。一つ外せば次はもう少し楽だろう。そうすれば、どこかへ通じる穴ができる。私の手にはズボンについている十個のボタンしかなかった。金属製のボタンだ。一つ手に取って半分に折り曲げて、少し尖った角を作ってみた。ただちに、漆喰を削り始めた。無駄にする時間はなかったから。時間は貴重だ。湿って古くなっていたから漆喰は簡単に削れた。少し希望を抱き始めたよ。独房には椅子が一つあった。それを手近に置いておいて、扉の錠が音を立てたら椅子をくるりと回して作業している壁を背にして腰かけた。錠が動くことはあまりなかった。一日に二度、食べ物を持ってくる男が入ってきた。変な時間にふらふらと入ってくることもあった。それで、一日に三回だ。だが、あの日はいつもより頻繁にやってきた。おそらく、私の死刑執行が宣告されたという知らせが気になっていたんだろう。いつもは錠が回るのに間に合うように椅子を摑んで、扉が開き始める前に腰を下ろしていた。夜になって、石が緩んできた。ボタンはまだ二つしか使っていなかった。まだその二つは使い終わってもいなかった。夜になって一つ外れた。その後ろの一つを外すのに夜明けまでかかった。削りかすをきれいに片づけた。少し食べたりもしたんだ。石を元の位置に戻して、一時間か二時間は寝た。でも、いつまでも眠って時間を無駄にはしたくなかった。私にはあとどれくらいの時間が残されているのかわからないのだから。朝早く作業を再開した。今度は隣の石だった。目覚ましい速さで進んで行った。

奴らは悪魔だ。どうやったら絶望させられるのかを知っている。私はそれまでの人生で絶望したことはなかった。崖っぷちに近寄らないようにして、絶望に陥らないようにしていたんだ。だが、あのロシア人たちに連れて行かれた。きっと覗き穴からずっと見ていたに違いない。鍵が回ってあの中の一人が入ってきたときには、緩んだ石を背にゆうゆうと椅子に座っていたんだから。折り曲げたボタンは、ちゃんとポケットに隠しておいた。あいつは一言も話さなかった。ただ、ハンマーと鋭い鑿《のみ》を私の目の前の床に放りだした。そうして、独房から歩いて出た。そのとき、ここの壁の厚さは十フィートくらいあるに違いないと判ったんだ。こんなことをしても無駄だったわけだ。ハンマーと鑿はそのままにしておいて、私は絶望の中へと引き籠った。もしもっと深い地下牢に放り込まれるとか、手枷足枷を掛けられるとか、あるいは鞭打たれたとしても、私は立ち向かえただろう。だが、なぜかハンマーと鑿は死の最終通告に思えたんだ。

食事を持ってくる男は鑿を目にすると、蛇が目に入ったときとっさに確かめるのと同じように、ただ私がそれを彼に振るえるほど近くに置いていないことだけを確認した。彼はそのまま出ていって、ハンマーは床の上に転がったままだった。

次の日、何の希望もなくただ座っていた。そうしたら、今度は別の、もっと感じのいい男が入ってきた。私は顔を上げた。

『死刑執行猶予命令が欲しくはないかね』

その顔に浮かぶ表情に見覚えがあった。彼が何を要求しようとしているは判らなかった。パリにいる仲間たちを裏切ることだろうか。その顔を見つめるのが嫌になって、こういった。

『いや、結構だ』

『猶予してもらいたくないのか』

『いや、今日はいらない』

『今日でなかったら、二度とないぞ。明日の朝には独房を出ることになっているんだから』

そういって男は扉の近くでぐずぐずしていた。私の気が変わるかどうかを見ていたんだ。だが、私は気を変えなかった。その話にはきっと罠が仕組まれているに違いないと思っていたからだった。男の顔つきからそう思ったんだ。

しばらくして、また別の男が入ってきた。まるで入ってきたのが初めてではないような感じで。

『死刑執行猶予命令を持ってきた』

『それで、俺に何をさせようというんだ』

『私たちは遠いところを探査したいと思っている。もしできたら、植民しようと。君には最初にそこへ行ってもらいのだ。着いたら、合図の火を熾《おこ》してもらいたい』

『他には？』

『それだけだ』

『どうやってそこまで行くんだ』

『私たちが送り込む』

『どこなんだ？』

『月だ』

『莫迦げている』

『そうだろう、資本家たちにとっては。奴らはロシアから二百年は遅れているからな。彼らが考えられるのは帝国主義くらいだろう。だが、月はロシアの科学者たちの視野に十分入っている』

『そこまでどうやって俺を送り込むつもりだ』

『大砲で撃ち出す』

『そんなことができない理由が二つある』

『ほう、そうかね』

『第一に、着陸したときに粉々に砕け散ってしまう。あるいは、潰れるといった方がいいか』

『パラシュートを内側から膨らませる仕掛けがある。近くまで行ったら引き金を引け。砲弾の頭は水晶製だ』

『まあ、もう一つある。秒速千フィートで撃ちだすとなると、それだけで死んでしまう。ほら、列車だって……』

『それはない。時速三百から四百マイルの速さで大砲に入って行くことになっている』

『どうやったらそんなことができるんだ』

そいつはいつもゆったりした、見下すような微笑みを浮かべていた。まるで、ロシアの科学者たちはみんな大人で、他国民はみな子供でしかないような感じだった。

『レールがある。砲弾にはとても低い車輪がついている。崖の上に突きだすようなレールの上を四百か五百フィート走って、そうやって速度を得る。トンネルに入った瞬間、背後で鋼鉄の扉が閉まる。そのトンネルが大砲だ。どんな大砲でもそうだが、末端付近が広くなっていて火薬が取り囲むように詰められている。砲弾が砲身に入って行ったときに、車輪のための溝も含めてぴったり合うようになっている。そこを通りすぎた瞬間に、火薬が背後で点火されて、緩燃性黒色火薬の大きなブロックが爆発すると、緩燃性というのは現代の爆薬と比べてという意味だが、砲口を出て行くときに砲弾は最大速度に達しているはずだ。君にも判るくらい簡単だろう?』

『その砲は施線されているのか』

また、子供に話しかけるような、あの微笑みを浮かべた。『もちろんだ。車輪のための溝が砲身の中を回転するように彫られている』

『それなら、その回転で俺の脳みそがぐしゃぐしゃになるだろう。パラシュートを開くことだってできない』

『君の船室にはジャイロスコープがある』

『何だって? 外側が回転していても、船室はジャイロスコープの中にあるということか』

『もちろんだ』

『呼吸はどうする』

『酸素がある』

『水や食べ物は?』

『ちゃんと用意する』

『それは、月の上でどれくらいもつんだ?』

『次の砲弾でもっと打ち上げる』

『次の砲弾が俺に当たったらどうするんだ』

『そんなことはないだろう。地下室の担当者が忙しく計算を続けていて、おそらく五万回くらいは試したが、一回も失敗したことはない』

とにかく熱心に私を月に行かせたがっているのは判った。地下室にいる奴のことまでそつなく言及したからな。私は地下室にあまり関心はないから、受け入れることにした。少しでも長く生きるのはいいことだろう。それに、ロシアから脱出することに違いはない。

監獄から解放されて、まともな家があてがわれた。何と、壁という壁にタペストリーが掛かっていたのだが、それは逃げ出しにくくなるという効果があった。そうすれば大丈夫だと奴らにも判っていたんだ。私を留め置いていた宮殿は中庭にあって、三十フィート先は壁になっていた。壁との間に兵士がたくさん歩いていた。

彼らがいちばん熱心にさせたがっていたのは、向こうに着いたら火を熾すことだった。百ヤード〔一ヤードは約九十一センチ〕四方にわたって火を広げられるほどの量の火薬を渡された。彼らは望遠鏡で観察しようというわけだった。それをするのはロシア人が最初だということにどうしてもしたがっていた。そして、それを証明したがっていた。でも、すぐに死ぬかも知れないことにロシア人を使いたくなかったのだ。だから、私のような人間を送りたかったわけだ。私が火を熾したら、私の後を追って他の男たちを送り込むつもりだったのだろう。私はたっぷりといい食事を与えられた。彼らにとっては実際、クリスマス近くになってよく太った七面鳥に優しくするようなものだったのだ。私を連れだして仕掛けをみせてくれた。丘の上に立つ巨大な鉄の足場だった。上に昇るエレベーターがあった。弱そうな鉄橋の上に渡されたレールが延びていた。

長い鋼鉄のトンネルが畑地に横になっていて、微かに上を向いて斜めに、それでも砲弾を低い丘から西に向かって新月への軌道に乗せるには十分だった。新月ということは、ほぼ全体が暗いわけで、私の火も見えることを意味している。砲弾の準備はすっかりできて、レールの端で待つばかりだった。砲弾を開けると、中にある寝台を私に見せた。今までに見た舟の寝棚の中でもいちばん小さなものに似ていた。躰《からだ》の向きを変えるのもやっとだった。十日から二週間を過ごすにはひどいところだ。次に、いろいろな装置を見せてくれた。月に着いてから使う酸素マスク、着地する前に砲弾を安定させるパラシュートを開くスイッチ。パラシュートのスイッチのところまで来たときに、月には十分な空気がないのではないかと指摘した。最初に執行猶予の話をしに来たのと同じ男が答えた。『そんなにはないが、多少はあるという確証がある。パラシュートに必要なのは四百から五百フィートだけだから』と重要な問題かも知れないのに軽くあしらわれた。彼はもし自分が乗組員だったら、空気のことをもっと心配しただろう。

それから私たちは道を下ってトンネルを見に行った。空中に鋼鉄の扉があって、まるでギロチンのようだった。扉は砲弾が中に入った瞬間に後ろで閉じることになっている。銃の尾筒にそっくりだ。

『火薬のブロックを大きくするほど、燃えるのに時間がかかる』と私の友がいった。嘲笑《あざわら》うように執行猶予を提案した男をそう呼んでいいのなら。『君が大砲の中にいるあいだに、爆発が徐々に力を加え続ける』

月を撃つトンネルは二百ヤード以上の長さだったことはもう話したかも知れない。

彼らが砲弾について話してくれたことは、理屈は納得できるものだった。だが、月の大気が薄すぎてパラシュートが役に立たず、そのまま月の大気をすり抜けて月の地面に激突するのではないかという恐怖を克服することはできなかった。トンネルの中で彼らが話をしているのを見守っていた。私にはロシア語は判らなかったが、何を話しているのかは判った。彼らはソヴィエト連邦が成し遂げることに誇りを抱いているのだ。

『そこまで行けるのに千に一つのチャンスもない』彼らの中の英語を話す男に向かってうっかり口を滑らせてしまった。

『ロシアが成功させる。われわれの科学者たちはものごとを祈りや偶然に任せたりはしない。資本主義国の人間たちとは違う。もし、千に一つの可能性なら、われわれは千人を送り込む。そうすれば一人はそこに到達するだろう。それからさらに千人、そして、植民に必要な数千人を送り込む』

奴らはそういう人間なんだ。

まあ、私は精一杯生き延びようとするしかなさそうだった。『出発するまで二週間くらいの休暇がもらえるのかな』

驚いたことに、そうだといわれた。翌日はずいぶん早くアイゼンに呼び出された。あの、いつもせせら笑っている男は、そう名乗っていたんだ。私が拒否した執行猶予命令を持ってきた男だよ。もう一回、砲弾を隅々まで見せたいというんだ。私は全部よく知っておく必要があるといって。そのあと劇場に行って、あいつが知っている女の子たちと踊ることになっているという。あの陰鬱な高い塔にいくあいだ、ずっとその女の子たちの話をしていた。本当に素敵な娘たちのように聞こえた。中でも一人、私に会ったらきっと喜ぶ娘がいるといっていた。その娘の好みは判っているからと。このことを私がちょうど砲弾の中に入ったときにいった。彼女がどんな娘なのかをエレベーターで昇るときにずっと話していた。月は、満月を少し過ぎた頃で、砲弾に乗り込む私の背後の空にかかっていた。長い砲身は反対側を向いていたから。アイゼンが手を中に差し入れて、一つ一つ示し始めた。次に、砲弾の中にあるもの一つ一つについて私に質問した。休みに入る前に私が熟知しておく必要のあることだからといって。月に着いたときに百ヤード四方に火薬を撒く手順の説明を続けた。『本当に可愛いんだ、あの娘はね』と唐突にいった。それから、扉の閉め方を見せてくれた。

すぐに車輪が軋む音が聞こえてきた。何ということだ。離陸するのか。最初は何かの間違いだと思ったが、後になってよくよく考えてみて合点が行った。背後に月が見えていたのにもすっかり騙された。十日から二週間後の月の位置に砲身が向けられているとはまったく気がつかなかった。砲弾が着地するときの位置だ。塔から伸びるレールを落ちて行くときに気分が悪くなった。寝台のようなものの上に身を横たえて、いつトンネルに着くのだろうと考えていた。実は、その辺りのことは何も覚えていないんだ。スピードが増して行ったのはいいが、がたがたと揺れたのはトンネルに入ったところのはずだとかそんなことは、私の頭脳にはちょっと負担が大きすぎた。目は開けていたが激しい眠気に襲われてしまって、何が起きたのか思い出して水晶の窓から外を見たときには、空しか見えなかったからだ。

あのロシア人は酸素のスイッチも入れておいたんだ。そうでなければ、私は生きていなかっただろう。地上を離れてから何時間、あるいは何日が過ぎたか判らなかった。今、どれくらい離れたところまで来たのかも。月さえも見えなかった。判っていることといえば、宇宙空間を弾丸の速さで飛んでいるということだけだった。感じられるのは、絶対的な静けさだった。それまで知らなかったほどの静けさだった。ジャイロスコープが砲弾の回転するあいだ、私の船室の安定を保つため唸るような音を出しているのが唯一の音だった。風や大気を切る音はまったくなかった。だから、自分が地球の大気圏の外にいるのだと判ったわけだが。耐え難いほどの輝きに苦しめられた。静かに瞬くことのない眩しい光、雲や大気に遮られることなく宇宙空間を抜けてきた太陽の光だった。逃れようとして目を瞑《つむ》ったが、眠れなかった。ただ、そうやって時間が過ぎていった。やがて、閉じた目を通して、自分が影に入ったことを感じ、もう一度、水晶の窓から外を覗いてみた。すぐに星々がはっきり見えた。その聖なる影が私を包んでくれたのは三十分で、そこから抜け出るとぎらぎらした光が戻ってきた」

「何の影だったんだ?」私は訊いてみた。

するとライアンは、うんざりしたようにアブサンから顔を上げた。長い旅の記憶、遮るもののない太陽の光の記憶にうんざりしているようだった。「日没さ。それから三十分で反対側から上がってくるんだ。地球から遠く離れていたからだ」

「すごいな」と思わず口から言葉が出た。

「それでも私はロシアから脱出したんだ。まだ、月は見えなかった。自分がどこにいるのかも、あとどれくらい続くのかも判らなかった。少し食べ物を食べた。前に食べてから、何時間、あるいは何日が経ったかも判らなかった。水を少し飲んだ。美味《うま》かった。それから、奇妙なことが起こったんだ。そのときは、寝棚に仰向けになっていたんだが、進行方向に顔を向けていて、足は頭よりも高い位置にあった」

「そんな格好では眠れないだろう」とジョーキンズがいった。

「ああ、眠れなかった。おそらく、そのおかげで長く意識を失なっていられたんじゃないか。そうでなかったら、そんなに長くはなかっただろう。だが、よく判らないな。そのときにはだんだん反対側にずり落ちていって、足を押付けられるようになっていた。砲弾の頭が底よりも上になっていたんだな。そして、明らかに高度を下げていた。そのあとの数時間ではもっと水を飲んだ。食べ物よりも水の方が欲しかった。それ以外は、何も変化はなかった。それから、寝台が少し傾いてきたように思えて、足の方に前よりも少し押付けられるような感じだった。すると、砲弾の水晶の頭を通して輝いていた冷酷でうんざりする光が不意に消えた。柔らかい灰色の光が取って代わった。私の目と脳が得た安らぎは計り知れないほどだった。それでも、自分がどこにいるのかは判らなかった。何が起こっているのかも。すると、音がまた戻ってきた。大気の音しかあり得なかった。柔らかい灰色の光が暗くなった。あまりにも突然だったので、あやうく手遅れになるところだった。パラシュートを開く時間だったのだ。寝台の端ががたんとぶつかって壊れた。着地したのだ。最初にやったことは、酸素マスクを着けることだった。月面を歩き回るときに必要だからだ。まったく何も見えなかったのだが、それは砲弾の鼻先が埋まっていたからだった。他の部分がすっかり汚れていたのは、何か大気の乱れのようなものがあったせいだが、どうも雨のように見えた。ロシアでアイゼンに閉められた扉を開け、酸素マスクをして外に出た。確かに雨だった。それが防護眼鏡に当たってすぐ視界がぼんやりしてしまった。どうやら、夕暮れのようだった。運良く着地した柔らかい土の一角から、広々とした不毛の地へと直ちに足を踏みだした。実は、干上がった月の海の岸辺かどこか、砂地とか砂利だらけの荒れ地に着くのではないかと予想していたんだ。だが、予測というものはいつも正しいところへ導いてくれるとは限らない。突然、背後から言葉が聞こえてきた。『自分が不法侵入していると気づいているかね』

そう、そこはイングランドだった。どこもかしこもイングランドだ。私の方に向かってきた男は、ロシア人でも月世界の住人でもなかった。片眼鏡をした目で私を睨みながら砂利道を歩いてきた。私が乗ってきた砲弾は彼の花壇に着地していて、パラシュートが崩れたテントのように辺りを覆っていた。やれやれ、私は狂っているわけではないんだ。だから、『私はロシアから大砲で打ち出されたのですが、行こうと思っていたのは月だったのです』とはいえなかった。こういったんだ。『申し訳ありません。キャンプをしようと思ってロンドンから降りてきたのですが、こちらが私有地とは存じ上げませんでした。すぐに出て行きますから』男は嫌悪に満ちた眼差しを花壇に向けると、鼻をつんと上げて何もいわずに立ち去った。彼が期待していたとおりのことをいえたんだ。ロシアでカンタベリー大主教のことを話したときと同じだ。もう彼にはいうことがなかったわけだ。砲弾を残していって、世界中の記者たちに記事を書かれるのは気が進まなかった。金属棒の件で引き渡されたりしないという自信もまったくない。そこで、月で点火することになっていた火薬を取りだして、砲弾の中にあった燃えやすいものと一緒にすると、いちばん上に酸素の容器を乗せた。パラシュートを使って雨に濡れないようにしてから、そいつに火を点けた。空に輝くような光を放ったよ。でも、ロシアからは見えなかっただろう。奴らは違う場所を探していただろうから。砲弾の残骸でも残っていたらどうしようかと思って、後になってから地方紙まで探したりした。翌日の夕方には、ミミに再会していた。彼女がいったとおりだった」

「ほら、これは奇妙な話だろう」とジョーキンズがタットンと私に向かっていった。「これこそ紛れもなく奇妙な話だ」

オジマンディアス

私たちのクラブにマルキンと呼ばれている会員がいた。どうやってか知らないが、かなりの金を稼いでいた。これから話そうと思っているあの晩、クラブにいた会員たちはそのことを知らない様子だった。いずれにせよ、突然マルキンが私たちの一人にこんなことをいったのである。「晩餐会をするとしたら、塩入れはどのくらいテーブルに置けばいいんだろう。正しい数はいくつか知っているかな」

もちろん、こう聞き返された。「晩餐会には何人来るんだ?」答えは「十八人だ」というものだった。

それは害のないささやかな見栄だった。そのときの話し相手がまさに答えようとしたとき、ジョーキンズが、昼食直後と変わらずはっきり目覚めている様子で、話に入ってきた。訊かれたわけでもないのに、自分が判断を下すような態度だった。「食卓でのエチケットなどという取るに足りないことだったら、私がいつでも正しい答えを教えて差し上げよう。数は問題ではない。厳しく決まっているわけでもない。ただ便利かどうかで決まる。十八人の晩餐会だったら……」しかし、私たちがそこでジョーキンズを遮った。「エチケットだって？」皆、がさつで気が短い老いた旅行家であるジョーキンズを見つめていた。十八人のいるテーブルよりも、荷箱のうえで食事するのが似合う男である。

ジョーキンズは話を続けた。「エチケットの奴隷とでもいうような男がいたんだ。もう中毒だった。結局、何の役にも立たなかったがね。受けとめ方は人それぞれで興味深い。いろいろ興味深い話なんだ」

十八人の晩餐会の件はすっかり忘れられ、私たちはジョーキンズの話に耳を傾けた。

「パースカーという名前の男だったんだが、結婚していて、息子が二人、娘が一人いた。皆もう大人になっていた。少なくとも彼らはそういっていたが、私の思うところ、もう大人になっているといえるのはジョンとアリスだけだった。三人の中で一番の歳上と一番年下の二人だ。パースカーは実に暮らし向きがよくて、サリーに立派な家を持っていた。初めてその家を見ると、一見、何もかも立派に見えるのだが、しばらくすると、『礼儀にかなうこと』に畏怖の念を抱く神殿のようなところであり、食堂のテーブルは『最上流人』の行ないの祭壇に過ぎないと判った。一時期、パースカーによく会っていたせいで、嫌になるくらいエチケットに詳しくなった。そんな些細なことは、大した問題ではないと思うかも知れない。しかし、実のところそれは大問題で、そのせいで、こんなことができたらと思っても、パースカーにはほとんど実行できなかった。たとえば、激しいテニスの試合の後にパンとチーズがあったらと思ったことがあるかも知れない。だが、銀行強盗をするのと同じくらい彼には無理な話だった。七時に夕食にして、早めに寝たいと思ったこともあったかも知れない。だが、最上流人は八時半に夕食をとるのだ。頭を蚊に刺されて掻きむしりたいと思ったこともあったかも知れない。マーゲイトで一日を過ごしたり、ハムステッド・ヒースを散歩したいと思ったこともあるかも知れない。夕食のときにビールを飲みたいと思ったこともあるかも知れない。夏の暑い日に上着を脱いでその場に腰を下ろしたいと思ったこともあるかも知れない。晩になってスリッパを履きたいと思ったこともあるかも知れない。パイプを燻《くゆ》らしたいと思ったこともあるかも知れない。だが、そんなことをする勇気は一つもなかった。もしあったとしても、家族がさせなかっただろう。パースカーには、何かをしたいと願うことがもともとほとんどなかった。慣例に従うことがパースカーにとって正しい振舞いだった。あるいは、誰にとってもそうなのかも知れないが、特にパースカーにとってはそうだった。特にパースカーにとってというのは、彼が隠していたある過去のできごとのせいだった。そのことはもうすぐ明らかになるだろう。他の者がどうでもいいと思うようなことでもパースカーが重視することはいろいろあった。そのやり方にのっとってパースカーが会話の方向を決めて行くのも判るだろう。もし、小戸棚に骸骨を隠している家なら、客に廊下をうろうろさせまいとするだろう。同様にパースカーは、私が過去を探ろうとするのを嫌がった。彼の妻は話を逸らそうとする彼を助けなかったわけではないが、いうなれば骸骨が何だか知らなかったのではないかと思う。だから、ずいぶん前から秘密が隠されていたのは間違いない。彼女は、元気のないくたびれた様子で、おそらくそんなエチケットにはうんざりしていたのだ。私はそのエチケットを、骸骨を隠していた小戸棚そのものとして考えていた。一番上の息子はもう二十二歳くらいで、思いやりがあるようだった。娘のアリスはもっとありそうだった。が、二番目の息子のサムは彼らのエチケットやその他もろもろに狂信的になっていた。

私が彼らと旅行の話をしているうちにパースカーのことが判ってきた。君たちも私がそんな話をしているのを一度や二度は聞いたことがあるだろう。これもまたパースカーの変なところなのだが、私の過去（と私が行ったことのある場所）の話を聞くのは大好きなのに、決して自分の話をしようとしないのだ。アデンの話をするといつも顔を輝かせた。ポート・サイドの話もそうだった。そういう話をもっと聞きたがった。だが、そういうところへ行ったことがあるのかと訊くと、本で読んだことがあると答えるくらいが精一杯だった。そんなに隠したがる話題をなぜそんなに喜んで聞きたがるのか。どうしても判らなかった。判らないまま堂堂巡りをしているが、どういうわけか古い骸骨を隠すのにエチケットが必要で、そのエチケットのおかげで客をもてなせるようなのだ。

あの家族が実は彼のことを苛《いじ》めていたとは考えてほしくないんだ。確かに、小戸棚を作り上げ、しっかりしたものにさせたわけだが、彼らも喜んで手を貸したのだし、小戸棚の中に何があるのか知っているのは彼だけだったのだ。

彼の家にはよく行っていた。あの頃はそこから近いところに住んでいたんだ。ある秋の日のことを話そう。人数の多い晩餐会を開いた日だった。私は彼らと一緒に食事をしなかったが、その前のお茶のときには一緒にいた。その後も、何か手伝うことがないかと思って残っていた。余計な差し出口をする危険を冒してでもそうしたのは、何か奇妙な気配を感じていたからだった。パースカーのことは好きだったから、助けてやりたかった。その奇妙な気配はだんだん形をとってきて、とうとうそこまで達したようだった。パースカーの家族は皆、晩餐会は開かなくてはならないものと感じていた。ただ、サムだけは別だった。そこに危険なものを感じ取り、その脅威をあまりにも強く感じていたので、あの日が近いというのに晩餐会など開いている場合かと穏やかに叱責した。そして、彼の恐怖は他の者に伝染していった。一体何を恐れているのかは一時間経っても判らなかったし、その後もやはり判らなかったが、恐怖は突然確かなものになった。ながながと話をしても、話をはぐらかされ続け、季節の話だとか葉の色がすっかり変わっただとか、そんな話ばかりしたあとに、サムは喫煙室へ歩きだした。私もその後をついていったのだが、サムがしきりに窓の外を気にしていることに気がついた。黄金色の楡《にれ》の木の眺めだけでなく、道沿いに見える何かを特に気にしていた。部屋から見える範囲のどこかだ。その道に沿って櫟《いちい》の木が隙間なく植えられていて、あまりよく見えなかった。だから彼は何度も何度も道を目で探っていた。突然、顔が灰色になった。私には彼の恐怖が見えた。それが何であったとしても、本物だった。私たちはほとんど口を利かなかったが、今や彼は一言も言葉を発しなくなっていた。ウィスキーを持ってきてやろうかとも思ったが、そうしなかったのは彼らの忌忌しい規則をよく知っていたからだ。ディナーの前に飲むものはシェリーが正しい。だから、シェリーでなくてはならないということで、彼の分と一緒に自分のシェリーも持ってきた。彼もそれを飲みたがっていた。どうにかこうにか三杯飲ませると、やっと話し始めた。これから話すのが、そのときすっかり聞き出したことだ。彼の父親の知り合いに、最上流の階級に属していない男が二人いた。二人は実のところ、ただの船乗りだった。薄汚れたこの男たちは普段着のまま、船乗り用の大きな私物箱を二人で運んできた。年に一回、彼らの館へ。ちょうど葉の色が変わる頃に。やって来ると、食事をして、一晩泊まった。追い払われることはなかった。父親と何らかの申し合わせがあったのだろう。それがどんなものなのか、サムには判らなかった。そんなことを私に話してくれたのは、彼はどうしても二人に会わなくてはならなかったからだった。両親に対して繰り返し、奴らがそろそろやって来る頃だと警告していた。だが、両親はもっと後だろうと考えていて、やみくもに晩餐会の準備を進めていた。本当に木々の葉の色が変わった頃、今さら中止することもできないし、それによってもたらされる被害はサムが杞憂するほどひどくはないのだといった。晩餐会には二十人が来ることになっていた。あの二人も他の客と一緒に席に着くだろうが、父親にはそれを阻止する勇気はないだろう。どうすればいいのか。

サムがこういっているときに、二人の年老いた男が小道をやって来た。だが、古い私物箱を手には持っていなかった。一人がロープで引っぱり、もう一人が後ろから押していた。一瞬、夜会服に着替えさせるべきではないかという言葉が出かかった。しかし彼らの姿を見た瞬間、到底無理だと判った。仮装舞踏会に行く途中だといえば納得するかも知れないと思ったが、そんなのは問題外だ。今のままの格好でいるしかない。あまりにも歴然としていたので、私は考えるのを諦めた。解釈など吹き飛ばしてしまう類いの人間がいる。だが、彼らはそういう類いでもなかった。顔にぐるりと短い黒い頬髭を生やしている男は、砂利の上に古い箱を引いていて、その音が聞こえていた。黄色がかった赤髭を短く刈っている男が後ろから押していた。二人とも長年海の飛沫を浴び塩だらけになっていたせいで、皺の奥深くに入り込んだ砂とエンジンの黒い油が、今やどれだけ風呂に入っても洗い流せないように見えた。私が考えるのを諦めたのは、手伝えることが何もないからで、敵側に寝返ったからではなかった。もっとも、その二人の男が慣習でがんじがらめになった館に近づいてくるのを最初に見たときは、夏じゅう閉め切っていた窓から部屋に吹き込んできた海風のように思えたのだったが。しかし、サムにとっては、果樹園に吹き込む禍禍しい凶風のようなものだったのだろう。私が何の手助けもできないことを見てとると、突然何らかの決意をしたようだった。怯えた顔に緊張が走り、はっきり聞き取れない言葉をつぶやきながら、部屋から勢いよく出ていった。

サムがそのとき何をしたのかは、後で聞いた。三杯のシェリーがどれほど助けになったかは判らない。二人のうち年上の方の男に向かって、もうこんな脅しは止めるようにといったそうだ。たとえ父親が何をしたとしても、たとえ追い返された二人の水夫に何を吹聴されるとしても、二十人の晩餐会の客に露呈しようとしていることに比べれば何だってましだ。近隣からかなり選び抜いた賓客なのだから。食卓についている客たちの目の前へ、父親に物欲しげに付き纏う男たちが一緒に座るのだから、露呈といっていいだろう。エチケットのことなどは、ジョンにはサムほど深く染みついていなかったが、父親の秘密を守るということには賛成だった。たとえ、どんな秘密であったとしても。二人の水夫に対しては怒りを覚えるほどではなかったから、もし二人が望むのであれば一緒に食事をさせればいいと思ったし、きっと二人はそう希望するだろう。だが、その反論はサムの憤りに一蹴された。あるいは、もしかしたら三杯のシェリーのせいだ。アリスと、若いボールビイも一緒に部屋にいた。ボールビイのことはまだ話していなかったな。この若者はたいへんな苦労をして二十人の晩餐会に招待されたのだった。そして、一時間も早く来てしまった。どうしてそんなに早く来たのかと思うかね。婚約者だったからか。いや、婚約はしていなかった。それが問題だったんだ。彼は農夫だった。そして、おそらく農夫をやめたくないと思っていた。農作やそれに関するさまざまなことが大好きだった。その音、匂い。恵みにも脅威にもなる天気の気配。よく知っている畑の上を渡る風。日暮れ時には神秘に満ちてくるのだ。アリスには農業がまったく向いていなかったし、彼は他の仕事をする気もまったくなかった。だから、それが問題だったのだ。何もかもエチケットのせいだった。彼らの他の悩みもそうだった。ボールビイは二人の船乗りにもここに残って晩餐会に出てもらいたかった。しかし、自分だってそこにいていいのか微妙なのだから、彼の意見にはあまり重きを置かれないと君たちだって思うだろう。サムは、ボールビイが意見をいうのを許してきただけでもずいぶん寛容だと思っていた。もしも投票で決めていいのなら、三対一でサムの意見に反対することになっただろう。だが、サムは自分のやりたいようにやった。部屋に入ったときに、私にはそれが判った。彼らの協議はちょうど終わったところで、サムが勝利を収めたと見て取った。もしも、私が投与したあのシェリーが何らかの影響を与えたのだとしたら謝ろう。私のすぐ後ろに例の二人の老齢の男たちが入ってきた。あの大きな私物箱は広間に置いてあった。あるいは館の外だったか。二人は、ビルとジョーと呼びあっていた。私はこのことをパースカー一家が彼らについて口にした数少ない言葉から知った。サムや他の家族も二人の名字を知らなかったし、彼らもそういう格式ばった呼び方はしようとしなかった。髪の黒い方がビルで、赤い方がジョーだった。

『おや、ミス・アリスじゃないか』部屋に入って来るなりビルが声を上げた。『大きくなったなあ。そうじゃないか?』ジョーに向かっていった。

『紅花隠元《べにばないんげん》の花みたいだ』

『それに、ジョンの坊ちゃんだ』とビル。

『それに、サムの坊ちゃんもだ』とジョーが素早く続けた。すぐに兄と同じ挨拶を受けなかったら傷つくだろうという気遣いだったが、見当違いも甚だしかった。

『それから、老旦那は？』ビルがサムの方を向いていった。

サムの返事の冷たさは、ビルが自分の父親のことをそんなふうに訊ねるのが気に入らなかったことを物語っていた。

『もちろん、俺たちにとっては老人じゃありませんが、それでも若い人たちから見れば俺たちはみんな年老いているんで』とビルが付け加えた。

『メトセラのように〔「創世記」よりノアの大洪水以前の族長の一人。九六九歳まで生きた。転じて途方もなく高齢である意〕』とジョーがいった。

私はジョーの冗談を笑おうとした。他に誰も笑わなかったからだ。面白くない冗談は笑った方がいい。面白い冗談は放っておいても相手にしてもらえるのだから。だが、私にはできなかった。二人の船乗りを迎える湿った冷気があまりにも強いせいで笑いも萎《しお》れてしまったのだ。

そのとき、アリスが二人を若いネッド・ボールビイに紹介した。ビルが振り向いてジョーに意味ありげにウィンクをした。これでは、今日の晩餐会にこの二人を座らせるのはきわめて困難だと彼らが思っても当然ではないか。晩餐会は洗練された人たちに対する敬意にふさわしい、洗練されたものにしなければならないからだ。それに、準備には金を注ぎ込んでもいる。どうみても困難な状況なのは間違いない。

　すると灰色の口髭をたくわえたパースカーが入ってきた。家族の不満を背景に、湿った幽霊のように見えた。二人はパースカーに会うことになっていたわけで、実際パースカーはビルとジョーに再会して明らかに喜んでいた。それでも、どう見てもこの状況を扱いかねていた。するど、アリスと彼女の恋人、それからジョンが、パースカーと私を取り囲むように近寄ってきた。一方サムは、下手な脚本家が役者の一人を舞台から降ろすときのような仕草で、ビルとジョーを部屋から追いだして、そのまま一緒に広間へと歩いて行った。

早めに来た招待客たちがちょうど着いた頃だったから、二人の男と道で擦れ違ったにちがいない。だが、素敵な館の敷地であのような階級の男たちに会うことと、晩餐会の隣の席にそういう男がいることはまったく別の話だ。そして、その二人は晩餐会の部屋に入ることはなかった。私自身が帰る用意をしているときに、彼らの古い私物箱ががたがたと音を立てて路を遠ざかっていくのが聞こえた。しかし、その客間にいる者には誰にも聞こえていないようだった。パースカー夫妻は、巣穴の中にフェレットが逃げ込んできたときの兎のような表情を浮かべていた。いや、忘れていた、君たちはそんな兎を見たことはなかったか。でも、いいたいことは判るだろう。サムは静かに満足げな顔をしていたと思う。おそらく晩餐会のあいだじゅうそうだったに違いない。しかし、サムの他に何が起こったのかはっきり知っている者はいなかったし、招待客たちが到着する前に話をする時間はなかった。

私は晩餐会にはいなかったんだ。招待主たちを憂鬱にさせている不安が晩餐会全体に力を及ぼしていた。誰も彼もが理由を一言も口にしていないのに恐怖を感じているとすればそれは変だと思うだろう。だが、そうだったのだ。御婦人方が客間へ行ってしまったあと、男たちがそこに合流する前のことだと思うが、サムが父親を部屋から連れだす機会を見つけて（どうやってそんなことができたのかは判らない）もう黙っていられなくなったニュースを知らせた。実に巧妙にできた文書のことだった。サムが自分で作成し、あの二人組が署名するのを受け入れた文書である。もう脅迫をするための道筋は塞がれて、二人の船乗りは永久に戻ってこない。そういって、父が褒めてくれるのを待った。ところが、いくら待っても、老人は口を開かなかった。

やっと言葉が出てきた。『戻ってこないのか！』

サムは答えた。『戻ってきません。もう大丈夫です』

しばらく経って老パースカーがこういった。

『今のような暮らしでやっていくには年に一万ポンドは掛かることを知っているか』

『まあ、知っている人がそういうのだから』

『去年はそうだった。それに、何年もそうだった。その金がどこから来るかは知っているか』

『銀行からでは？』サムが答えた。

『違う』パースカーがいった。

『では、教えてください』

『あの箱だ』

『あの箱？』

『そうだ。二人の船乗りがいつも運んでくる、あの箱だ』

『あの古い船乗りの私物箱から?』

『金貨が詰まっているんだ』と父がいった。『縁までぎっしりだ。大きな金貨なんだ』そういいながら泣きだしそうだった。『牡蠣《かき》の殻くらい大きくて丸いんだ』

それから少し詳細について話しあった。二人の船乗りがどこに住んでいるかは知らないが、燕のようにやって来ては帰って行くことなどだ。話し合いにそういう情報を提供するのは父親の方の貢献だったが、一方息子の方は、あの二人がもう二度と戻って来ないのは確実だと保証して貢献するしかなかった。それだけ確実にやれば十分だと誰もがいうくらいしっかりやったのだ。一時間半後には、その徹底ぶりで褒められるはずだったのに。それから少し経って招待客たちが帰って行くとき、家族集会が始まり、骸骨が小戸棚から出てきた。その後一週間ほどで、小戸棚は壊れ落ちてしまった。格式ばった儀式、上流階級のしきたりといったようなものによって、それまで見えないようにしていた骸骨が、骨をかたかたさせながらパースカー夫人と三人の子供たちの前に初めて姿を見せたとき、何もかもは消失したのだ。骸骨というのは、ただこれだけのことだった。ジム・パースカー殿はかつてただの船乗りだった。ビルとジョーの同期の友人だっただけでなく、仲間であり協力者であったのだ。

始めのうち、パースカー夫人がそのことを理解していたとは思えない。私が気づいた限りでは、夫人がいちばん判っていなかった。パースカー氏が冷酷にも全貌をはっきりさせたときになってようやく判って、ショックを受けながらまたたくまに状況を理解したのだった。『私も昔は噛み煙草をよく噛んでいた』とパースカーがいったんだ。

その後の沈黙の中で、他の仲間たちが酒に金を使っているあいだに、自分がどうやって金を貯めて、それが五百ポンドになったかを説明した。そして、ビルとジョーともう一人の男ジャック・スミスが宝が埋められている話を知っていて、計画をいつも囁きあっていたこと、それが人生を導く星だったことを話した。その話は本当だった。宝はあった。もちろん、彼らはどこにあるかいおうとはしなかった。いえなかったのだ。誓いがあったから。パースカーは宝の存在を信じて、自分の資金を注ぎ込んで彼らを支援した。そうして四分の一の分け前を得ることになり、ジャック・スミスが死ぬとそれが三分の一になった。ビルとジョーは年に一回、二人の男でやっと運びだせる量を騾馬《らば》に積んできた。そのとき他には誰も関わらせなかったんだ。それで、一万ポンドの価値のあるスペイン金貨がパースカーの分け前だった。それはもう戻ってこない」

「全然運用していなかったのか」マルキンがいった。

「ほとんど投資はしていなかったね。埋めた宝こそが、彼にとっての投資先だったんだ。莫大な財宝があることは判っていたし、ビルとジョーが死んだら分け前が自分のものになるような手配はすっかりできていたんだから。どっちだったか忘れたが、二人のうち一人には扶養家族がいて、もう一人にはいなかった。どういうわけか、パースカーは暮らしに余裕があると思っていたんだ」

マルキンがそんな資金運用に対して鼻を鳴らし、ジョーキンズは話を続けた。「彼らには変わった取り決めがあった。そのことは後で話そうと思っているんだが、ジャック・スミスは財宝の場所がどこなのかという手がかりを一つ持っていた。パースカーも一つ。ビルとジョーが第三の手がかりを書き残していた。それだけならほとんど価値のないもので、誰かに盗まれたりするほどの内容ではなかった。正統な継承者にのみ価値のあるものだ。すなわち、残り二つの手がかりを持っている者にとってということでもある。とはいっても実際には、ビルとジョーの手がかりはもう誰も決して見出せないわけだが」

「それ以上の意味があるだろう」とマルキン。「三人がそれぞれ金庫の鍵を持っていて、三つ揃ったときにだけ金庫を開けられるというのに似ている」

「まさにその通りだ。第一の手がかりは思い出したが、ほとんど役に立ちそうになかった。絶対に使うはずのない古い箱の鍵のように、家のどこかに落ちているのだろう。第二の手がかりを探さなくてはならない。そして第三の手がかりを。まだ見つけられないその手がかりを人間の智恵を使ってもう一度目に見えるところに叩き出さなくてはならない。だが、二週間経っても何も思いつかなかった。私は何度も彼らに会いに行った。私を受け入れてくれるのであれば何かできることはあるだろう、少しは役に立てるかも知れないと思っていた。だが、何もできなかった。館じゅうが、砂塵嵐に襲われたキャンプのようになっていた。何もかもひっくり返されて、さらにそれだけでなく、一人一人が独自のやり方でひっくり返していて、箱という箱は逆さにされ、家具はことごとく動かされていた。何とも嘆かわしい光景だった。よい家具と優れた絵画には、売り時と売り方というものがある。館にも売り方がある。彼らは間違ったときに、間違った方法で売った。全部で二万五千ポンドにしかならなかった。そこには土地も一部含まれていたのだ。競売人に五パーセント払い、パースカーの手に入ったのは数千ポンドだった。自分の分け前は一万ポンドくらいだと思っていたのだが。その他に税金もあるのだ。彼の投資額は一万八千ポンドにやっと届くかどうかで、運用益は四パーセントでしかなかった。投機的運用をせずに得られるのは当時はそんなものだったのだ。そして再び税金。結局手に入るのは年に六百ポンド強だ。彼が投資しているような額でも年にあと二百ポンドは収入を増やせたかも知れない。でも、使用人やその他の扶養者たちへの手当て等の支払いに消えていった。私が思うに、パースカーは息子たちに年に五十ポンド、妻に百ポンドを与え（これにはアリスの分も含めてだが）、そして、四百ポンドを自分の生活のために残しておいた。この頃、彼らはシデナムのどこかに家を買った。小さい家だったなどとわざわざいう必要はないだろう。薄汚い家に引っ越すまでは、私の助言を聞いてもらうことはできなかった。壊滅する財産とともに没落していくのに忙しすぎたのだ。だが、引っ越して数日後に彼らの住まいを訪れて助言することができた。まあ、私の理論がことごとく間違っていたというのは認めよう。だから、私の助言には価値がなかったのかも知れないということも。それでも、誰かが家族に助言をすれば、彼ら自身の知性を刺激することに繋がるんだ。そして多少なりとも彼らのために労を惜しまない者のことを考えるようになる。パースカーの家族に現れた反応が実際そういうものだった。あるいは、ネッド・ボールビイに現れたというべきかも知れない。パースカー一家の知性はそれから何週間ものあいだ、まだ麻痺したままのように見えたからだ。私の理論に対抗する理論を構築しはじめたのはネッドだった。私が余計なことを考えてネッドを後押ししなければ、彼も何も思いつかなかったかも知れないと思いたい。結局、私の考えたことは彼らにとって何も役に立たなかったとしても。実際、そうだったのだが。

この間、ネッド・ボールビイの暮らしぶりが前よりよくなっていたわけではなかった。パースカーの家族は彼らなりに学んで、エチケットといった類いのことは諦めたのだが、目茶苦茶になった生活の中にも一つだけ守りたいものがあって、それはアリスが裕福になるのを見届けるということだった。そして彼らは、この若い農夫の収入ではとうてい足りないと考えていた。もし、これだけあれば十分というだけのものを与えられるのであればそうしたいと思っていたが、今の彼らにはそんな余裕はなかった。だから、ボールビイの評価は以前と変わっていなかった。これは理屈としてはちょっと変で、なぜなら今やボールビイはパースカーよりもおそらく金持ちだからだ。それでも、年に四百ポンドを超える程度の収入だろうと判ってきて、娘のことが不安になってしまったのだが、それを払拭できたと見届けることが、老パースカーに残された唯一の願いなのだ。なお、実際ボールビイはおそらく正味五百ポンドは稼いでいただろう。

このパースカー家の新生活が始まったときから、ボールビイは大きな希望を膨らませていた。パースカーに宝のありかを示す手がかりを最初に見つけさせたのはボールビイだったのだ。パースカーにとってこれを見つけるのはいささか難しかった。手がかりはイギリス人のように見える男が写った写真だった。纏っているズボンの裁ち方やゲートルは少なくとも見慣れた感じがした。腕を組んで、脚をやや開き気味にして立っているのは、明らかに沙漠と見える隆起した場所の上だったからだ。その足元のところにインクで×印が書かれていた。男の顔はどこにでもいそうな感じだった。イギリスから来た休暇中の平《ひら》の銀行員だと君たちならいいそうだった。ただ、ちょっと姿勢が変で、注意を惹く点は唯一それだけだった。脚を開いて腕を組み、一人で考え事をしているかのように下を向いていたのだが、紅潮した顔は孤独な瞑想にふけっているというよりもクリケットでもしているかのようだった。ボールビイは写真を拡大して客間に吊るした。私が最初にその写真を見たとき、暖炉の上にあったのはそのせいだ。あまり有益な写真ではなかった。沙漠にまったく特徴がなくて、ただ平らに広がっている沙漠に男が一人立っているだけだったから。それに男にもこれといって特別なところがない。でも、十字の印が宝の在り処になっているということは疑えなかった。それは何らかの慰めにはなったようだが、だからといってどこを探せばいいのか示してくれるわけでもなく、ただ沙漠にあるということしか判らないのだ。どの沙漠かも教えてくれない。

ボールビイが拡大写真を下げていたのは、希望へと目を向けさせるものを彼らに与えて、財産と同じくらいにまで気分が落ち込んでいかないようにするためだった。彼自身も常にその写真を調べていた。そして、もしもその風景に少しでも特徴を見出せれば、沙漠の場所を特定できるだろうと思っていた。だが、不運なことにそういうものは何もなかった。男が立っている高みには特徴といえるようなものは何もなかったからだ。そういうわけで、ある日、彼はこういった。『別の手がかりを探さなければ。ジャック・スミスが持っているのを』

パースカーから何かを引き出すのは困難極まりない話だった。『ジャック・スミスの住所はどこですか』ボールビイが訊ねた。

『あいつは死んだ』パースカーがいった。

それでもパースカーがジャック・スミスからの手紙を持っていることを聞き出した。

『知らないな』

『知っていますよ。でも、どこに住んでいたんです?』

『ジャック・スミスの分け前を受け取っていたのなら、手がかりだって受け取っていたはずですね』とボールビイがいった。

『家内があいつの書類を持っていると思うが』とパースカーが面倒臭そうにいった。

その手紙に記されている住所はスワンリーの宿泊所だった。出かけていくボールビイを見送るアリスの目には希望のような光が宿っていたが、他の者たちは生活がつらすぎてそんなことを気にしている余裕もなかった。

ボールビイは驚くべきことを見つけてきた。一週間ほど経って戻ってきたときに、あの写真とぴったり同じ大きさの紙片を持っていて、その紙の上には、写真とまったく同じ位置に十字の印があった。ただ、紙片の方はまったくの白紙だったが。裏側にははっきりとこう記されていた。

J. N. 5.11.12.5.23.12.4.12'
Treasure at X. Dig 3'.

第二の手がかりだった。

ネッド・ボールビイが手がかりを持ってやって来たときのアリスの灰色の目に浮かぶ表情から、これが彼らの必要としていたただ一つの手がかり、宝箱の唯一の鍵だと思うだろう。マルキン、君がそういったようにね。だが、それは三つのうちの一つだったんだ。まだ二つしか持っていない。しかも、この鍵はずいぶん錆びついている。彼らの智恵で磨き上げないと、何の役にも立たないだろう。ボールビイがやってきたとき、私もそこにいたんだ。それを最初に見たのも私だった。明らかにあの写真のことだと思った。別の紙を重ねてピンを突き刺せということに間違いないだろう。十字の中心で位置を合わせろということだ。『N』は北を、『5』と

『二』は緯度と経度を意味しているのだろうと最初にいったのは私なんだ。『12』の次の印はコンマを逆さにしたもので、これが誰かの言葉の引用だと示しているのだろうと思った。だが、掘る場所を示すにしてはどう見ても数字が多過ぎる。いや、私の理論を披露して君たちを悩ませるつもりはないよ。さっきいったように、私の考えは間違っていたと判ったんだから。それでも、私は彼らの役に立ちたかった。どんな試合においても敗者がどれほど多大な貢献をするかを忘れてはならない。私の提案が、パースカー家の誰の提案よりもましだったことは付け加えておきたい。驚くほど謎ときのセンスを披露してくれたのはボールビイだけだった。あれがどういう意味だったのか判っている今でも、彼が最初から最後まで解き明かしたことに驚きを禁じ得ない。もしコンマ一つ欠けていても、うまく行かなかっただろう。『Dig 3'』が手がかりになったんだ。『これはどう見ても三フィート〔一フィートは約三十センチ〕ということだ』と彼はいった。私たちは皆で同意したよ。

『それから、「12」の次の小さな印（あまりはっきりしない印だった）も同じようにフィートを意味しているに違いない』ボールビイはそういって、少し戻って先を続けた。十二フィートが何なのかを次の数字のグループが明らかにするというわけだ。『「23.12.4」は日付だろう。一九〇四年一二月二三日だ』日付の話の後に少し話をしてから、時刻の話題に移った。『「12.5」は時刻だ。写真を撮った時刻だろう。十二フィート離れたところのカメラで撮影したということが、まあ判るだろう』

『でも、「J. N.」というのは何?』サムがいった。ボールビイの推理の速さに少し羨望の気持を抱いていたようだ。

『写真の男のイニシャルだろう』ボールビイが即答した。『これが誰かは判らない。たぶん、もう判ることはないだろう。それはあまり問題ではないと思うんだ。第五の男がいたという記録はまったくないから、彼が立っているところに宝が埋まっているということを知らせたとも思えない。そもそも宝があるということだって判らないね』

『じゃあ、どうしてこんなところにいるのさ』

『印になるためだろう』

『でも、いつまでもそこに立っているのでなければ、真っ平らな沙漠で目印になんかならないじゃないか』

それには答えられなかった。もしサムが自分の最後の言葉に満足していれば、意図したとおり優位に立てただろう。だが、うっかりこう口走ってしまったに違いない。『それで、「5.11」は何?』

ボールビイは、それが何なのかそれまで思いついていなかったのだが、このとき『J. N.』の身長だと確信を抱いた。サムにそういって、『J. N.』は目印なのだと念を押した。沙漠の中で動いてしまう目印がもはや一体何の役に立つのかと思っていたのだが。その後、私はそこを離れてしまったのだが、二つの手がかりが意味していることをずっと考え続けていた。私に思いついたのは、もし五フィート十一インチの男を沙漠の中で昼の十二時五分に足を開いて立たせたとしたら（午前零時五分なら日の光などないのだから）、宝は男の足元、三フィート下にあるということだろう。パースカー一家はふたたび希望を捨てたが、ボールビイは諦めなかった。

私はまた翌日彼らに会いに行った。多額の財宝を手に入れるためにできることが何かあるかもしれないというよりも、彼らが絶望から立ち直ったかどうか確認しに。私が部屋に入ってそれほど時間が経たないうちに、ネッド・ボールビイが飛び込んできた。部屋には家族全員が揃っていた。私はなんとか彼らを元気づけようとしていたのだ。ボールビイは夜遅くまで起きて、ずっと考えていたのだ。

『これを見て』部屋に入ってくるなり、そういった。『この影を見て』オリジナルの写真を掲げ持った。五×四インチの小さなものだった。『これはいつ頃の写真だと思う？』

私は写真をちらっと眺めて、いった。『そりゃあ真夏だろう』

『日付は』

『ああ、そうだ。十二月だった。君の予想は間違っていた』

私の指摘には何も反応せずに、くるりと向きを変えると、地図を持ってきてくれといった。アリスが持ってくると、地図帳を開いて世界地図のページを探しだした。メルカトル投影図法の地図だった。すると今度は、自分で鉛筆の端を燃やして炭を作った。『ここまで絞り込んだ。ロシアにはない』といって、ロシアを黒く塗りつぶしはじめた。

『でも、どうして地図を汚しているんだ?』とサムがいった。『そして、中国にもない』といって、中国を黒く塗りつぶした。『ヨーロッパのどこでもない』といってヨーロッパを塗った。彼らはボールビイのいうことを信じているようだった。年老いた夫婦のやつれた顔に、微かな光が輝いた。

『それから、アメリカ合衆国でもカナダでもない』と付け加えた。

『でも、どうして? どうしてなの?』パースカー夫人が訊ねた。

『北半球にはないからです。この影をご覧なさい』

みんなで顔を上げて暖炉の上にある拡大写真を見た。腕を組んで立っている若い男の影は、これ以上小さくなれないくらい小さかった。『そして日付を見て。太陽がほとんど真上にあったに違いない。十二月にそんな太陽はどこにあるのか。南回帰線上ですよ』

『なるほど、そうか』と私がいった。

今度は世界の南の方と赤道付近を黒く塗りつぶした。とうとう残っているのは、細い帯だけになった。数千マイルの幅で、その真ん中には南回帰線を示す点線があった。そして、それはほとんど海の上だった。『これからこのベルトをもっと狭くしましょう。科学の力を借りて』

パースカーはただぼうっと見つめていただけだったが、そのとき、一家に希望が戻り始めていた。希望は言葉の洪水となって現れた。輝くような提案が、彼らに希望をもたらしたのだ。彼らもまた提案の洪水でそれを表現した。それはほとんど使いものにならないものばかりだったが、それでも熱に浮かされたように話し続けた。世界をぐるりと取り巻くように伸びる捜索範囲を絞り込むのに役立つようなものはまったくなかった。銀行員が立っている砂だらけの岩の尾根に案内しなければならないのだ。その尾根は数百万とある似たような尾根と区別がつかない。場所を示すような目印はまったくないのだ。ボールビイは何一つ否定しなかったが、彼らはその新しい希望にしがみついて離れなかった。ボールビイがいった。『いいえ、もっと何か欲しいところです。南アメリカにこんな大きな沙漠はないでしょう。南回帰線は南アフリカのかなり狭い領域を通っていて、五年くらいで調べられるかも知れない。でも、オーストラリアはまるごと入ってしまって、南回帰線が通るところはほとんど沙漠ですよ』

『私たちには無理かしら』とアリスがいった。

『絶望的だね』ボールビイが答えた。『三百ヤード〔一ヤードは約九十一センチ〕のところに来ても、君にはあの尾根に気づけないだろう。あの一通の手紙の他に、ジャック・スミスが何かいい遺しているものはないだろうか』

『以前、あいつが父に本を一冊贈ったことがあった』サムがいった。

『どんな本?』ボールビイが訊いた。

『確か、詩の本だった。詩を読むんだ、あいつは』

『見てみよう』とボールビイがいった。

本を取りに行くときにも、サムはまだ少し嘲笑するような様子を見せていて、笑みを浮かべながらボールビイに本を手渡した。『黄金の宝』というタイトルで、ジャック・スミスが死ぬ前にパースカーへ贈ったものだった。皆が見守る中、ボールビイがページを開いた。そのために本を取りに行かせたのだから。そんなことをしても無駄だったということを隠そうとしながらページを全部捲ったが、何も見つけられなかった。今度は左の親指でページを捲って、最初のページまで戻った。そこにジャック・スミスの筆跡の書き込みがあった。『古《いにしえ》の国から来た旅人に会った』それだけだった。最初にボールビイが黙って読んだ。続いて低い声でぼそぼそと呟いた。それでも、何も判らなかった。

不意に、ボールビイが声を上げた。『判ったぞ!』

皆が期待の眼差しを上げた。

『古《いにしえ》の国だ』と叫んだ。

『エジプトか』と私がすぐに応じた。シェリーのソネットに出てくるのは確かにエジプトじゃないか。

『違う』とボールビイがいった。

『他に、それらしいところなんかないだろう』

『あのソネットは何の話だった?』

『巨像《コロッサス》の話だ』

『じゃあ、僕たちが探さなくてはならないのはそれだ。これでオーストラリアは脱落する。イギリス人が行くまで、あの国で誰もそんな大きな像は作らなかったし、その後、イギリス人はコロッサスなんか作っていない。アフリカだ。南回帰線からそんなに離れていないところを探せば、見つけられるに違いない』

『でも、どうして？　どうしてなんだ？』皆が急《せ》き立てた。

サムはこういった。『シェリーの詩だけじゃ証明にならない』

『証明しろだって！　そうじゃない。これは証明ではなくて、ヒントなんだ』

『何のヒントなんだか判らないけどね』とサム。

『この姿勢を見て』といって写真を指さした。

『ナポレオンかな』と誰かがいった。

『いや、顔を見て欲しい』とボールビイが続けた。

『温厚な顔じゃないか』私がいった。

『だったら、どうしてそんな男が、こんな偉そうなポーズをとっているんだろう』とボールビイが問いかけ、先を続けた。『躰《からだ》の形を一致させるためなのか。何に？　もう判ったかな。何の特徴もない沙漠にいる男。莫大な価値のある位置に印をつけて宝を隠した写真。この男が立っていても、地球上の他の沙漠とまったく区別できない。特定するための特徴は男の背景にあるに違いない。でも、それが何なのか判らなかった。今では日の光のようにはっきり見えている。宝があるのはぴったり五フィート十一インチ〔約百八十センチメートル〕の男が腕から脚まで隠している巨像のある場所だ』サムが口笛を吹いた。『ロードス島の巨像のようなものに違いない。この男がどんな格好で立っているか判るだろう。帽子を取って頭を出している様子が判るだろう。この太陽の許《もと》では危険だというのに。きっと、何か巨大なものなんだ。きっと、沙漠全体を見下ろしているんだろう。この沙漠の中で、巨像の方を向いて尾根に立つ五フィート十一インチの男から十二フィート離れた地点を見つけなくてはいけない。見えるものは何もないし、もちろんこの男は何も残していっていない。この変な姿勢だって、像を正確に遮蔽しているのでなければ何の意味もないし、時間を使う価値もない』

『それで、巨像のどちら側に男がいるのかはどうすれば判るんだ？』とパースカーがいった。話をようやく信じはじめていたが、それでもまだ確実な話だとは思えないようだった。

『影の差す方向です。こんなふうに』とボールビイが答えた。

皆で見上げると、ずんぐりした影がこちらに向かってできているのがかろうじて判った。他にもし何かあるとしたら、やや右側だということだろうか。

ボールビイが話を続けた。『こんなものを見つけるのは難しくはないだろう。三十マイル以内にいる者なら聞いたことがあるはずだ。だから、アフリカ大陸の向こう側まで行かなくてはならないとしても、六十マイルの帯を調査済みとみなして進める。右側三十マイル、左側三十マイル。誰も聞いたことがないということなら、そこに巨像がないと確実にいえるようになる。戻るときにはそれが百二十マイルの幅になっている。もう一回やれば、十二月の正午にそんな影が見える地域をだいたいカバーできるはずだ』

皆が黙ってボールビイを見つめていた。

『費用がかかりそうだな』と私がいった。

『でも、端から端まで行く必要はないんだ。この宝箱は船乗りの話だってことを思いだせば、海岸から百マイル以内だというのに賭けていいだろう。どう思う?』と私に向かっていった。

『結婚式の鐘が聞こえるようだ』

実際にそうなった。ネッド・ボールビイとアリスはそれから一年もしないうちに結婚した。そして一年もしないうちに家族は揃って前に住んでいたところへ戻った。前にも増して大規模な晩餐会を催したが、形式は細部に至るまで前と同じだった。何があったんだろうと、ときどき考えてみる。そもそもアフリカだったのかどうかも確実なことは知らないんだ。なにしろ、南アメリカに探すべき沙漠があるかどうかにかかっているわけだしね。それに、島だってあるかも知れない。まあ、マダガスカルの他にはほとんどないとは思うが。南回帰線のほとんどは海の上だからね。

もちろん、私が自分で探してみようなんてことは夢にも思わなかった。私よりも先に数えきれないくらいの人々が行っているんだから。

一度、アリスに会ったときにそのことを訊いてみたことがある。彼女は実に優雅な装いだったね。とても幸せそうだったともいっておかなければならないかな。王立美術院での展示会の初日のことだった。誰にも声が聞かれない、ほんの一瞬の隙を狙って、こういった。『オジマンディアスはどこでしたか』シェリーのソネットに出てくる重要人物のことを覚えているだろう？

するると彼女はこういった。『ここやアスコット〔イングランドのバークシャー州南東部の村〕とグッドウッド〔イングランド南部ウェスト・サセックス州にあるチチェスター近郊の競馬場〕、外でお食事をして、それからガーデン・パーティ、そんなところのいろいろかしら』

『ええ、判っていますよ』この季節のおびただしい展示物に二人が紛れている今こそ、盗み聞きされないうちに何とか話を聞いておきたいと思っていた。『でも、宝はどこにあったんです？』

『父と兄たちは、本当に忙しくて、出かける時間がぜんぜんないんです』

少しは私のことを信用してくれたってよかったんじゃないかと思うんだよ。

まあ、いい。彼女のことは忘れよう。ウェイター！」

解説コラム　オジマンディアス、王の中の王

オジマンディアスというのは古代エジプトの王の名前である。ラムセス二世のギリシャ名だという。ああ、ラムセス二世なら知っているよ！　という方も多いだろう。だが、ここで問題になるのはラムセス二世の業績ではなく、オジマンディアスというシェリーの詩である。一八一八年に友人のホラース・スミスと競作して発表したソネットだ。そこでオジマンディアスは、沙漠に立つ石像として登場する。胴体もない巨大な石の二本の足として。そして、その台座にはこう記されている「我が名はオジマンディアス、〈王〉の〈王〉／我が偉勲を見よ、汝ら強き諸侯よ、そして絶望せよ！」（『対訳　シェリー詩集』アルヴィ宮本なほ子訳・岩波文庫より）。ジョーキンズがシェリーのソネットに出てくるエジプトの巨像の話といったのはこの詩のことで、「古《いにしえ》の国から来た旅人に会った」というジャック・スミスの書き込みも、この「オジマンディアス」の冒頭の一行である。だから最後に「オジマンディアスはどこでしたか」とアリスに囁いているわけだ。さらに、彼らが見つけた『黄金の宝』という本は、Francis Turner Palgrave が編纂し一八六一年に刊行した *Golden Treasury* という詩集である。英詩アンソロジーとしてきわめて著名な一冊で、Ozymandias その他のシェリーの詩はこの本の第四部に収録されている。

スフィンクスの秘密

会員の一人、チッダリングという男が話をしていた。話の流れからするとおそらく特別長い話ではなかったと思うが、どうもとりとめのない話し方ではあった。もしジョーキンズが苛立ちのあまり静かに喘ぎ声を漏らさなかったら、その長さにも気づかなかっただろう。私はジョーキンズが口を挿《はさ》むのももうすぐだと思っていたのだが、まさにそうなった。思ったとおりだった。「彼女は不思議な女性でね」とチッダリングがいったときだった。

「女性はみな不思議なものだ」とジョーキンズがいったのである。「だが、私が今までに会ったなかでも一番不思議な女性は、ある晩イスタンブールで出会った人だね。彼女ほど不思議な人に会ったことがない。どういうことだったのかお話ししよう」

チッダリングが話す番だったが、その機会をうまく使えていないと思った者も私たちのなかにはいて、結局、ジョーキンズの話に耳を傾けることになった。

「発端はある老人が話していることだった。背が高くて灰色の口髭のある男だった。まるで何かを忘失したような顔をしていた。実際のところ失われていたものはトルコ帽《フェズ》だったんだがね。ないことがそんなに寂しく見せるものとは思わなかったが、如何にも何か忘失したような顔をしていた。それはともかく、こんなことをいっていたんだ。『父も見たんだ。その前は祖父が』するともう一人のトルコ人がそんなことはあり得ないというんだ。『お前の親父さんと爺さんなら百年にはなるだろうが、次に巡ってくる百年は無理だ。二世紀を三人でカバーするなんてできないだろう』すると、老人はできるといった。二人は議論を始めた。私にはどちらが正しいのか判らなかったが、その話のなかにちょっと注意を惹かれたことがあった。話の断片から察するに、どうやら百年ぶりに姿を現す誰かあるいは何かがいて、ちょうど今、それが現れようとしているらしい。そこで、二人のトルコ人の方へ行って、年上の方に話しかけた。『あなた方がアルコールを飲まないことは存じておりますが、何かお飲みになれるものをご一緒していただけるでしょうか』老人は答えた。『それならすぐにもできる。イングランドのウィスキーをいただこう』私がもう一人の方を見ると、彼も同意したようだったので、三人分註文した。

ウィスキーが来ると、二人は話をしてくれた。もう夜遅い時間の、カフェ・シャンタン〔歌を聴かせる酒場〕でのことだった。店内は椅子やテーブルがところ狭しと置かれていて、奥の方にステージらしきものがあった。演台よりは少しましな程度のものだった。私はそこにトルコ音楽を聴きに行ったのだ。なぜだかわからないが、ときおり魂がぐったりしてしまうことがあって、そうなると翼をたたんでうずくまったまま動けなくなる。それを起き上がらせるのが音楽だ。もちろん、他にもあるだろうが、音楽なら間違いない。ヨーロッパの音楽に起き上がらせるものが見つからなくても、東洋で演奏されるものに見つかることもある」

「ああ、判るよ」と私がいった。

「いや、判っていない。まあ、何れにせよ、私がそういう音楽を聴きに行ってはいけない理由はないからね」とジョーキンズ。

「もちろん、そんなものはないよ」

ジョーキンズが先を続けた。

「舞台の上には奇妙な楽器を持った男たちが数人いて、女が四人、椅子に腰かけていた。いや、腰かけていたのは三人か。四人目は歌っていたから。さっき話した灰色の口髭の老人は、絶えずちらちらと女のうちの一人を見ているようだった。他の三人が微笑んでいても、固く無表情のままでいる女だった。ただ冷静な眼差しを保ったまま。あんなに冷静な眼差しを私は見たことがなかった。その場にいる者を一人残らず蔑《さげす》んでいるようだった。いかなる変化の誘いに対しても、必要とあらば果敢に身を守るつもりなのだと判った。ふと頭に浮かんだだけだがね。

例の背の高い老人がいうには、彼女は百年に一度だけ現れて、また姿を消してしまうのだという。そうやって現れたときに彼女に会い、また姿を消してしまう前に彼女の声を聞ければ、誰にも聞こえないようなことがいつも聞こえるようになる。人間にはあまりにも深遠な言葉が。

彼女は〈運命〉を語るのだ。間違いなくそういう存在なのだ。

興味を惹かれて『いったい何者なんだ』と訊いてみた。

すると若い方が、たぶん五十代ぐらいだと思うが、こういった。『そろそろかも知れない。彼女の出番じゃないか』

『そうだ、彼女だ』と最初の老人がいった。

そういって私の方を向くと、アナトリアの農民たちのあいだでは、百年に一度、スフィンクスからその魂が離れ、一日限り人の躰《からだ》に入るといい伝えられていると説明してくれた。そのときスフィンクスは沙漠を出て、少なくとも百マイル〔一マイルは約一・六キロ〕は離れたところにまで行くという。たいていは北に、あるいは北東へ。初めから自分に似た躰に入るのか、躰に入ってから何か不思議な変化が起きるのか、本来の姿に似た風貌になる。どんな躰に入っても、見ればそれと判るものだし、今まさに彼には判っているのだという。スフィンクスが話すことを聴け。そうすれば、他の者が一生涯、さらにいえば何生涯生きても獲得できない智恵が得られると男はいった。そうして今、その声を聴くのを待っているのだという。もうすぐ真夜中になろうかという頃で、私は夜明け前までに戻らなくてはならなかった。

その女を見たのはそんな時だった。微笑むこともなく、微動だにしない女だ。その前から見ていたが、その姿がスフィンクスに似ているとも思わず、ただ表情のない眼差しは他の女の歌に苛立っているせいだと思い込んでいた。自分の番が来たら歌うことになっている歌よりもひどいからなのか、逆に上手いからなのかは私には判らなかった。だが今はスフィンクスに似ているのが判る。その表情だけでなく、その平べったい顔も、髪形も。首の両側はまったく見えなかった。黒い髪ですっかり覆われていたからだ。彼女の番は四人のうちの最後だった。今は二人目だ。いろいろな不思議な楽器の伴奏で歌っていた。われわれの目から見て、もっとも風変わりでないと思えるのは、マンドリンのような楽器で、吟遊詩人《トルバドゥール》がスペイン無敵艦隊の前で演奏しそうなものだった。他には、とてつもなく大きな梨を二つに割ったような格好のものに弦を張り、小さな弓で弾くものとか。半分にしたメロンを四フィート〔一フィートは約三十センチ〕のスティックで叩くようなもの。楽団は弓を振るって演奏に励み、歌手は歌を歌った。スフィンクスの顔の蔑むような冷静さは変わらなかった。

『間違いないか』と訊いてみた。

『見てみろ』と老人がいった。

もう一度見てみると、もはや疑えなくなった。

『エジプトで見たことはあるのか』と老人がいった。

見たことがあるかって？　もちろん、ある。街燈を見ずに通りを進めないように、私は時代を輝かせた数々の驚異を見ることなく世界を放浪できない。その質問には答えずに、女にもう一度目を向けた。『確かにスフィンクスだ』とだけいった。

彼がうなずくと、もう一人の男が舞台に目をやって、やはりうなずいた。

『彼女はいつ話すんだ?』と私は訊いた。

『次に彼女の番が来たらだ』

三人目が歌っているのが見えた。太ったブロンドの女だった。絶え間なく顔に笑みを浮かべている。彼女はひたすら歌い続けた。まるで地上の何ものにも止められないとでもいうように。私は十二時三十分の列車に乗らなければならなかったが、もう午前零時を過ぎていた。一緒にいた二人も苛々していた。彼らには逃してはならない列車などなかったが。もうこれ以上は我慢できないと思ったとき、ようやく女が歌をやめた。そして、色黒の平らな顔の女がゆっくり立ち上がった。重そうな髪が少し揺れた。彼女が首の後ろを左右からさっと叩くと、楽団のドラムが小刻みに音を鳴り響かせた。指で叩く細長いドラムだった。流れる音の音色は東洋の響きで、変わったフルートや弦楽器から音高く奏でられた。『これから話すぞ』と背の高い老人がいった。そして、彼女は声を発した。が、まだ御託宣ではなかった。ただの罵倒以外の何ものでもなかった。不思議なのは、その言葉の意味がすっかり判ったことだ。言語としては全然知らないのに。その言語がどんな語族に属するのかも判らなかった。判るのは、いろいろな言語が混ざっているが、まったく見当もつかない言語だということくらいだった。象使いが象に話しかける言葉とどこか似ているのを別にすれば。いや、似ているような気がしたというべきか。だが私には、彼女のいっていることが判ったのだ。彼女は〈時〉を罵った。すなわち太古の力の一つを。彼女に対する、ひどい仕打ちを責めた。未知の言語でますます強く罵倒を響かせ、楽団はさらに荒々しく演奏した。彼女の気分を盛り上げるように。不意に彼女は髪を掻き上げて、横に走る深い傷跡を見せた。衣裳を肩から落ちるに任せ、そこにもっと多くの、もっと長くて深い古傷があるのを見せた。するとこんどは、彼女の声に宿る狂ったような激しい嘆きが、風のことを語りはじめた。口から低く漏れ出るような声で罵った。それは砂への不満だと判った。〈時〉は風に彼女の首を、脇腹を、鞭打たせたのだ。〈時〉にとって彼女は何だったのか、あるいは彼女にとって〈時〉は何だったのか、私は聞き逃した。老人が私の方を振り向いて、こういったからだ。『もうすぐ、俺たちに御託宣を告げる頃だ』

だが、彼女はまだ〈時〉に対して怒りをぶつけていた。

『どうして俺たちにこれから語りかけるって判るんだ?』と私は訊ねた。

『アナトリアでは皆知っている』

彼女はまだ怒り続けていた。それでも私は老人が正しいと信じ、人類への御託宣が告げられるのだと思った。彼女の怒りが頂点に達したように見えたからだ。彼女は頭を上げ、反対側の壁の上方を見つめた。そこには、勿体ぶった音を刻む大きな時計があった。私の目が彼女の視線の先を追った。次の瞬間には、私は何か人生を変えるようなことを聞いていたかも知れない。だが、私にはもう時間がなかった。時計は十二時二十分を指していた。十二時三十分の列車に乗らなければならないのだ。私はカフェを飛び出した。もし、その列車に乗り遅れたら、まさにあやうくそうなるところだったのだが、もはやどう乗り継いでも遠路を戻れなくなってしまう」

「どの遠路を?」とターバットがいった。

「世界という遠路をさ」とジョーキンズが答えた。

しばらく、ジョーキンズは自分が越えてきた世界の大きさ、あるいは聞き逃したスフィンクスの秘密の重さに、想像力を押し潰されそうになっているように見えた。しかしジョーキンズはたまたま近くにあったウィスキー&ソーダを一くち口に含むと(実は私のだったが)、どちらもきれいさっぱり忘れ去った。

魔女の森のジョーキンズ

「アイルランドには、私が知っている他の国よりも魔女が多いと思う」とジョーキンズがいった。

その日、ビリヤード・クラブでは誰も魔女の話なんかしていなかった。一方で、私たちの会話は、興味が引き潮のように薄れていったところだった。それに、読者の方々に紹介できるほど信頼に足る事実があるわけでもない。ジョーキンズの言葉は意図した以上の効果があったようで、幸いにも私たちの話題を、知識の裏付けもあやふやな専門的内容からジョーキンズ自身の体験談へとうまく変えてくれた。ジョーキンズは科学者ではないし、そのような振りをすることもないが、自分が聴いた話をあれこれ考え合わせてみると、彼の人生は科学的な新発見でいっぱいで、科学者ならきっとそう説明してくれるに違いないと思っている。ともかく、ジョーキンズがこの話を始めるにあたって最初に口にした言葉は、読者諸兄はすでにお気付きかも知れないが、これから話そうとすることの前振りだった。そのとき誰かが「ああ、そうだ、いるんじゃないかな」といったような気がするが、特に意味のない言葉だった。

「トゥーヘイという男のことを思い出したんだ」ジョーキンズが話を始めた。「かつては、将軍か何かだった人物だと思うが、私が知り合った頃はもの静かで感じのよい男だった。アイルランドの道を歩いていたときに、初めて彼に会ったんだ。木立がそこかしこに見える感じのよい通り道だったんだが、生垣の向こうにある個人の所有地で彼がフェレットを兎の穴に滑り込ませている姿をたまたま見かけてね。そのとき、顔を上げると、余計な口出しをしに来たと思ったのか鋭い目付きで私を睨んだ。でも、そうではないことが判ると、素敵な微笑みを浮かべて、こういった。『あなたが奴らの一人かと思ってしまって——でも、お気になさらぬよう。年老いた母のために兎を獲ろうとしていたところでした。まったく、それに異議を唱えられる者はいないでしょう』

　私も賛同して、そんなことは誰にもできないといった。そうして、少し言葉を交わすことになった。しばらくして、すぐ近くにある木立の話になった。そこは魔女の呪いがかかっているという。それは榛《はしばみ》の林だった。向こう側まで百ヤード〔一ヤードは約九十一センチ〕くらいだったろうか。幅はそれほどなかった。魔女の森と呼ばれているそうだ。魔女が呪いをかけて、夜に迷い込んだ者は道に迷って出られなくなるからだという。

『でも、こんな小さな木立ですよ』と私がいうと、

『そうです。昼間は』とトゥーヘイが答えた。

『夜にはどうなるんです?』

『呪いが働き始めるのですよ』

『どんなふうに?』

『さっきいったとおりです。道に迷う』

『あんな小さな林で?』

『そうです。確かに、小さく見える。実際そうだから』

魔術について議論しても仕方がない。実際に確かめてみるしかないのだ。だから、私はトゥーヘイにこういった。

『それでは、夜になったら私があの茂みを通り抜けることにしましょう。向こう側から入って、こちら側に出てくることにします』

『暗くなってからなら、いつでもできますが』

『それなら、やってみることにしましょう。魔女がいても、いなくても』

『判りました。止めようとする者はいません。ただ、モナガン卿の森番がいますが、この頃、遅い時間には持ち場に座っていないようですね。若かった頃とは違って。時が彼につらく当たったようですが、もうあなたを煩わせることもないでしょう』

『それでは、やってみます。もし、誰も迷惑に思わないのであれば』

『問題ないでしょう』

『今夜、やりましょう』

『迷いますよ』

『魔女はどんな呪いをかけたのですか』話を決めてから、こう訊いてみた。

『ああ、昔のことですが、モナガン卿という悪い人がいましてね。魔女をこの森にあった小さな家から追いだしたのです。魔女の庭のあるところを樺《かば》の林にしたかった。それから榛を周りにずっと植えたかった』

樺の樹は森の中に白く見えた。赤松がその向こうに少し。あとは全部榛だった。

『何のためにそんなことを？』と私は訊いた。

『特に理由なんてありませんね。ただ、哀れな年老いた女が賃料を払おうとしなかったんですな。それでも、彼女を責める気にはなれませんよ』

そのとき、トゥーヘイが穴の上に被せて待ちかまえていた網の中へ兎が飛び出してきた。

『ちょっと失礼します』とトゥーヘイがいった。

そういってほんの一瞬で兎の首を折った。『年老いた母のためなんですよ。母に持っていってやる兎を惜しむ者は誰もいません』

私はトゥーヘイのいうことはもっともだといって、兎のことは誰にもいわないと約束した。トゥーヘイが話すときに感じた何かを恐れるような声の響きから、その手の話題は耳を傾けるだけにしておくのがいちばんだと思ったからだ。他人には何の関係もないことではないか。われわれは翌朝、近くの小さな村で会う約束をした。そこでは、懐かしい日々に飲んでいたようなものでなくとも、それなりのものが飲めるとトゥーヘイはいった。そのときに、どうやって魔女の森を通り抜けてきたのか話すつもりだった。そして、それを楽しみにしていた。その魔女のことをあまり真剣に考えていなかったし、それほど時間をかけず、苦労もせずに歩いて抜けられると確信していたからだ。トゥーヘイは魔女の力を信じていたようだが、たいした力ではなかったと証明するのも簡単だろうと思っていた。慎み深い男だから、私が話すことを信用してくれるだろうと思ったからでもあった。自分がそこにおらず、すべてを自分の目で見ていないなら、どんな確かな話でも絶対に信用しないという、悪魔のように疑い深い者たちとは違うんだ」

ここで私は少し話を遮った。ときどきそういうことをするのは、このビリヤード・クラブで不作法な議論が起こるのを未然に防ぐためである。そういう理由で話を遮るのはむしろ良いことだと私は思っている。

ジョーキンズが続けた。「それで別れたのだが、トゥーヘイにこういったことを覚えている。『暗いといっても、森のいちばん長いところを歩いても三、四分もかからないでしょう。』『まあ、私の知っているかぎり、最後に挑戦した男は三、四時間かかりましたがね』とトゥーヘイがいった。

『三、四時間も！』私は叫んでしまった。

『そう、それでも長い方ではありませんよ。夜明けまでまだ二時間もあったのだから。でも、あなたのような方ならできるかも知れません。ロンドンから来たばかりの元気な方だし、オックスフォード・ケンブリッジ教育が助けてくれるかも知れません』

丁寧で感じのよい人だったが、魔女の話については頑《かたく》なだった。

そのとき泊まっていた小さな宿屋では、快適に過ごせるように世話も行き届いていて、魚釣りなどして一週間の休暇を楽しんでいたんだ」

「休暇って、何を休んでいたんだ？」と訊いたのはターバットだった。たまたまクラブに来ていたのだ。

「それは、あれやこれやあるからね。いろんな雑用がある。少し仕事をしたりね。君もやってみようとしたことがあるんじゃないか。でも、その話をしようとはしないでくれよ。いや、私は休暇中だったんだ。夕食後に少し散歩に行くと宿屋にはいっておいた。森まで十五分くらいのところだったから、一時間半くらいで戻るといった。すると、十一時までならいつ戻っても構わないといわれた。あれは初夏で、蜉蝣《かげろう》が姿を消して、鶉秧鶏《うずらくいな》がちょうど南からやって来た頃だった。野原を歩いていたときに鳴き声が聞こえていた。空に遠い山の稜線が低く見えていた。その山の名前は知らない。それがすっかり見えなくなり、何もかもが薄暗くなるまで待った。でも、昼の陽の名残は頭上の空に残っていて、煌《きら》めきが野原を照らしていた。

道から離れるときに犬が吠える声が聞こえた。そして、張りつめた静けさに。それも間もなく鶉秧鶏の声に破られた。ぼんやりと見える白い蛾が草の上を低く飛び、世界に忍び寄る広大な闇の領域で歓迎され、そして際立つ光の瞬きをもたらした。闇は人の魂にも忍び寄り、夜に対する不条理な畏怖、木々から身を遠ざけておこうとする畏れ、そして、光の名残がかろうじて残っている場所へ出て行きたいという気持に気づく。私に説明できるような感情ではない。それは、理性とはまったく関係のないことだからだ。今回出かけた目的が森に入ることなのに、野にある木々を避けたいと思ってしまう感覚も同様だ。しばらくすると、梣《とねりこ》の樹の後ろに大きな影が見えた。それは私を見張っていた。だがその姿は馬だと判った。私が通りすぎても、ほとんど動くこともなかった。動きというものは、昼の光のためにあるものだというような気がした。何もかも押し黙り、じっとしていて、今はとても動けない。その黙した影を通りすぎ、じっと動かない牛の群れに近づいた。立っているものもいれば、横になっているものもいたが、どれも同じく動かなかった。静寂がさらに深まり、今はすべてをその手に摑んでいた。

眠っている野の向こう側、それほど遠くないところに、たった一つ暗闇の中に光があって、小さな丘の上で瞬いているのが見えた。小さいながらも黄金の輝きを放つ様子は、昇ろうとしている月の最初の輝きなのかも知れないと思った。しかし空には別のところに月がかかっていた。それは後になって見えたのだが、そのときはほとんど霧に隠されて、ぼんやりした美しい黄金の塊になっていた。その光は、煌煌《こうこう》と輝く窓の光だったのだが、その谷じゅうでただ一つの光だった。それ以外は何もかもが夜の帳《とばり》に包まれていた。私はしばらく、その強い光は何なのだろうと不思議に思っていた。そのときふと頭に浮かんだんだ。あれは司祭の家に違いない、もしかしたら、こんな時間に歩き回っているかも知れない者に対して、警告の意味を込めて一晩じゅう灯を点し続けているのではないかと。また、蛾が目の前を横切った。私が森に足を踏み入れたのはそのときだった。森の縁では誰かが最近樹を切ったようで、梣《とねりこ》の切り株が白く光って見えた。それと蛾の輝き、そして遠くの丘の上に輝く光を目にした後、私はしばらくまったく光を見ることがなかった。

その小さな森に入ってすぐに判ったのは、日没後の森に入ったことがある人には当たり前のことだが、小さな木立も昼間に見えたものとはまったく異なる姿を見せるということだった。一つは、もっと大きく見えるということ。それに加えて、もっと威嚇的に見えるということだ。だがそのときは、何らかの理由で夜の森がふだんと同じように見えた。どうしてなのかはまったく判らない。もしかしたら、造られ方のせいかも知れない。

そのことはあまり気にもせず、しばらくは順調だった。唯一戸惑ったのは、空がぼんやりと光っていることだった。それで不公平な検証とされてしまうのではと心配になった。まだ完全に日が暮れておらず、光が残っていたという議論になり得るからだ。だが、とりあえず進んでおいて、念を押しておきたいのなら後でもう一回走り抜けたっていいではないかと思った。最初は榛の木々の下に生えている花独活《はなうど》の大きな葉の中を歩いていた。そのとき、樺の木の白い幹から微かな光が発せられているのに気づいたが、すぐに森の奥に進んでしまったので、ところどころに生えている楢《なら》の灰色の幹がどうだったかは判らなかった。ただ、樹皮を触ってみたりはしたが、そんなことをしてもほとんど何の役にも立たなかった。遠くから見えた小さな木立からは、そこに楢の木があるのかどうか判らなかったので、自分がどこにいるのかを知る助けにはならなかったんだ。魔女の庭だったところに生えている樺の木立は私が森に足を踏み入れた場所の近くで、そこを通って榛の木々のあいだを抜ければ、もう道路に出られるだろうと思っていた。ところが、樺の木の白がもはや見えなくなると、木の形でそれと判る榛の木に囲まれた。樺の木がまったく目に入らないことに驚いたのだが、道路の方向は判っていたし、道端にあった森へ通じる門にちょうど出てくるよう狙って歩いていた。

夜の森で迷ってしまった人にどんなときでも役立つ助言ができるとすれば、あるいはいつどんなところで迷っても役立つ助言ができるとすれば、どんなに自分が正しい方向に向かっていると確信を抱いていても、すぐ近くにある目印を確認できないのなら、向かっている方向は間違っているということだ。北を東と間違え、方位磁針も明らかに間違った方向を示している。私も自分は道が判っていると信じて森の中を突き進んだ。もちろん、こんな小さな森なのだから、真っ直ぐ歩き続ければどうしたってどこかへ出るだろうと思っていた。だが、川があったので向きを変えた。川沿いの同じ場所が繰り返し繰り返し姿を現しているのか、私が真っ直ぐ進むのを邪魔する。それだけでなく、道しるべがまったくなかった。何しろ、どんな水の流れも森の中へ向かっていない。どこから来た水がその流れを作っているのか判らなかった。もしかしたら、魔女の森の片側に沿って沼地の水を抜く水路があるのかも知れない。あるいは、そんな水路が四本あってそれに全部行き当たったのかも知れない。何れにせよ、水の流れにぶつかるたびに向きを変えた。それでもまだ道路がどっちにあるか判っているつもりだったので、最初のうちはそんなに気にしなかったものの、進む足取りは遅くなった。というのも、水の流れは私が歩こうとする場所から森の茂みの方へと誘導するからだった。ときには、木々が密生していて方向を修正することもままならないこともあった。

森の中をしばらく歩き続けていると、夜はすっかり深まり、それでもぼんやりした光はまだ消えていなかった。ただ、そのような頭上の光は、水面が不意に光を反射するところ以外では何の役にも立たなかったが。花独活《はなうど》が減ってきた。まるで、私が気候を変えてしまったかのようだった。最初に森へ足を踏み入れたときから、静寂が辺りに満ちていて、あたかも何もかもが突然息を止めたかのようだった。犬が吠える声もなく、鶉秧鶏《うずらくいな》の鳴き声もやんだ。牛も音を立てない。この沈黙は私が森にいるあいだじゅう続いていた。何か前に聞こえた音がもう一度聞こえることがあれば、それが方向を教えてくれたかも知れない。だが、それは呪いのせいで許されなかったようだ。私が求めていたのは、方向だった。もうどんな方向でもいい。自分が道路の方向だと思ったのはまったく間違っていたと思い始めたからだった。樺の木が榛に取って代わった。ときどき黒い松が見える。もうすっかり別の国に来てしまったようだった。

方角を知る私の理論、自分は小さな森の中にいるという私の知識、三分で向こう側へ出られるはずだという私の確信、何もかもが無に帰してしまった。そして、自分が森の中で迷っていることを認めざるを得なかった。中には千マイル〔一マイルは約一・六キロ〕にも及ぶ森があることは知っている。北極圏に達するような森にそんなのがある。もはや自分がどこにいるか、判っていると自分に向かっていい張っても無駄だった。私にとって最も重要なことは、何もかも最初からやり直すことだった。森から脱出できるはずだというどんな理論にも束縛されずに、まったく新しい光を当てて状況を見直し、自分がどこにいるのかを見つけ出してみよう。と。君たちは私が勘違いしていたと思っているかも知れないが、そのときには自分がどこにいるかまったく判っていなかったし、世界のどこにいてもおかしくないいんじゃないかと認識していたんだ。

思い上がった自信が消失したときに私が感じたのはそういうことだった。森をぶらぶら歩いて通り抜け、魔女の呪いなんてなかったということになると思っていたのだから。それが暗い森に囲まれた魔女の庭から出られなくなっている。もし自信の名残のようなもの、何か思いつきに頼る気持が残っていたとしても、私が最初の数ヤードで見つけるだろうと思った樺の木々は、一時間歩いた末に見出したときにはすっかり消え去っていた。それが同じ樺の木でないのは明らかだ。いったいどんな大森林だったのか。いいたいことは、自分がアイルランドの小さな林にいるという確信にしがみついていては、そこからどこにも先に行けないということだ。唯一私に残されたチャンスは、自分にとって何のよいこともない考え方を捨てて、そんな発想からできるだけ離れることだった。私がロシアかどこかにある樺の森林で迷っている可能性すら検討したのはそういう理由からだった。莫迦げた発想かも知れないが、この森で完全に迷っていた私がいつまでも固執していた発想よりはましだった。

私はずいぶん長く森の中を歩いてきた。樺の木々の微かな輝きの中を通って。とうとう私はこんなことをいった。『この森がどこにあろうと、私が迷ったことは間違いない。そして、私を導いてくれるものは何もない。先に進むにはどうしたらいいのか』私のように多くの旅をしてきた者が、これほど無力になったことはないだろう。近くに水もあって、燐寸《マッチ》を一箱持っているというのに――私は旅するときは必ず燐寸を持ち歩いている男なのだ。そこで、その夜を少しでも快適なものにしようと心に決めた。樺の樹皮の他に燃やしやすいものはなかったので、たくさん樹皮を剝ぎ取ってきて火をつけると、何でも燃えそうなものを放り込んだ。それから木々の枝を折って積み上げげた。真っ暗な草叢《くさむら》の中で見つけた木の枝や棒も。この緯度では大きな火を燃やさなければ暖まれないのではないかと思ったんだ。こんなに樺の木が密生するところなんだからね。日が暮れると、すぐに寒くなりはじめていた。長くつらい時間を歩いてきたせいで、まだ、ちっとも寒いとは思っていなかったが、炎の暖かさが嬉しくて、そして休息が嬉しかった。

火はよく燃え上がった。周囲の樺の木を明るく光り輝かせた。だが、私に道を示してくれることはなかった。いくら輝いていたとはいえ、あまりにも暗い地面を照らせたのは私の足元まででで、周りから締めつけてくる暗闇の輪は前にも増して黒くなったようにすら感じられた。ほんの一瞬、自分の周りの数歩分だけはっきり見えた地面が、もう一回だけ道を探してみてはどうかと誘いかけているように思えたが、すぐ近くまで取り囲んでいる闇を見て、自分は迷っているのだという明らかな事実を受け入れるべきだと感じていた。いくら歩き回ってもそれ以上悪くなりようがないくらい迷っていた。その後はすっかり心地よくなってきた。両手で集めた小枝の上に横たわっていると、湿った地面に触れることなく、炎の暖かさだけを感じていられる。暖かさこそ、われわれが一番に必要とするものだろう。炎の明るい光が、私の心に楽しい気分を与えてくれ、夜が明けてから出発することにしてここに腰を落ち着けてしまおうという気持になっていた。この季節なら夜明けは早い。トゥーヘイによれば、そのときが来れば呪いは消え失せ、また道を見つけられるようになるらしい。完全な静寂が続いて、森の外からは何の物音も聞こえてこなかった。火の中に湿った丸太を一つか二つ投げ入れても、調子よく燃える炎は弱まったりしない。私はそこで眠ろうとしてみた。炎の暖かさを顔に受け、風の冷たさを首に受けて。しかし、なかなか眠れなかった。やっと眠れそうだと思ったそのとき、外から初めて音が聞こえたのだ。野原の遥か彼方にある田舎家かどこかから雄鳥が時を告げるのが聞こえた。まだ夜が明けるには早すぎた。少なくともその森の中では、まだ夜明けの気配もなかった。しばらく耳を傾けていると、また時を告げた。

そのとき、思いついたんだ。トゥーヘイが何といったか。その言葉は夜明けが呪いを弱めるだけでなく、夜明けの直前になると必ず聞こえてくる、雄鶏が時を告げる声もまた呪いを弱めることを意味しているのではないか。炎が少し弱くなっていたので、火に燃やすものをさらに投入して炎が勢いよく燃え上がったところで、私は魔女の森を通り抜ける旅を再開した。今回も、まだ目印にできるようなものはなかったし、自分には道が判るという無駄な信念は完全に捨て去っていたが、前とは違って、今は離れていくことのできる地点があった。少なくとも円を描いて進むのは防いでくれるだろう。何度も肩越しに振り返りながら出発した。火が後ろに離れていくことを確認していた。驚くほどあっという間に、別の光が見えてきた。前方の榛の木々の枝の間から、蒼白く輝く金の光が見えた。野原の向こうにある司祭の館に輝く窓の光だった。一時間のあいだ、その光がどうしていたかは判らなかったし、もちろん私の知ったことでもなかった。そこでは光が輝いていて、私は魔女の森を抜けてその光に向かって歩いているのだ。まもなく野原から牛のいる牧場へと入った。相変わらず牛たちはじっと横になっているか立っているかだった。そのとき再び雄鶏の時を告げる声が聞こえた。そして、まだ樹のそばで立ち続けている同じ馬のそばを通りすぎて、夜の静寂の中を通り抜けて宿に戻った。

まだ夜明けの気配もないうちに宿屋に着いた。一瞬、どんないいわけをしようかと思ったが、すぐにいい考えが浮かんだ。小石を窓に投げ上げて、窓が開くと、本当のことをいった。魔女の森で迷っていたといったんだ。彼らはすぐに私のいっていることを判ってくれた。他所者《よそ》を警戒するような人たちだから、そんなに遅くなった理由として何をいったところで徹底的に問いただそうとするだろう。そうなったらドアを開けてくれるまで長くかかってしまう。だが、魔女の森にまつわる本当のことは、彼らの心に真っ直ぐに届いて、すぐに私を中に入れてくれた。

翌朝、トゥーヘイに会いに行って、魔女の勝ちだと素直にいった。

『ああ、そうでしたか』とトゥーヘイがいった。

『あんな呪いが他にもたくさんあるのですか。この辺りに今でも残っているようなのが』

『いえ、ありませんね』

『なぜですか』

『ああ、国全体でどうかとなると私には判らない。でも、魔女でいてもいいことなんてもうないのですよ。その悪意ももう消えてしまった。何がいけなかったのか私には判りませんね。でも、もう昔とは変わってしまったということです』」

ジョーキンズ、馬を走らせる

ある晩のこと、私たちはビリヤード・クラブで美しい都市の話をしていた。いろいろな例が次々と挙げられて、本当に美しい都市の話や、単に遠くまで旅したことをいいたいだけではないのかという話、中にはただ他を認めたくなくていっているようなのもあった。ジャム工場のある二平方マイル〔約五平方キロメートル〕がどのイタリアの都よりも見ようによっては美しいのだと主張する者がいたせいもあろう。広い土地は蕪《かぶ》がよく生長し豊かに育つためにだけ重要なのではないという。ここからが討論の始まりだった。珈琲を飲みながらの支離滅裂な話が、討論などと呼べるのなら。最も美しい都とは、古い石を輝かせる苔のように年月とともに成長し、家という家が今や失なわれた技術で建てられている都か。あるいは、入念に計画された都の利便性も捨てがたい。ビリヤード・クラブの意見はあちこち揺れ動いていたが、そのとき、ジョーキンズが口を挟んだ。

「君たちにウルムスラギの町を見せたかったよ」

「どんなところなんだ」私たちの一人がいった。

「そこには優れた建築家が何人かいてね、そのうちの二人が都市計画を見せてくれたんだ。アフリカにあるどんな都もそれを凌駕《りょうが》するところはないだろう。私が初めてそこを見たときは、まだ草葺《くさぶ》きの家が並んでいたんだが、建築家はいたし、富と大理石もあった。富はダイアモンドだ。バスケットに何杯もあった。何年も経って、ビジネスの基盤ができると、今度は数千トンのセメントが取引されるようになった。世界でも有数の生産地になったんだ」

私たちの中でダイアモンド業界のことはよく知らない者が、こんなことをいった。「どうしてセメントなんだい」

するとジョーキンズがいった。「ダイアモンドというものは、他のどんなビジネスでもそうだが、市場《しじょう》が供給されなくてはならないし、適切に調節されなくてはならない。供給が追いつかなくなると、みんなダイアモンドを買うのを諦めるだろう。ただ手に入らないというだけの理由でだ。市場が供給過剰になれば、それもまた購入を止めてしまう理由になる。ダイアモンドがありふれたものになりすぎるからだ。供給全体が、非常に注意深く調節されなくてはならないんだ。業界をよく理解している者たちが調節しなくてはならないし、そういう者たちは命を懸けて研究してきたんだ。セメントは縦穴の形を固めるために使う」

「ああ、判った」と、その誰かがかなり疑わしそうな口調でいった。

「彼らの富はあまりに多すぎた。ビジネスのことなど何も知らない男たちが始めたんだ。初期の入植者の時代のことだ。彼らは金を持っていた。大理石を持っていた。そして、それが豪奢な都になるはずだった。都市計画を見たというのはさっきいったが、ウルムスラギがどんな都になる予定だったか知りたくても、私が平らな紙に描いてみせたところで何の役にも立たないだろう。白昼夢の中にその姿を見るように語ってみよう。陽が沈んだあとの薄青い空に目を向けて、あの都市計画を思い出しながら。黄昏の空を背に浮かび上がる、あるいは焚き火の焔の中に姿を見せるドームを思い描こう。そんな安らいだ心で、私は都に向かって馬を進めていたんだ。まだまだ若かった頃、ズールー族と一緒に暮らしていたことがあって、当時はズールー族の言葉が判ったんだ。ある晩のこと、耳に入ってきた話の内容が、ウルムスラギを焼き打ちにして住人たちを皆殺しにしようというものだった。彼らは富をねたんで腹いせをしようと企てたんだ。私が聞いたときはそういっていた。そこで私は馬を手に入れると、ズールー族の丸い草葺きの小屋に永遠の別れを告げて、ウルムスラギの人たちに警告しようと出発した。彼らにも自衛できるくらいの男たちはいる。町には独自の自衛団があって、男たちは皆そこに所属していたし、ほぼ全員がライフルで武装していた。頻繁に演習をして、昼間は歩哨も立てていた。女たちは、そんな男たちを誇りにしていた。しかし、ズールー族の戦士団が襲撃しようとしていたのは夜だった。ウルムスラギでは、ズールー族が夜間に襲ってくるとは予想していなかった。そもそも、ズールー族が襲ってくるとはほとんど考えもしなかったのだ。

しかし、野生のアフリカは眈眈《たんたん》と好機を窺っていたのだ。自警団が最初に結成されたときからずっと。アフリカの荒々しい原始の低木林は、まさに彼らの家の塀にまで押寄せていた。そんなことさえ彼らに対する警告となったかも知れない。私は彼らの流儀が判っていたし、ズールー族の流儀も知っていた。そろそろ彼らに私が自ら警告すべきときだと思った。そこで私は、妻を娶《めと》ることやあれやこれやを一切諦め、馬に乗って出発した。ズールー族の戦士団よりも速くウルムスラギに着いて警告しようと思ったからだ。私が馬に鞍を置いて別れの言葉をいい、鞍にわずかの持ち物を括りつけたとき、戦士団はすでに五から十マイル〔一マイルは約一・六キロ〕は先行していた。しかし、十マイルも百五十マイルを行く出だしに過ぎないと考えれば大した距離ではない。私は馬に乗って鈍い赤色をした山々を何マイルも進み続けた。怒り狂う太陽とともに山々は私を威圧した。微笑んでくれたのは、遥か後方に見えるようになったときだけだった。君たちには、静かな淡い青の山脈が荒々しい赤い岩でできているとは思えないだろう。そして私は緑の丘陵地帯に着いた。斜面には滑らかな丸い小石が散らばっていた。アフリカの小石というのはイギリスの馬くらいの大きさなんだ。

　日が暮れようというときに進むのをやめて、馬を放してやった。さっきいったような空を見つめて、紙の上に見た建築計画がことごとく大理石の姿を纏ったときのことを思い描いた。彼らのところには最高級の大理石でいっぱいの丘があったんだ。イタリアにだって、あれ以上のものはない。ときどき、ドームや塔の姿を思わせる雲が通り過ぎていった。ふさわしい雲さえ見つかれば、都をまざまざと思い描くことができた。陽が沈むとすぐに星が姿を現した。私は火を熾《おこ》して、今度は炎の中にもっと多くの塔を見出した。私が熾した火が、岩と低木の茂みを集めて都の一部を作りあげているように見えた。広い道を行き交うもの音がもうすぐ聞こえるかのようだった。だが、もちろんそれはただアフリカの草原を風が駆け抜けているだけだということは判っていた。いつも夜になるとそんな風が吹くのだ。昼と夜の狭間で獲物をあさる生き物たちの声が聞こえた。そんな荘厳な雰囲気に向かって嫉妬の叫びをあげているようにも聞こえた。

これが、夕陽と焚き火の中に見ていたものだった。それで、いいかね、細部は完璧に正確だったんだ。私は設計者の都市計画を見たんだから。それは単なる想像力以上のものだ。あるいは、もしただの想像だったとしても、それは私の想像力ではなかった。それこそ設計者の想像力というものなのだ。それなくして地上に立ち上がった都はかつて存在しない。何よりもまずその中心に市庁舎がある。広くて長い階段がそこから降りてきていて、テラスからテラスを繋いでいる。ある晩に、日没直後の雲の列の中にはっきりと見た。雲は赤い金色で、階段は真っ赤だ。背の高い縦溝彫りの塔がまっすぐに三階分立ち上がって、銅のドームを支えている。私はそのドームもはっきりと見た。くっきりした形の雲として。老アールセンが設計したとおりだった。彼こそ最高の建築家だ。そして、誰でも通れる回廊があって、その前には広い中庭があり、彫像が未開の地を切り拓き人間の野生に対する勝利を表現していた。少し説明を急ぎすぎたかな。ともかく、それがアールセンの考えだったのだ。その彫像もいくつか見た。雲の上に馬を走らせたような、あるいは輝きながら空へ昇る焚火の炎の奥深くを走り抜け灰の中へ駆け降りたような姿だ。広い通りにある彫像群は百合木、あるいは藤色のジャカランダ、またあるいは炎のようなカフィアブームの木〔鮮やかなオレンジ色の花を咲かせるマメ科の落葉高木〕の花で飾り立てられていた。ジャカランダの木は春に輝く。ライラックよりも美しく、燃えるようなこの木は、夏には激しく炎をあげるのだ。あれが冬といっていいのなら、冬の間はずっと、カフィアブームの花が光り輝く。あの燃えるような木が巨大な豆を実らせる季節だ。だが、どういうわけか、束の間の華やかな日暮れ時に焚き火の炎を見つめていると、もちろんそんなことはあるはずないのに、百合木のそばで咲き誇っているジャカランダの花がいつも見えたんだ。

焚き火はとうに消えて、星々の煌《きら》めきも薄くなると、私はまた馬に乗って進み続けた。戦士団よりも先にウルムスラギに着くために。正午のいちばん暑い時間を別にして、昼間はほとんど馬に乗り続けた。だが、蟻塚に影が戻って来る頃にはふたたび馬に乗っていた。そしてまた日が暮れるとキャンプを設営する。アフリカの大自然の中ではちっぽけな染みみたいな私の焚き火をそんな風に呼べるかは判らないが、そこでふたたびあの都の夢を見た。馬に乗って助けに向かうあいだ、ずっとその都のことを考えていた。休んでいるあいだもずっと。そして、夢の中でさえも。私の心の中にはいっそうはっきりと見えていた。通りの一つひとつまで。都の向こうの低い丘の上にばらばらと並ぶ小さな家が、建築家も計画していなかったせいか無秩序にいつのまにか増えていた。旅人がどこからやって来ようと、ウルムスラギの都ではどこでどのように暮らそうが自由なのだと世界に知らせるかのように。小さな家々の周りにある庭にはポインセチアが輝いていた。木々のてっぺんまで這い上がるナンバンサイカチという名前の植物が暗い枝の上で繁っていた。そして、ブーゲンビレアが至るところで咲いていた。

大きな川はなく、森のある公園もない。ほとんどの都に見られるような、都の中心を形作るものは何もなかった。それでも、ウルムスラギには中心地があった。その中心を向いた大きな門がいくつもあった。どの門からも大理石の階段が降りてきていた。それは人の手が触れていないアフリカの草原だった。ちょうど私が馬を走らせてきたようなところで、周辺に芝が植えられている他はまったく人間の手が入っておらず、都の住人に数千マイル離れたところにある島々を思い出させる役割を担っていた。彼らの先祖はそこから来たのだ。ただ、周辺部はイギリスの緑の芝で囲まれていて、一つ二つ咲いている薔薇とともに丁寧に育てられていた。その草地の上には、疲れた馬に乗る疲れた男のブロンズ像があった。四十歳くらいの男で、全体が緑に変色し、簡単な言葉が足許の大理石に刻まれている。『都を救った男』――そうだ、これが私の見たウルムスラギの都だ。焚き火のそばでうつらうつらしつつ、低い雲を見つめていた」

「ウルムスラギ、ウルムスラギ。ぜんぜん聞いたこともないな」と誰かがいった。

「いやいや、川まで来たところで方向を間違えてね。増水していたせいで渡れなかったんだが、それで左手の上流のほうへ向った。普通、そうするだろう。川だったらたいてい高いところへ行くほど川幅は狭くなるから。ところが、ハイエナ川では反対側が正解だったんだ。私は沼地へ入り込んでしまって、それがどんどん広がっていった。戦士団の方が先にウルムスラギに着いた。だから、今では私の夢と記憶の中にしか残っていないんだ」

解説コラム　幻の都を求めて

ダンセイニの作品には印象深い幻の都がいくつもある。ジョーキンズ作品では、本作品の他に『魔法の国の旅人』に収録されている「クラコヴリッツの聖なる都」があり、今回収録しなかったが、*The King of Sarahb* という作品もある。沙漠の中で道を見失なって彷徨っていたときに蜃気楼の都サラーブに入り込んだ男の話で、蜃気楼の都の王になったのに、咽喉の渇きを潤すことができないという内容だ。その他、数々の幻想短篇に登場する都……驚異の都バブルクンド、酩酊した羊飼いだけが道を教えられるマリントンムーアの都、そして、バグダッドでスルタンに命じられハシッシュ吸引者《イーター》が夢見るロンドン（訳者はこの作品がダンセイニの幻の都の最高傑作であると信じて疑わない）、どれも夢の都であり、幻の都である。人々の心を摑み引き寄せるが手を伸ばすと指の間からすり抜けていくような都ばかりだ。ダンセイニが描く幻の都は美しくそして儚い。ジョーキンズ作品に登場する幻の都も決して例外ではない。ダンセイニは機械化された近代文明に対する嫌悪感を隠すことはなかったが、都市に対しては特別の思いを込めて描く。人々を、そしてダンセイニをも強く惹きつける都は、人の心を摑んで決して放すことがない。それは、幻を視る能力を獲得した瞬間、束の間にだけ姿を見せてくれるが、二度三度訪問できる都ではないのだ。なかには幻のまま、一度も訪れることの叶わない都さえある。それでも、人は幻の都を目指し、言葉を尽くして描写するのだ。いつの日か、ダンセイニの幻の都アンソロジーを一冊作るのが訳者の密かな夢である。そんな本ができあがったときには、幻の都を視ることが叶うのではないか、もしかしたら訪れることさえできるのではないかと思うことがあるのだ。

奇妙な島

同じ霧がもう一週間も私たちを覆っていた。幽霊のように見える木々は、ぼんやりと何かを予兆していた。家々の窓枠だけが、辺り一帯を覆う薄暗がりから見えていた。だが、そういったものから目を逸らし、部屋の暖かさと明るさに目を向けた。私たちはまたも暖炉の火を前にして、いささか小さな輪を作っていた。ジョーキンズが三、四日前に大きなダイアモンドにまつわる話をしたときに比して人が減ったわけではなく、そのときより寒く、私たちはもっと火に近寄って密集していたのだ。ジョーキンズはやはり今日も一緒にいた。だが、口も開かずに。少ししか口を開かなかったというべきだろうか。昼食後の、食べたものの消化を助けるために休まなくてはならない時間だった。彼はただ休んでいただけだった。それで、他の会員の一人が、自分の話を披露する機会を得たのだった。その話は果てしなく長く、どう見てもジョーキンズと競おうとしていた。話し手がようやく話を締めくくった。「それで、その言葉に僕の血は凍りついたんだ」話が退屈なうえにこんな結末では、一言も文句をいわずにすませるのは堪えがたかった。

「躰《からだ》に流れている血を言葉が凍らせることなんてあるかね」誰かがいった。

「ないっていうのか」と語り手がいった。

「いや、あるね」といったのはジョーキンズだった。

てっきりジョーキンズは眠っていると思っていた。

私たちは皆、ジョーキンズの方を向いた。が、批評家はジョーキンズの話の核心を突いた。

「ほう、実際にはどういう言葉だったんだ。思い出せるかな」

「それは、もちろんだ」

「じゃあ、どんな言葉なんだ」

「実際に口にされた言葉は、こうだった。おや、アーサー・ティバッツ、自分がイギリス人だからといって、誰にでも喧嘩をふっかけようとしないで」

「その言葉のどこが……」

「いや、それでもそんな言葉で私の血は凍ったんだ。霙《みぞれ》のように。それから鳥肌が立って、両手の毛がことごとく逆立った。言葉にそんなことはできないと思うのは間違っている。なぜなら、そうできるからだ。暖かい日であっても。遠く地中海の果てであっても」

ターバットはふだんジョーキンズの話に辛抱強く耳を傾ける方ではなくて、率先して話に口を挿《はさ》んで何か訊くことが多い。おそらく、ジョーキンズが大袈裟なことをいうと思っているのだろう。その言葉が真実であるかどうか証明するという挑戦で数日はジョーキンズを黙らせることができるのではと期待していたのかも知れない。何れにせよ、ジョーキンズは話しはじめた。そして、ちょうどその頃、霧が本格的に立ちこめてきたことを覚えている。向いの建物の白い窓枠の線は見えなくなり、ただ黄色の明かりだけは遮られることなく、光が通りの向こうから届いていた。それ以外は何もかもが黒い空へとぼんやり溶け込んでいく暗闇の層となっていて、それが屋根の上に重く覆い被さり、もはや見分けられなくなっていた。

「そうだ、あれは地中海にあった。もうしばらく前のことだが、小さな岩だらけの島が最果てにあって、私はそこに若者と一緒に行ったんだ。サー・リチャード・イスデンという名前で、まだ生きている。ただ、立派な大人になったが。ああ、まったく立派にね。私が知っている中でも最も聡明な若者の一人だった。実に聡明な男だ」

「何、イスデンだって?」と一人がいった。

「そうだ、イスデンだが？　いやいや、いろんな委員会に席があるイスデンのことだろう。叔母の血のせいだな。

これは、あのイスデンじゃない。私が知っている二十歳のときの若いディック・イスデンの話だ。すっかり別人のようだ。時は予想もつかない変化をもたらすものだな」

「確かに」と誰かが物思いに耽るようにいった。彼が知っているサー・リチャード・イスデンのことを思い浮かべながら。

「予想もつかない変化だ」とジョーキンズが続けた。「ディック・イスデンは破滅から出発したんだ。かねてからあんなふうだったわけではない。最初にイスデンを知ったのは彼がちょっと散歩に出てきたところで、偶然の出会いだった。二人の叔母と一緒にボスナーの小さな村に住んでいた。〈ライラック〉と呼ばれている小さな邸宅で、村の広場の目の前にあった。彼は幼い頃にこの二人の叔母の監視下に置かれた。五歳のときに父親が死んだからだ。母親のことはまったく知らなかった。叔母たちの権利の主張に対して異議を申し立てる者もいなかったから、彼に逃れる道はなかったようだ。二人は彼をいちども学校に行かせなかった。いつも目に入るところに置いて健康に気をつけていたかった。毎朝二人の老婦人は一緒に聖書を開いて、たまたま目にしたページでディックと一緒にその日なすべきことを決めた。たいてい何かしら意味を捻《ひね》って読み取れるもので、その日のディックが何をして遊ぶかがそれで決まるのだった。いや、遊ぶというのは適切な言葉ではないかも知れない。でも、何れにせよ、彼女たちはそうやって決めていたんだ。下働きの女中とのあいだにあった些細なできごと（芽のうちに摘み取られたらしいが）のせいでその支配力は恐ろしいまでに強化された。こんな状態が何年も続いたところで、私はたまたま健康のために短い散歩を許されたディックと行き合って、言葉を交わすことになったんだ。偶然その道がユリウス・カエサルの辿った経路と一致して、ちょうど彼らが聖書で読んだところだったからだ。聖書には出てこないって？　じゃあ、誰か出てくる人だ。

会うとすぐにディックは私に興味を抱いた。彼の目にあらわれた表情に、君たちは小さな籠に閉じこめられた鷹の顔を見てとるかも知れない。私の話についてきているのならね。それから私たちは会話を始めた。どうも彼は聖書のことをあまり気にいっていないようだった。聖歌を歌うくだりが耐えきれなかったようだ。頻繁に歌うことになっていたという。すぐ私に対して自分のそれまでの人生を語ってくれた。もし、それを人生といってよければだが。そして、二人の叔母についても。これは人の生き方として本当に正しいといえるのだろうかと彼は私にいったんだ。叔母たちが何でも最善だと思うことをしてくれているのは判っていた。だが、それが必ずしも正しいとはいえないのではないか。いつもそういう疑問を抱いていたのだと。

私はたまたま溺れかけている人の前に泳ぎ着いたような気になった。助けてやればいいじゃないか。それは自分自身で判断しなくてはならないと私は答えた。だが、その叔母さんたちと対等であるために、まず自分の目で世界を見てみなくてはいけないともいった。そのときの彼の様子から、世界があるということすらまだ知らないんじゃないかと思ったんだ。どうやったら知ることができるでしょうかと彼は訊いた。パリに行ってみてはどうかといってみた。よくよく考えているようだったが、結局それは駄目だといった。『叔母たちはスパイを送り込むでしょう』

『スパイだって？』と私はいった。

『正確にはスパイではありませんが、そこにも叔母たちの知り合いがいるのは間違いないでしょう。その人物から直ちに報告を受けるはずです。二人の情報を取得する技は恐ろしいほどです』

それは本当のことかも知れないと思った。実に聡明な若者だった。それから私は、世界をあてもなくさまよったときに知った島のことを考え、そんな叔母の仲間や伝手《つて》から遠く離れて、あの骨張った指が決して彼の手首に届かない、脅迫的な助言の囁きも聞こえてこないようなところを思い浮かべた。脅しも警告もないところ。まだここでは冬が終わっていない時季、南方ではアーモンドや桃の木の蕾が赤くなっていく頃に、フランスを通っていく旅を考えてみた。そして地中海へ。ああ、あの海だよ。ウェイター、ウィスキーをもう一つ。あの島々は世界の果てにあって、そこでは何もかもが永遠に夏に覆われているのだ。

ディックに出会ったのは秋だった。そして、例の叔母たちに会いに行った。私のことを、その叔母たちが期待するような訪問客とは違う種類の人間だと君たちは思っているかも知れない。いやいや、私こそ理想の訪問客だ。若いディックは私が彼らの仲間内の言葉を確かに理解していたのに、二十分は心のうちを私に打ち明けなかった。しかし私こそ模範的だ。安定した影響を与え、暗部を照らす。何もかも、一言一句違《たが》わず請け合ってもいい。だが、家の中は秋だった。永遠の秋だった。叔母たちの髪、彼女たちの漆黒のブローチ、彼女たちの考え方、彼女たちの言葉、椅子の肘掛け、色褪せた写真。部屋中の装飾品。何もかもが秋のものだった。力が衰え弱りつつあるものだった。

数日間、その近くに滞在して、堅実な実力者のような顔をして話をした。闇の中に光を点そうと思って。もしあと数日続けていたら、彼女らもディックを私の手に任せてくれたと思う。でも、できなかった。〈ライラック〉に立ちこめるその秋の空気のせいで、悲しい気持になってしまったからだ。もうそれ以上耐えられなかった。彼女らの古い生き方と古いものの見方には美があった。だが、それはあまりにも悲しいものだった。そして、そこにいるディックはまるで厚い枯れ葉に覆われたクロッカスのようだった。

そこで、ある日ディックをこっそり奪った。あのやり方でよかったのだ。信頼を裏切ったわけではない。叔母たちが私について使った比喩といったら！　預言者の言葉をどんなに探し尽しても、あの叔母たちの言葉に匹敵するものはそう見つかるまい。そのことで異論は無用だ。叔母たちがディックに送った手紙を書き写したんだから確かめてもいい。言葉というものを超越していた。彼女たちは生まれながらの預言者に他ならなかった。もちろん、間違った時代の間違った国に生まれた預言者だ。しかし、数千年前にもし一人でも預言者がやって来てアッシリアのどこかにある都市に対し、その都市はやがてただ衰えていくと告げたとしたら。私は強いから、それくらいで心を乱されたりはしないが。もしも当時の私に、言葉で心を動かされるようなことがあり得るのかと訊ねれば、それはまったくのナンセンスだと答えただろう。今の君たちがいったようにだ。件《くだん》のような言葉をある島にいる女性がいうのを聞くまで、あと一週間かそこらのことだった。いや、その話はあとですることにしよう。

　秋のことだった。というのはもういったか。ケントは何もかも黄金色になる季節だ。私はディックに、常夏の島の話をした。叔母たちの手が届かないところにある島の話だ。ディックは金持ちだった。私は切符の手配をすべて済ませ、一緒にライラックの館からこっそり逃げだした。ある日の、朝食のすぐ後のことだった。その朝のうちにロンドンを出てフォークストンへ向かった。翌朝にはプロヴァンスで目覚めて、微笑みながら周囲を見回した。北部フランスにやってくるよりも穏やかな秋が豊熟していた。白い岩、黒い糸杉、そして、黄金色の秋が競って私たちのそばを通りすぎていく朝だった。そして、マルセイユに着いた。マルセイユではいろいろディックに見せてやったが、長年にわたって叔母たちに脅《おびやか》されてきたせいか、そこでも心から寛《くつろ》いで楽しむようなことはなかった。イングランドから来たんじゃないかという男女が通りかかるたびに心配そうな様子で、首を動かさずにちらちら目をやっていたからよく判った。それから、よく知っている店で夕食を食べてから船に乗り込むと、翌朝の七時頃に船はマルセイユの港を出て、ノートルダム・ドゥ・ラ・ガルド寺院の保護の及ばないどこかへ向かった。海岸沿いに聳《そび》える山々では、冬が隆起した谷に潜んでいた。南側では地中海が再び夏に出会うことを約束していた。

　ディックは他の客に一言も口を利こうとしなかった。二人の叔母の影はそのときもなお、彼を覆っていた。いつかその影も消えると判っていたが、まだそのときではなかった。

その夜、ボニファシオ海峡を通り過ぎた。灯台が長く並んでいた。『あれは何通《どお》りですか』とディックがいった。何ということか、しかし、彼にとって世界はあまりにも新しかった。

翌朝の海は、我らのスクリューのみが掻き乱す大きな湖が広がっているようだった。海にしてはあまりにも穏やかだった。何と美しい！　そして思えば、そこは今も輝いているのだ！

船首楼へ行って、目の前のサファイアの如き青い海を見下ろしてみた。だが、港側の水面はサファイアにしては暗すぎた。そこには、船影の幽霊が水面に弱々しく横たわっていた。舳先には白い泉があって、海の上で踊っていた。地中海をただ波とともに進んでいった。黒い波が明るい青になって砕け散り、白い泡が飛び散った。空は一つの青い円蓋だったが、ストロンボリ山だけが不機嫌そうにしていた。

その夜、メッシーナの黄金の海峡を通った。何もかもが輝き煌《きら》めいていた。夜も更けて、夜明け前になると、船はクレタ島に着いて錨を下ろした。思うに、あれは土曜日だった。島に向かう船は金曜日にしか出なかったから、私たちはクレタ島でしばらく待つことになった。そこには、とても美しい娘が一人いた。実際には数人いたのだが、ディックはすぐにいちばん美しい娘に目をつけた。もの思わしげな様子で彼女を見つめているのが判った。彼はどうしたらいいか判らず戸惑っていたんだ。彼のために聖書を引いてくれる叔母たちがいなかったから。しばらくクレタ島に滞在してもよかったのだが、この哀れな迷える魂をしっかり救ってやることに注力しようと心に決め、私が知っているあの島へ連れていくことにした。そこでは一月でも春の花が一面に咲き、娘たちはその花よりも美しいところだ。そして金曜日になると、船はわれわれを十二月へと連れていった。笑ってしまいそうなほど小さな蒸気船はあちこちの島に立ち寄りながら、われわれを島まで運ぶのに一週間近くかけた。その船の名前が〈パレルモの摂政女王〉だったことを覚えている。

どうしてそういう名前かって？　判らないね。私の知る限りそんな名前の人物は存在しないが、どうして〈アイルランドの女帝〉という船がイギリスにあるのか訊かれたって判らないのと同じだ。船にはそんな名前が付けられることがあるんだ。

最初に目に入った島々は黄丹色をしていた。黄丹色の雲の下で、遥か遠く離れたところからは、どこまでが雲でどこまでが島なのか見分けられない。ただ、島には淡い青の影がある。それで、雲にそっくりの島々が妙に神秘的に見えている。漂い離れていくようにも感じられる。何もかもが伝説と渾然一体となっていることも理解できる。キクラデス諸島や、その辺りの島々だ。だが、夕暮れ時になると、雲はもっと近くまで降りてきて、島ともども黒くなるように見える。この奇妙な大気の幻想的な形とその下の奇妙な荒々しい岩の塊の連帯が、私に何とも不思議な感覚を与えてくれた。このごつごつした岩の一群を、長年にわたってそこにまつわる伝説と結びつけるだけの心構えができた。そういうものの見方は、こうやって霧の中に座っているときには莫迦げているように思えるかも知れない。だが、漆黒の夜の帳《とばり》を背景に帆を広げた船が、小さな港へと入っていって視界から消えるとき、オデュッセウスはもう死んでいて、三千年の年月がその骨の上を通りすぎていったことをほんの一瞬忘れてしまうものなのだ。
　夜が訪れた島々には、眠っているような島もあれば、宝石箱のような島もあった。宝石が積み上がった箱の蓋は開いていて、両手に溢れるほどの黄色がかったダイアモンドやそこかしこにルビーがあった。夜には木々が見えなかったが、輝く宝石の上に幽霊が通ったかのごとく揺らぐ影でその存在が判った。朝になって、私が探していた島に着いた。地図では見つけられないような小さな島だ。イノスと呼ばれていた。小さな白い村から来た娘たちが波止場に立って船が入ってくるのを迎えていた。ほっそりとした背の高い姿はまっすぐでしなやか、茶色っぽい肌に輝く服をはためかせていた。私はディックの方を向いて、いった。『ここなら叔母さんたちはいない』
　ディックは愚か者ではなかった。ただ、怯えていただけだったのだ。愚か者なら叔母たちはどこにでもいると反論していたに違いない。だが、彼には判っていた。目を輝かせていた。影の通り過ぎたあとの海のように。とうとう叔母たちの記憶が取り除かれたのだ。
　そこで、小さな宿屋に滞在して、数週間のんびり過ごした。ああ、われわれも皆若かったことがあるのだろうが、この霧の中にいると忘れてしまう。何もかも忘れてしまって、自分に若い頃があったなんてとても信じられない。思い出せない、まったく思い出せない。あれほど太陽が光り輝き、夕暮れの小さな丘に笑い声の細波《さざなみ》が広がっていたとは。さて、本当のことだと確信が持てないようなことを話すつもりはまったくない。飲み物を持って来てくれても無理なんだ。何もかも忘れてしまったのだから。いや、ありがとう、親切じゃないか。どうしても必要というわけではないがね。本当に親切だな。それに、こうも霧がひどくてはね。ありがとう。そうそう、あの黄金色の娘たちのことだった。一月にはもう春が始まるんだ。さっきいったように、しばらく遊んでいた。若いディックには最高だった。まさに輝いていた。君たちだってあの娘たちに会ってみたいと思って当然だ。もちろん、ときに些細な困難はあったが、そんな話をするつもりはないよ。私は彼よりも年上で、世界のことをもっとよく知っていた。私がうまく導いてやったんだ。そのころ、叔母さんたちから最初の手紙が届いた。どれも気にするほどのものではなかった。彼女たちは地獄を生き生きと描写していた。前にも話したように、手紙はどれも完璧に神々しいもので、ごく自然な預言者風の文体だった。だが、神よ、私が彼を地獄から救済したんだ。私はその地獄を見たのだから。それはともかく、私がいおうとしたのは、その頃のある朝、ディックが私の部屋にやってきて、思い詰めたような目で、完璧な美を体現しているような女性がいるといったことだ。村で買い物をしている彼女に会ったのだという。島の中心に岩だらけの丘があるのだが、そこを半分ほど上がったところに白い大きな館があった。いくつかある大きな中庭は外に向かって開かれていて、屋根は白い柱に支えられていた。彼女はそこに住んでいたのだ。彼女は、ディックと私を招待してくれて、ディックは行くべきかどうか迷っていた。いや、行けばいいじゃないか。私がいうべきことはそれだけだった。それで、一緒に彼女の館へ行ったんだ。

その女性だが、私が描写してみようとしたところで無理だろう。私の言葉では君たちに伝わるまい。色黒で、どちらかというと背は高くて、痩せ気味だった。それくらいしか今はいえない。驚くほどの最高の美女だということは判るだろう、そんな言葉ではどうしようもない。何か目を引くような特徴があるわけではなくて、言葉ではいい表せないんだ。肌は特別色黒というわけでもなかった。髪ははっきりと赤褐色を帯びていた。肌は南方の太陽に焼かれた者ほどは黒くなかった。彼女の目は黒かったが、それでは何もいっていないに等しい。その眼には計り知れない力があった。一瞥しただけで、男を石に変えてしまえるほどではないかと思えた。私にははっきりとその力が感じられた。しかし何かが起きようとしていたことはまったく気づかなかった。そう感じる瞬間は何度もあったのだが……そのことはこの話の後の方でまた出てくる。そのときまだ彼女は私に目を向けることもなかったんだ。でも、その力は常にそこにあった。しかも、男に対してだけではなかった。見つめるだけで豹を怯えさせるところを見たこともあった。豹を飼っていたんだ。彼女は完璧な英語を話した。容貌の美しさと見据えられた静かな眼差しの恐ろしい力だけは、他のことを忘れてしまってもなお覚えている。まったく初心《うぶ》なディックがある日遭遇したのが、買い物をしている彼女だった。飼犬に襲われているのを、ディックが引き離した。それでお互いに自己紹介となったわけだ。そのときは、飼犬にすらいうことをきかせられないくらいか弱く可哀想な女性として彼女を心に描いたことを覚えている。しかし神よ、彼女は恐ろしいほどの力を持っていたんだ。犬に襲われるように見えたのは、もちろんただの仕組まれたお芝居だ。あの犬は、彼女に睨まれたらいわれたとおりのことをしなければならなかったのだ。私はすぐにそれが判った。

だが、ディックには判らなかった。それは叔母たちが決して教えなかったことの一つだから。叔母たちも知らなかったわけではない。女性たちが労働運動に関わっていることをわれわれはまったく知らなかったが、女性運動家たちは七年かそこらごとに集まっている。どこでかは知らないが、そのとき考えられる限りの計画について話し合い、今度はそれをわれわれの知らない手段で他の仲間たちに伝えるんだ。おそらくね。考えてもみたか？ どうして若い娘までが彼女らの活動を詳しく知っているのか。いや、私も誤解しているかも知れない。実際、ディックを納得させることもできなかったのだから。

ディックがどうなったのかはすぐに判った。大恋愛だった。数週間しか続かなかったものを大恋愛といってよければだがね。何れにせよ、しばらくは続いたんだ。彼女は素敵な南の庭園を、岩を背にして燃え上がる早咲きの花々や、そっと歩き回っているよく馴れた二頭の豹とともに見せてまわった。ディックは彼女の後について、ペットの仔羊のようにどこにでも行った。私は邪魔をしないようにしていた。彼女と二頭の豹は、あの叔母たちや密告者に比べれば彼にとってずっとよさそうに思えたからだ。

そんなふうに、彼女とディックの春の初めの日々がゆっくりと過ぎていった。春の初めの日々というのは誰にもゆっくりと過ぎていくものだ。おっと、ときどきぼんやりしてしまうんだ。自分の春の初めの日々を思い出したり考えたりしているとね。もう二度と巡ってこないのだとしても。今はもう何もかも霧の中だ。いや、話に戻ろう。

私はディックを嫉《ねた》んでいるわけではないんだ。ただ後悔しているだけでね。嫉む理由などあるはずもない。あれは素敵な邸宅で、一年のうちでも美しい時季だった。まさにうっとりするような場所だった。彼女の素晴らしいもてなしで唯一気に入らなかったのは、家の中に豚を飼っていることだった。犬が家の中にいても全然気にならないが、豚や豹はちょっとやりすぎじゃないか。どの部屋で何に出くわすかまったく予想もつかない。山羊やら、ああ、何やらだ。もちろん、動物たちに対する彼女の類い稀な支配力がなかったら、とても耐えられなかっただろう。命令されれば、ひたすらじっとしているからね。

もちろん、そこで私は何の価値もない存在だった。彼女は四六時中夢見るようにディックを見つめていた。たまたま私が近くにいても、素通りするだけだ。彼女に私が見えていたかどうかも疑わしい。ディックはいいやつだったが、私のことは忘れてしまったようだった。そんな感じで二月になった。

ある日からディックは彼女に質問をし始めた。どこから来たのか。英語はどこで習ったのか。両親は誰なのか。名前は何というのか。彼女は姓をいわず、クリスチャン・ネームしか教えていなかったからだった。それをクリスチャン・ネームといえればの話だが。それすらも、変わるのだ。二、三週間に一回、そのとき庭でどんな花が咲いているかによって変わった。もちろん、彼が得た答えは何の役にも立たないものだった。自分は空から来たということもあれば、海から来たということもあった。クレタの雪の山から風に飛ばされてきたとか。自分は薊《あざみ》の冠毛だ、薔薇の花弁の塊だ、等々、その場で思いついた何かだというのだった。そんな答えは、本当に知りたいと思っている若者をいっそう焦《じ》らすにきまっている。

それでディックは、二月の終わりのある日、ヒヤシンス色の空の下の露の雫のように輝く朝、彼女がそんな質問をされるとは夢にも思っていないようなときに、島を出る船はいつ来るのかと訊いたのだった。実際のところ、隔週の木曜日だった。だが、彼女はそうはいわなかった。じっと立ったまま、ディックを見つめていた。とはいっても、ディックも的外れなことをいったわけではない。いつまでもそこに滞在してはいられないのだから。ある年齢に達したら署名しなくてはならない書類もある。買わなくてはならない馬も、まあ、いろいろあるわけだ。何曜日に船が出るのかと訊いて、彼女はまったく答えようとしなかったんだ。そして、攻撃の矢面に立たされたのが私だ。それまでほぼ一ヶ月の間、彼女は私の存在に気づいてもいなかったのに。突然、一瞬にして、攻撃の矢面に立たされたんだ。彼女があの恐ろしい言葉を発したことを、あれから何年も経った今でも思い出したくはない。まだその言葉には、彼女が犬に向かっていったときに感じた、氷のような戦慄の残響を感じるからだ。彼女は館の中心の大きな広間にいて、周りはことごとく白い大理石、豚が一頭か二頭、その上に横になっていた。そして、豹を彼女が庭から連れてきていた。豹には外に出ていてもらわないと納得できないブルドッグが怒り狂ったように吠えて、突進しようとしていた。彼女はそこに魔女の女王のように立っていた。私はちょうど彼女のすぐ後ろから部屋に入ろうとしていたんだ。これでその部屋の全体像が判っただろう。部屋に入ったときに、さっきの言葉をブルドッグに発したところだった。あの言葉で私の血は凍りついた。心臓は実際に鼓動の一回分か二回分だけ動きを止めて、血が冷たくなったんだ。今でもあのときの鼓動は忘れていない。『おや、アーサー・ティバッツ、自分がイギリス人だからといって、誰にでも喧嘩をふっかけようとしないで』

彼女こそがかの島の女だった。ここは彼女の島なのだ。記録によると、オデュッセウスが辿ったトロイからの帰路にあったあの島だ。それで十分判るだろう。だが、それ以上に私の血を凍らせるものがあったのだ。私はロンドンにいるアーサー・ティバッツという男を知っていたんだ。あるとき東洋を旅していて、忽然と姿を消した。ロバート・ブラウニングの『ウェアリング〔一八四二年発表のブラウニングの詩〕』のように」

「何ということだ」誰かが静かにいった。

「私が急いでディックのところに行ったのは想像できるだろう。この辺りの島の女性に対していい加減な気持で接することはできないと伝えた。自分が実際にどんな言葉で説得したかは覚えていないのだが、私の頭に浮かんだのはこんなことだった。みんなナイフを持っていて、逃げ出そうとする恋人に対しひどい仕打ちをするのがこの島の古いしきたりだと。ああいう女は一年か二年で変化が欲しくなるのだと判っていた。たとえ相手が若いディック・イスデンであっても。だが、その時点では、待つしかないとディックにいった。そして、木曜日に出港する船のことを考える素振りすら見せるのは危険だとも告げた。私は何曜日に出るのかはまだ教えていなかったが、ディックはまったく気にしていなかった。私の言葉にはまったく動じなかったということだ。

では、次に何をしたらいいだろう。私が恐怖に打ち拉《ひし》がれていることは彼にも理解できた。若い彼は、微笑んだ。だが、ディックは彼女が犬に何といったのかは聞いていなかった。私も彼にいうつもりはなかった。そこで、まっすぐ彼女のところへ行って、直接話しかけた。『マダム・アネモネ（そのときは、そんな名前を名乗っていたのだ）、あなたが犬に何といったか聞きましたよ』すると彼女がいった。『聞かれてしまったなら仕方ないわ』私はいった。『そうでしょうね。でも、若いディックを傷つけてはいけない』彼女がいった。『ならば、ディックにいい加減な気持でつき合うなといいなさい』

私との間に交わした言葉はそれで全部だった。彼女が話しているとき、犬と豹がその目を見ていた。すべてがうまく行っているかどうかを見るために。もし彼女が私が恐れているとおりのものだったとして、冷酷な神であっても相手を相応に正しく扱うはずだと、口には出さなかったが信じていた。私がそれまで神話という神話から学んだように。そして、その希望に身を委ねた。私は彼女を不当に遇してはいないのだから。

私はまっすぐディックのところへ戻って、自分が復讐、ナイフ、そして島のしきたりについて話したことをことごとく否定した。そして、彼女はただ、ディックのいた大きな世界のことを何もしらない、信頼できる娘であるといった。そうだ、私はそのことだけを彼に話した。ディックのように大きな世界を知っている者と、世界から遠く離れたこんな小さな島の谷に住んで、子供っぽく花の名前を名乗ってしまうような、まさに花の如く生きている者とのあいだに生じるノブレス・オブリージュ〔身分の高い者がそうでない者を助ける義務〕について強く語った。

するとディックがいった。『彼女は指輪や、そんなものを欲しがっているのかな』

私は、彼女は本質的なことだけを気にしており、疑うことを知らない単純な娘は、そんな類いのことで騒いだりは絶対にしないといった。

そして、ついに島に留まることになった。私はしばらく辺りをぶらぶらしていた。雑用でもしていれば、私がいることも彼の助けになるだろうと思って。といっても、彼女が動物たちの世話など雑用をするために雇った荒々しい男たちの仕事ぶりを、もっぱら見ているだけだったが。彼女が見張っているときは、彼らも他のことをする勇気がなく、彼女の眼が光っている限り汗を流しながら働いた。

だが、夏が始まって暑くなってくると、私も退散してこの霧の中へ戻ろうという気になってきた。そして、無事に戻れたことを喜んでいる。昼だか夜だか、さっぱり判らないいくらいだからね」

そういってジョーキンズの眼は私たちを通り過ぎて闇の中を見つめた。まるで、思考がまだロンドンに戻っていないかのようだった。彼の話はそれで全部だった。私たちがどんな疑いを抱いたとしても、それを口に出していう者はもはやいなかった。喉に流し込まれては消えて行くウィスキーとともに、詩的な様相を見せはじめたかと思えば深く沈んでいくジョーキンズの話に、われわれはただ耳を傾けるだけだった。だが、その話も今は終わり、私たちはふたたびロンドンを見つめていた。皆、十一月によく纏うような外套で身を包んでいた。屋内ではあまり見慣れたものではなかったけれども。ジョーキンズの言葉を疑っている者はその場にひとりとしていなかったといっても、それは話を誇張しているわけではない。しばらく、私たちは押し黙ったまま座っていた。やがて、誰かがいった。「でも、彼女がキルケだったと本当に思っているわけじゃないだろう?」

「いや、キルケではない。あとで調べがついた限りでは、彼女はハーベット夫人という、ロンドンでずいぶん享楽的な生活を送っていた人物だと判った」

「じゃあ、君が摑んだ真実は何なんだ。僕たちにティバッツがロンドンから姿を消したことを話したのはなぜなんだ。彼女が犬をそんな名前で呼んでいた理由は? その意味は一体何なんだ」と別の会員がいった。

「ああ、女性がどういうものか知っているだろう。私を通してディックを説き伏せられると知っていたんじゃないかと思う。もし私が妙な策を思いつけば、うまいことディックを引き留めておけると期待したんじゃないだろうか。そして、私はそうしてしまったんだ。結局、彼は留まることにした。ああ、そうなんだ、二人は結婚した。そして、まあまあ幸せに暮らした。いや、いつまでもとはいかなかったが、彼女がディックに飽きるまでは。そうなったときに、彼は島を去った。でも、彼に理事会で会うことになるなんて、思いもしないだろう?」

ジョーキンズは物思いに耽るように霧のほうへ目を向けた。しばらく経ってからこういった。

「そのときになってみなければ判らないんだ」

解説コラム　キルケと神秘の生き物たち

この作品に恐ろしい響きを漂わせて登場するキルケという名前がある。ギリシャ神話の女神というか、魔女である。本作品と関係のある挿話をホメロスが語る『オデュッセイア』で読むことができる。アイアイエ島に立ち寄ったオデュッセウス一行のうち、先に島の様子を調べに行ったグループは危険を察知したエウリュロコス以外はみんな豚に変えられてしまった。助けに向かうオデュッセウスは黄金の杖持つヘルメイアスに止められ、キルケの毒に対抗できる秘薬を与えられる。部下を人間に戻させるのに成功したオデュッセウス一行はキルケのもとに一年間留まり、そして島を出た。ジョーキンズが建物の中にいる豚を見て怯え、「オデュッセウスが辿ったトロイからの帰路」といったのはこのことである。

ジョーキンズ作品には、他にもギリシャ神話に登場する生き物の姿を見ることができる。「リルズウッドの森の開発」に出てくるサテュロス、「スフィンクスの秘密」のスフィンクス（エジプト起源だが）、*A Doubtful Story* ではギリシャの島で牧神《パン》に出会ってロンドンに連れてきてしまう。ユニコーンも伝説の生き物だ。その他、「ケンタウロスの花嫁」（『世界の涯の物語』河出文庫所収）、「サテュロスたちが踊る野原」（『時と神々の物語』河出文庫所収）などいくらでも思いつく。このような、いわば〈ロマンスと神秘の生き物たち〉をダンセイニは『魔法使いの弟子』の結末で、ことごとく〈月出ずる彼方の土地〉へと連れていってしまった。黄金時代の幕を下ろしたのだ。しかし、繰り返しいうが、その生き物たちはジョーキンズシリーズのなかになお生きていて、私たちはジョーキンズの語る物語によってダンセイニの黄昏の煌めきを目にすることができるのだ。

スルタンと猿とバナナ

先日気づいたのだが、ビリヤード・クラブではジョーキンズに対する新方式の嫌がらせを皆が申し合わせているようだ。前にもそんな様子に気づいたことがあって、そのときはわざわざ書き留めておいたのだが、またも何人かの会員による、ジョーキンズがついていけない話題を選んで会話しようという企みだった。それでも、ジョーキンズの人生における経験は、この偏狭な企みにも反してあまりに幅広く、話題に合わせて相応しい話をするのを決して阻止することはできなかった。この失敗を受けて、今度は別の作戦を考えた。それが、これから書こうとしている日の話だ。ジョーキンズが近づいてきたら合図を送り、そうしたら、ジェラップという名の男が、あらかじめ考えておいた話を直ちに始めるという企みだった。そして、ジョーキンズが話をするのを確かに阻止したのだった。そうなると、私のペンが書き記すこともはやなくなってしまうか、あるいはジェラップの話を書き留めることになる。ジョーキンズが部屋に入ってきたときに慌てて始めたのはこんな話だった。

「以前、不動産屋の知り合いがいたんだが、ずいぶん商売が繁盛していた。エネルギーの塊といった感じで、仕事を休むことがまったくなかった。それに関してなんだが、あるとき自分と同じくらいよく働く男に出会ったんだ。でも、それを絶対に認めようとしなかった。それが、この話のポイントなんだがね。不動産屋はアンキンという名前で、出会った男というのはピーターズという名前だった。アンキンはピーターズに会ったときの話をよくした。あまり話さない時期もあったが、八年にわたって話し続けたんだ。だから、私も聞いたことがあった。その話を、いつでも誰彼かまわず話していたというわけじゃない。でも折にふれて、たとえば国王の健康を祝って乾杯するときや、その他この話題が相応しい乾杯のとき、この話と関係がありそうな特別な乾杯のとき、葉巻が半分も煙になった頃だったり、隣人たちの話ばかりし始めたとき、アンキンはたいていこの話をした。それはただ、自分が仕事に関して如何に手際よく機敏であるかを説明したいだけのことで、シャンパンが皆に数回行き渡った頃になると私たちに対して謙遜しつつ、きまって始まるのだった。話は、ピーターズという名前の若者がオフィスにやってきたときのことなんだ。彼は資格試験に通って、これからロンドンで医師として開業したいと思っていた。アンキンはハーリー街〔ロンドンの一流医師の住む街〕にある診療室をかなりの高額で提示した。ピーターズは高すぎるといった。すると、アンキンはこんなことをいった。『もし自分の職業のことを本当に熟知しているなら、そういってもいい。でも、もしそうでなかったら、私が提供するこの診療室にそれだけの価値があることを認めなさい。その部屋を選ぶべきだ。

ハーリー街の真ん中に相応しい医師になれる。そして、専門医になれる。そのとき、いくら請求できるかを考えてみるといい。その程度の賃料なんて気にも留めなくなる』ピーターズはまだ何も知らないことを認めたが、ハーリー街の部屋がどれほど自分に稼がせてくれるのかは判らないといった。アンキンがこういった。『そんなことは問題じゃない。ハーリー街で専門医として受け入れられれば、それによって請求額が決まるんだから』

『でも、何の専門医になればいいのだろう。一般開業医として仕事を始めようとしているだけだったのに』と若いピーターズがいった。

『心臓ですよ』とアンキンが答えた。そこのところが、この話で一番面白いところだと彼は自負していた。『われわれの身体でいちばん大事なところでしょう。誰でも正常にしておきたい。心臓の専門医におなりなさい』

ピーターズは、そうした。ハーリー街に行って、高額な賃料を払った。アンキンは、彼が自分と同じくらい熱心に働く男だとは少しも思っていなかった。アンキンはピーターズの名前も、そしてこのできごともきれいさっぱり忘れていた。もちろん、その名前に関心はなかったし、ピーターズの仕事にも関心がなかった。それから八年くらい経って、そんな契約を何千何万と処理し、仕事は大成功を収め、それでも決して休むことはなく、とうとう消耗しきってしまった。医師の診察を受けると、仕事を休むようにといわれた。だが、休もうとはしなかった。ある日、友人にこういわれた。『普通の医者では君に合わないだろう。専門医に診てもらうといい。きっとよくなる』アンキンは心臓の具合が悪かったのだ。そこで、アンキンは主治医のところへ行くと、回りくどい話し方でここでの治療はもうよして、自分は専門医のところで治療を受けたいのだという結論に至る話をした。だが、あまり話が進まないうちに、医師の方から専門医を薦められた。そのおかげで、専門医の意見を聞きたいというアンキンの申し出で主治医が気分を害する心配がなくなった。医師は、最高の専門医の名前を教えてくれただけでなく、別れる瞬間まで、熱心に助言してくれた。その助言には、それまでアンキンが無視してきた休みなさいという言葉の繰り返しもあったが、もっぱら心にショックを与えることを極力避けなさいという話だった。そんなふうに主治医のところを出て、専門医の名前と住所を書いた紙を持ってそこへ向かった。そこに書かれたピーターズという名前が伝えることは何もなかったし、その住所でさえもそうだった。不動産屋としての猛烈な仕事を通して数千の物件を扱ってきたのだから。密猟者がフェレットを兎穴に送り込むが如き速さで人々を住居に押し込んできた。仕事にまつわる記憶といえば、ピーターズに関して話したような輝かしくも面白いできごとばかりだった。『その先生が治してくれるはずだ』主治医が彼を見送ったときにいった最後の言葉だった。『ただ、ショックは禁物だ。何もいいことはないからね』

その頃までの数ヶ月のあいだ、アンキンは例の話をぜんぜん話していなかった。どうも自分に近すぎる話題に思えたからだ。それに、そんなに面白い話でもない。あまりそういう機会がなかったせいもある。その日以降、彼がよい気分を感じることはなかったから。だが彼は十分すぎるほど例の話を覚えていたんだ。

アンキンはハーリー街へ行った。そこに行くだけで鼓動が速くなった。これくらいの動揺なら、ショックといえるほどのものではなかっただろう。ショックはピーターズに会ったときだった。最後の希望だったんだ。顔を見て誰だか判った。深い海に投げ出されて救命ブイに摑まってみたら、それが鉛製だったという感じだ。彼にとってピーターズは、この八年間の勤労が形作ってきた偉大な科学者では決してなかった。彼にとってピーターズは仕事上の取引相手としてのほんの小さな存在でしかなかった。そして、いわばカモだったのだ。そのショックはただちに死をもたらした」

「ある意味で教育的な話だな」とジョーキンズがいった。「だが、スルタンと猿とバナナの話と比べたら取るに足りない」

皆はあらかじめ示し合わせていたとおりにした。その日だけでなく、その後で何度機会があっても。決してジョーキンズに対してその話をしてくれといわなかったのである。

徴《サイン》

ある日、昼食時間の頃にビリヤード・クラブへ行ってみると、会話がいつになく深い議論になっていることにすぐ気がついた。皆は転生について話していたのだ。証券取引所での複数の銘柄の価格に関することから、牡蠣はどこで買うのがいいかという話まで、話題の幅が広い男たちだったが、それでもバラモン教思想における来世というような込み入った話は彼らの守備範囲からいささか外れていた。ジョーキンズの方をちらりと見てみると、すぐに納得できた。彼らが自分たちの理解を超える話題をあえて選ぶのは、そうすればジョーキンズの理解も及ばなくなるからだ。ちょうど、外の空気を吸いにテラスに出ただけなのに、長々と話を続ける知人を避けて海まで歩いていってしまうような感じだ。ジョーキンズの理解が及ばない話をしようとするのは、もちろん自分の話も語りたいという者が他にも一人二人はいるからである。

「転生か」とジョーキンズが口を開いた。「話を耳にすることは多いが、実際に目にすることは滅多にないものだな」

ターバットが口を開いたが、何もいわなかった。

「いちど、たまたま遭遇したことがある」とジョーキンズが続けた。

「遭遇したことがあるだって？」とターバットがいった。

「その話をしよう。私がまだ若かった頃、ホーチャーという男と知り合った。なかなか感心な男だった。たとえば、政治について話しているときに、これから何が起こるのだろうと誰かがいうと、いつも静かに政府が何をしようとしているかを、どの新聞にも一言も記事が載らないうちから話してくれるのだ。いつもそれには感銘を受けていた。ヨーロッパでは一体何が起こっているのだろうと考えているときはなおさらだった。彼はいつも静かに入ってきて、情報を提供してくれたものだった」

「それで、その男はいつでも正しかったのか」ターバットが訊いた。

「いや、そこまでいうつもりはない。でも、将来を予想しようとする者が誰でもそうというわけでもないだろう。とにかく、その頃はホーチャーに感心していたんだ。私より年輩の男たちも同じだった。それと、もう一つ彼には得意なことがあった。考えられるありとあらゆることに対して助言を与えてくれるんだ。いつもいい助言だったわけじゃない。それでも、彼の関心の幅広さはそれを人と分かち合うことの喜びを表していたし、どんなことであれ彼の助言を聞きたいと思えばそれだけで、即座に相談に乗ってくれたんだ。そのとき私は、まあいろいろあって、彼のちょっとした助言に従って少なからぬ損失を被ったところだった。とはいっても、偶発的な要因があったし、それでも智恵の奥深さには感銘を受けずにはいられなかった。そんなある日のことだったが、何しろまだ若い私にとって世界は何もかも等しく新しかったとはいえ、バラモンの信仰はもはや人の遺伝に関する理論ほどわけの判らないものでもなかったから、ホーチャーに向かって転生について話し始めた。彼はいつものように私の無知に微笑みを浮かべたが、それは親しみのこもったもので、こんなことを話してくれた。彼がいうには、実に多くの点でバラモンは間違っている。彼らはその問題を科学的に研究したわけでもないし、もっと難しい側面については知性も足りなくて理解する資格もないからだという。そのとき説明してくれた転生についての理論をここで話すつもりはない。教科書の類いを自分で読めばいいのだから。その内容は別に新しいものではなく、話すときの口調には落ち着いた確信が伴っていたが、彼がことごとく自分一人で見出したのだということに対するわくわくするような印象を私の心に残した。でも、そのときの話について二つだけ話しておこう。一つは、彼がつねに下層階級の幸福に関心を抱いてきたという理由で、『もし公平な来世があるとするなら』（彼が表現したとおりにいえば）、次の生涯では著しい昇進という形で報いられるだろうということだった。『というのは、もしこの生でそういうものごとに関心を抱いても、次の生で何の報いもないのなら、そこには何の意味もないはずだからだ』庭を歩きながらそう彼が話してくれたことを覚えている。小路には蝸牛《かたつむり》がいっぱいいて、おそらくそれは少しは慣れたところにあるポプラの樹に向かって移動していたのだろう。一年のちょうどその時期、つまり十月初旬に全員参加で行われる旅であるかのようだった。というのは、どの木でも数匹の蝸牛が幹を這い登っていたからである。歩きながら彼がその上に足を踏み降ろしたのを覚えている。残忍だったからではない。全然残忍な男ではなかったのだから。ただ、命の形態に対する評価が極めて低かったというだけのことだった。もう一つ話してくれたことがあって、それはある合図を決めたことで、それによって自分の記憶に印をつける方法を作ったとでもいおうか。その合図というのはただのギリシャ文字のφなのだが、大実業家であった彼は、自分を熱心に訓練して催眠術に掛け、この徴《サイン》を自動的に思い出せると確信できるまでにしたのだ。それが、たとえ次の人生であっても。この人生において頻繁に繰り返し、もう完全に無意識のうちに壁の上あるいは空中に指でそれをなぞった。自分で訓練したのだ。そして、もしも来世で君を見ることがあって、君が誰かを思いだしたら（といってそんなふうに思い出すことが可能だと考えているかのように楽しそうに微笑んだ）、きっとこの徴《サイン》を描いて見せようといった。二人の身分がそれぞれどんなものになっていたとしても」

「それで、彼は何になると思っていたんだろう」私がジョーキンズに訊ねた。

「絶対にいおうとしなかったんだ。でもとてつもない重要人物か何かになる確信を抱いていることは判っていた。徴《サイン》を考えたことを私に話すときの、その優しい口調から漂うわざとらしい態度から判ったんだ。それから、玉座に座っている様子を連想させるほど優雅な身振りでゆっくり腕を持ち上げて、空中に徴《サイン》を描いてみせた。彼は成功を収めた第二の人生で私などに煩わされたくなかっただろう。しかし、実に勤勉な訓練で魂に徴《サイン》を刻み込んで得意になっていた。だから、魂がどんなところへ行っても癖は維持されると確信を抱いて、成功したことを後世の人々に知ってもらいたいと思っていたのだろう。半時間おきくらいに、まったく無意識に、歩きながらも彼はその徴《サイン》を描いていた。確かに、自分をきちんと訓練できていた」

「自分が第二の人生を迎えたときに、王座に就くという根拠でもあったんだろうか」と私は訊いた。

「ああ。彼は慈善活動に忙しい男だったから。他人に対する慈善やお節介にどれほど関心を抱いているかは私にいわなかったが。彼のことは彼自身が評価していた通りに解釈していたし、死んでしまった今になって別の評価をしたくはないがね。彼の視点から見れば人間の多くは愚かだということだった。だから他人の助けが必要だし、個人的な不便も覚悟しなくてはならない。それほど慈善的な男に報いがないシステムは愚かなシステムである、といっていた。断っておくが、彼は神の創った世界をくだらないと思っていたわけではない。彼は自分が報いられることになると信じていたのだから。彼がいっていたことでいちばん批判的に聞こえた言葉は、もし自分が世界の管理を任せられるのなら、今の世界のありようよりもっとよく整えられるといって、いくつか例を挙げてみせたことはあった。

とにかく、この徴《サイン》をよく覚えさせられたんだ。転生が科学にとって最も価値の高いものであることを証明するのだといっていた。彼にとってもっと関心のあることは、彼に相応しい高みに上ったことを私がきちんと知ることだろうとは思った。そのためには、私に信じさせせなくてはいけなかったのだからね。私もいろいろ思いを巡らせてみて、何年も後に自分が外国の宮廷で催される謁見式か華やかな式典に呼ばれたときに、突然君主の訪問を受け、そこに集まっている人たちの中でたった一人、他の人たちにはまったく意味を成さないよう、判ったという合図を送らなければならなくなるのだと思ったりした。

彼は歳をとって亡くなった。そのとき私はまだ三十にもなっていなかった。あの人がいっていたとおりにしようと心に決めていて、自分が歳をとってからは、ヨーロッパで（あまりアジアのことを考える人ではなかったから）高い地位にいる人たちの経歴に注意するようになった。彼が死んでから生まれて、彼がもう一度人生を辿ることになったら発揮するだろうと予想しうる能力を示している人がいないかと。今回の人生では、あの経験が大いに役立つだろうというものをね。私はこう思ったんだ。『もしも転生についていっていたことが正しいのなら、こうできるはずだといっていたこともやはり正しいのだろう』そして実際に、転生については彼が正しかったんだ。彼の死んだ翌年、あの庭園をギリシャ文字のφのことを考えながら歩いていた。いつもその文字のことを考えていろといわれていたからね。丸とそれを右上から貫く縦棒がある字だ。よく空中に指で書いていた。彼がよくやっていたように、忘れないためにね。あの日、赤い古井戸のところで、そうやったんだ。私は壁をゆっくり動いている蝸牛を見ていた。そして、蝸牛を軽蔑するような彼の態度を思い出した。彼は人間を嫌悪していたようだったが、このちっぽけな生き物たちに対する嫌悪ほどではなかったと考えると、どういうわけか嬉しかった。蝸牛はきらきら光る跡を壁に残していて太陽の光がそこに集まっていた。そんなことには気づくほどの価値もなかったが、人間の仕事だって大半は同様に莫迦げている。私はまだ蝸牛の動いた跡がきらきら光るのを見ていた。そして、愚か者と詩人だけがどうでもいいことに時間を使うと彼がよくいっていたことを思い出して、躰《からだ》の向きを変えた。そのとき目の片隅で、蝸牛が見たこともないような曲線を描くのを捉えた。もう一回見直してみたが、自分が見たものを軽く考えていた。というのは偶然そうなることだってあるだろうと思ったからだ。だが、蝸牛は壁を上る途中で円弧の四分の一くらいを描き終えたところだった。それがあまりにもきちんとした円を描き続けたので、じっと見つめ続けていたら、弧が四分の一から半分くらいにまで延びた。それが下の方へと向きを変えたときには、興奮してきた。その後は、いよいよ興奮が高まるばかりだった。それまでその蝸牛は明らかに壁を上っていたからだ。何のために向きを下に転じたのだろう。その円の直径は四インチ〔一インチは約二・五センチ〕くらいだった。蝸牛は進み続けた。私の心はどうしてもその進路を無視できなかった。もしも、蝸牛が進み続けて円を完成させたら、そこで徴《サイン》の半分である。そしてそれはちょうどホーチャーが王のような身振りをして人差し指で描いてくれたのと同じくらいだった。蝸牛は動き続けた。円の完成まであと半インチのみというところで、莫迦みたいに聞こえるかも知れないが、私は自分で空中に徴《サイン》を描いた。蝸牛に見えないことは判っていた。もし、それが本当にホーチャーだったとしても、それはただの習慣、その徴《サイン》を描くという、まさに自我に対する自己催眠でしかあり得ないと判っていたからだ。知性とは何の関係もない。そこで、私は莫迦げた考えを頭からすっかり追い出した。それでも、蝸牛は進み続けた。そして、円を描ききった。『蝸牛は円を描いた。そんなことをする動物は多いじゃないか。犬だってよく円を描く。鳥だってできるだろう。蝸牛がしたっておかしくない。私も気を落ち着かせなくては』

その蝸牛は、円を描き終えるとすぐに壁を真っ直ぐ上に向かった。ちょうど円をきっちり半分に切るように。何かを半分に分けるとき、これほどきっちりしているのは見たことがない。私はそこに立って、口と目を大きく開いてただ見つめていた。眼下では、蝸牛が真っ直ぐ垂直に壁を上って、それから円を描き、今はその円を半分に切るような垂直の線を進んでいる。円のてっぺんにまで進んだ。今度は何をするのか。蝸牛は真っ直ぐ上に向かった。円の上を数インチほど進んだところで止まった。完璧なφを描いていた。バラモンの理想が現実になったことを示したのだ。『可哀想なホーチャー』と私はいった」

「蝸牛に何かしてやったかね」ターバットが訊いた。

ジョーキンズが答えた。「一瞬、殺そうかと思った。ホーチャーにもっと良い第三の人生を与えてやるためにね。だがそのとき、彼の人生観に関する何かのせいで、彼が清められるためには数百回の人生が必要だということが判った。だとしたら蝸牛をそれだけ殺し続けるなんて無理じゃないか」

ナポリタンアイス

ビリヤード・クラブの会員が、ただジョーキンズがついていけないようにと企んで注意深く話題を選ぶところに遭遇したことが何度かある。ことわっておくがそういう偏狭な策略を非難しようとこの話を始めたわけではない。ただ、ジョーキンズをめぐる体験談の発端だったからだ。このいささか変わった人物についてよく知りたいという人ならきっと関心を抱きそうな話をしよう。あの日、昼食時の話題は極地探検に関してだった。その詳細を記そうとは思わない。代わり映えのしない内容だったからだ。結局のところ、クラブで話し合う内容など、代わり映えする必要もないのである。クラブの会員の一人がこんなことをいった。「暖かくしておくのは大変だろう」

「そうだ。それが大変なんだ」とジョーキンズはいった。

ターバットの口まで出かかっていた言葉が、「どうして知っているんだ」だったのは間違いない。誰にでも判る。だが、ジョーキンズに話を披露させる危険を冒すよりはと、口を噤《つぐ》んで言葉を飲み込んだ。

「君ならウィスキーで暖まるんだろう」と誰かがいった。

「さあ、どうだろう。ウィスキーは飲み物として過大評価されているんじゃないか」とジョーキンズが答えた。

「ウィスキーが過大評価されているだって」私たちがいった。

ジョーキンズのいいところは、ときどき吃驚するようなことをいってくれるところだ。

「いや、まあ、他の飲み物と比べればそんなこともあるだろう」とジョーキンズ。

「たとえば、どんな」とターバットが本当に知りたいという様子で訊ねた。

「氷と雪の中で暖かさを保ってくれるとか、そしておそらく凍傷にならないようにしてくれるとか、そういうことに関して、かつてパント通りにあった小さなレストランでディナーに出されたリキュール以上のものを私は知らない。その店はずいぶん前になくなってしまったがね。そこは今では床屋になっている。あれは素晴らしい飲み物だった。蜂蜜と薔薇と穏やかな炎、心地よく、優しく揺れる静かな炎とでもいうべき飲み物だった。あんなのは他に知らない。残念なことに、何という名前なのか知らないんだ。あのときの男はちょっとした旅行家だったが、私はその瓶がどこの原産かも知らなくてね。給仕が持ってきたその瓶がどこから来たのかも知らない。それ以来そのレストランでも、別のところでも、まったく見つけられなかった。そこの主人は、固く秘密を守っていてね。ディナーが終わるまで持ってこなかったくらいだ。あのときは、ナポリタンアイスと一緒に持ってきた。私としては、食事のあいだずっとグラスを置いておいてもらいたかったのだが。一度でも味わえば、君たちだってそう思うだろう。いや、君たちは誰も味わったことがないんだったな。とにかく、アイスクリームと一緒にしか出してくれないんだ」そういって、ジョーキンズは小さな溜息を漏らした。

「名前を調べることはできなかったのか」ターバットは知りたくて仕方がない様子だった。

「ああ、そうなんだ。あのときは、商談だったんだ。あの男にはどうしてもまとめたい仕事があって、ちょうどそのとき私の機嫌を取ろうとしていた。だから、そのリキュールを持ってきたんだろう。商売上の秘密がたくさんあって、このリキュールもその一つだった。実際のところ、あの男はやりすぎたんだ。その取引は成立しなかったのだが、私は素晴らしい一杯にありつけた。もっと欲しかったのだが、アイスクリームと一緒にしか出てこない。あれは、本当にいいディナーだった。まあ、その取引をどうしてもまとめようと思えば当然なのだが。海亀のスープ、あれは新鮮な海亀だった。ひめじもなかなかよかった。ただ、骨が多過ぎたが。それから、兎。ありふれた兎肉だったが、あのパント通りのレストランでは料理が違った。確か、それで全部だったはずだ。そのあとで、ナポリタンアイスが出てきた。実にささやかなディナーではあったが、あれはいいディナーだった」ターバットが言葉を挟もうとしているのを見てとると、ジョーキンズは先手を打ってこういった。「もしかして、ナポリタンアイスが何か知らないいんじゃないか、ターバット」

するとターバットは、ジョーキンズが旅してきたほど数々の世界を知らないためにばかにされたと受け止めてうっかり口を滑らせてしまった。「もちろん知っているさ。緑と白とピンクのアイスだろう。白はバニラ、ピンクはもちろんストロベリー、それから緑は、あれが何かはよく知らないが……」

「本気で訊いたわけではないんだが」ジョーキンズがいった。

「それより、極地の話にならないじゃないか」とターバットがいい返した。

「その話をしようとしていたところだ。リキュールがアイスと一緒に出てきたんだ。それを口に含んでグラスを置いた瞬間、他では得られないような想像力が呼び起こされた。まさに精神を解き放ってくれた。二杯飲んだのかも知れない。覚えていないんだ。だが、ロンドンの、あのパント通りのレストランはただちに背後に消え去って、私の想像力、あるいは精神、あるいは個人の自我が宿る何かは、イギリスを縦断して北方へと吹き飛ばされた」

「どうしてそれが北方だと判ったんだ？」とターバットがいった。

「どうして判ったかだって？　判ったんだ。解き放たれたんだ。私の精神は自由だった。イングランドの遥か上空にいた。形が見えた。北へ伸びる緑の帯が、そしてスコットランドが。緑が続いて、とうとう積もった雪へと行き着いた。数秒の間に六百マイル〔一マイルは約一・六キロ〕の緑地帯を通り抜けたに違いない。もちろん、あの男が飲ませすぎたのだ。もう商売のことなど私の中からすっかり消えていた。私はそんなものを見下ろす遥かな高みにいた。大地から遥かに高いところに。そして、北へと吹き飛ばされていた。海はすぐに凍りついた。氷原に積もった雪が何マイルも、何百マイルも続いていた。それでもなお北方に向かって進んでいた。雪の上に太陽が見える北極に来た。見れば見るほど美しく、それまでに体験した旅の中でも最も素晴らしい旅だった。しかし、そんな解放感は決して長く続かない。その広大な極地の眺めの美しさをよく見ないうちに、自分の精神が落下しているのを感じた。渡り鳥よりも速く輝かしい高みを旅しているときには躰《からだ》を意識することなどまったくなかったが、今は雪の中で躰を意識していた。眩《まばゆ》い白に目が疲れてきた。そして、唇は凍りついた。俯せに倒れていたからだ。重力に打ち勝つ前に数秒が過ぎてしまったところで、もはや自分の顔を上げることもできなくなっていた。唇が凍り始めているのは判っていた。痛みは麻痺に変わった。凍傷の徴候だ」

「ロンドンの部屋の中にいるのだったら、どうして唇が凍傷になるんだ」とターバットがいった。

「まあ、すっかり凍傷になったというわけでもないのだが、翌日医師の診断を受けると、あと三分そのままだったらきっとそうなっていただろうといわれたんだ」

「どうしてそんなことになるのか判らないな」とターバット。

「私は起こったことを話しているだけだ」とジョーキンズがいたって冷静にいった。「氷が雪の表面で輝いていた。それは美しい光景ではあったが、しばらくすると強烈に退屈なものになってしまった。眼に映るぎらぎらとした氷の光に私の脳はうんざりしていた。私はそこから顔を上げることもできなかったのだ。飲みすぎたときに困るのは、躰を持ち上げようとすればするほど、力が抜けていくことだ。だが、これまでにそこまで力が抜けてしまったことはなかった。もう眼を上げることさえできないくらいだったのだ。でも、何とか上げてみると、夕焼け《アーベントグルート》が見えた。すぐそばで、雪が鮮やかに染まっていた。疲れ切った頰を押しつけているところで白い雪が隆起して止まっていた。彼らが夕焼けと呼ぶ見事な光景が、何マイルにも及ぶ雪原に広がっているのが見えた。その永遠に続く驚異を見られるのなら、唇を凍らせてもしばらくそこに臥せっている価値はあった。何マイルも何マイルも、薔薇色に輝く雪が、大地の夜明けの如く光り輝いていたのだ。冷たい雪は、世界に広がる宝石のようであり、ストロベリーの香りを放っていた」

「ストロベリーだって!」ターバットが叫んだ。「北極でストロベリーを想像できるなんて、大した想像力じゃないか」

「全然そんなことはない。まったくの事実に過ぎないんだから。想像力でも何でもない。私はテーブルの上でナポリタンアイスに顔を載せて突っ伏していたんだ。緑の部分を滑って、唇がバニラの上で止まっていた。ちょうど目の前にストロベリーの端があった。ストロベリーアイスの中のストロベリーの量は当然のことながら、作る者の良心によって変動する。このときは、少ないとはいえストロベリーはしっかり入っていた。だが、バニラはほんの少ししかなかったんだ」

解説コラム　ナポリタンアイス、緑は何味？

本作品のタイトルであるナポリタンアイスをご存知だろうか。簡単にいうと三色アイスのことだ。日本で三色アイスというと、バニラとストロベリーとチョコレート味だろうか。現代のアメリカでもナポリタンアイスというとこの三種の組合せであるようだ。日本では、かつて「三色トリノ」というのが売られていて、近頃復刻版が発売され多くの人がその味を懐かしんでいるらしいのだが、その組合せは、バナナ、ストロベリー、チョコレートだ。だが、ここでジョーキンズが食べる三色アイスは白とピンクと緑である。バニラとストロベリーと、もう一つは何だろう。作品中でターバットが、知らないのか？ といわれてうろたえたようだが、日本ならば緑は抹茶味かも知れない。しかし、ビリヤード・クラブでそれはないだろう。ヨーロッパでは緑のアイスクリームといえばピスタチオ味である。たとえばプルーストの『失われた時を求めて』の第一部で語り手の母親が、あの味はだめだったから違う味のを試さなくてはいけないという場面があったり、村上春樹の『世界の終りとハードボイルド・ワンダーランド』で図書館員へのお礼に買ってきたりする。「コーンのベースのダブルで、下がピスタチオ、上がコーヒーラム。大丈夫、覚えた？」と語り手が念を押されていたことを思い出す。だが、訳者はこれまでピスタチオ味のアイスクリームを食べたことがなかった。その味も知らずにこの作品を訳していいのかと深く悩み、「ピスタチオ味のアイスクリームが食べられるところを知りませんか？」と問いかけながら東京をさまよい、とうとうピスタチオアイスを売っているところを見つけた。ようやく手に入れたピスタチオアイスを歓びと緊張に震える手で口に運んだ。美味かった。そして、一瞬、イングランドとスコットランドの森の緑が見えたような気がした。

ジョーキンズ、予言者に訊く

ビリヤード・クラブではよくあることだった。あまりにもよくあることだった。ジョーキンズが階段を上がってくると判ったので、会員の一人か二人が、とにかくジョーキンズの参加しそうにない話題をわざと選んで会話を始めるのだ。つまり、アフリカとか野生の地についての話を避けて、哲学を議論の対象に選んだのである。自由意志かあるいは運命かという話題が彼らの議論の流行《はや》りだった。私には退屈でしかなかった。だが、ジョーキンズはそれを耳にしたとたん、目を輝かせた。

「運命については、いろいろなことがいわれているが、君たちも自由意志を無視することはできまい」とジョーキンズがいった。

「どういうことだ?」とそこの哲学者の一人がいった。

するとターバットが話に入ってきた。

「そのどちらかについて何か知っているというのか」

「知っている。ちょうどそんなできごとがあって、知っているんだ。片方のことを知っているつもりだったが、知らないと判った。でも、もう一つの方に関してはそれは大変な経験をしたんだ。その話をしよう。運命についてはずいぶん関心を持っていた。それは君たちが話していたような視点からではなくて、もっと現実的な問題としてだった。出来事は起こるように定められていて、それを止めることはできないのだ。だから、あらかじめその出来事を知る人物を見つけだせたら、大儲けができるはずだ。そう考えたわけだ。いいかね、とりとめもない空想に夢中になっていたわけじゃないんだ。未来が判るという人はたくさんいたし、今もいる。そこで、そんな一人をよくよく調べてみた。その男のところへ行って、こう訊いた。『未来が判るのかね』

『判る』

『ダービーでどの馬が勝つか判るのか』と訊くと、

『判る』と答えた。

いや、私が知りたかったのはダービーの結果というわけではなくて、もっと遠いところで開催されている競馬だったのだが、ちょうどよかったのでダービーでどれが勝つかを教えてくれるかどうか訊ねてみた。すると、幾重にも絹布に包まれたものを持ってきて、一枚一枚異なった色の布を剝いでいくと、全部で九枚あって、中から水晶球が出てきた。ぴかぴかに磨き上げられているものではなく、表面には朝鮮薊《ちようせんあざみ》のような葉っぱの模様がごく浅く彫られていた。それから、瑪瑙《めのう》でできた浅い皿をもってきて、そこで粉に火を点けた。煙が上がって、妙な匂いがした。辺りはすっかり曇ってしまったが、水晶だけは別だった。水晶は変わらず輝きを保っていた。手に持った球を少し動かすと、水晶の中でものが動いて、はっきり見えるようになった。そうして、そのレースで勝つ馬の名前を私に告げた。二着と三着の馬の名前も。そればかりか、実際のレースで三頭の馬が決勝標《ウイニング・ポスト》の横を駆け抜ける様子を水晶球の中に映してくれたんだ。彼らの色もはっきり識別できた。いや、あれはちょっと不思議なことをするものだと思った。馬は見間違いようもなく、後になってからも三頭ともちゃんと見分けられた。でも、念を入れるために、三人の騎手が着ている服の色を書き留めた。何度も何度もそのレースの様子を見せてくれた。周りは煙でいっぱいなのに、その像だけははっきり鮮明に見えた。実際、芝生は自然の芝生よりも緑で、騎手の服は絹というよりエナメルでできているようだった。でも、どれも見誤ることはない。もちろん、支払いはした。かなりたっぷり支払った。実際のところ、あいつは五ポンド要求して、一切まけようとしなかった。でも、得られた情報には結局それだけの価値があったんだからね。それからできるだけ急いで変な匂いのする煙から逃げ出そうと部屋を出て、新鮮な空気を吸ったよ。それに、あの男がどうにも嫌いだったからだ。あの魔師の口から勝馬の名前を聞いていたし、レースを自分の目で見てもいた。レースの様子を何度も見せてくれて、騎手の服の色もはっきり判ったということはもういったかな。色チョークを何本か買って、スケッチを書き残しておいた。すぐにそれがどの馬か、馬主は誰か、その色は何色かが判った。水晶球の中に見たものと完全に一致していた。でも、そのレースには一ペニーも賭けなかったんだ。ただ見に行っただけだった。そこにいたどの馬も、水晶球の中で見たとおりだった。一着の名前も完璧に合っていたし、二着三着も間違いなかった。前に水晶球の中に見たとおりの試合が目の前で繰り返されるのは何とも奇妙で驚くべき体験だった。どの馬も前に見たとおり、どの色も、馬と馬の距離さえもだ。水晶球の中で気がついたことを書き留めておいたから間違いない。とにかく驚いた。それでも、驚いてばかりで時間を無駄にしてはいられなかった。うまい話を見つけたことは判っていたから、まっすぐに変な匂いのする煙を焚く嫌な男のところへ戻った。『別のレースを見せてくれ。今度は十ポンド払う』といったんだ。また別のレースを見せるか見せないかなんて話になったら嫌だからね。もう、その予言が見事なことは判っていたんだから。また瑪瑙の皿の上で煙を焚いて、水晶球を手に持った。部屋がまた暗くなって水晶球は光り輝き、ふたたびレースを見せてくれた。またもや、三着までの馬の名前を教えてくれて、私はそれを書き留めた。色についても、ちゃんと色鉛筆を使って書き残しておいた。今回はあらかじめポケットに入れて行ったんだ。そのときは大きなレースだった。とても大きなレースで、三週間後に開催されることになっていた。そこで、この勝負の一着に注《つ》ぎ込むことにした。もちろん、三着まですべて正しい順序で賭ければとんでもないオッズになったわけだが、あまりやりすぎるようなことは避けたかった。千里眼で知った馬に賭けていると疑われたくなかった。私の賭けが確実なものだと知られるのは避けたかったわけだ。そのころは資金に余裕があったから、一着に集中することにした。全財産をそこに注ぎ込んだ。賭け屋を分散して、借金までして買い増した。オッズは六対一だった。借りた現金で買ったもの、自分の持ち金で買ったものを合わせて、そのレースの日の午後には、当日の朝に比べて十倍くらいの金持ちになっているはずだった。そのレースがどれだったかを話すつもりはないよ。そのときの稼ぎを話したりしたら、誰かが出てきてあそこのレースはそんな方式ではないはずだとかいい始めたら嫌だから。もちろん、レースはそんなふうに行なわれているし、ただ私がその話をしたくないだけだ。

賭け屋に最後の手配をする前日に、あの水晶球と変な匂いの煙の男のところへもう一度行って、この前青と黄色の服を着た騎手の乗る馬が一着になるといったのは確かなのかと訊いてみた。彼は、自分が何をいったのかはちゃんと判っていたし、その馬が一着になるだろうといった。先日のレースは自分が予言したとおりになったのではないかと私に訊いてきたので、当然のことながら、私が莫迦で理不尽な心配をしているかのようになってしまった。でも、そのとき、あの男がちょうど君たちが話していた話題に触れたんだ。自由意志は運命とほとんど等しいある種の力だといったようだった。もし私が銃を取り出して通り過ぎる馬を撃ったら、あるいはレースの前に重傷を負わせたら、そういう場合はもちろんその馬が勝つことはないだろう。だが、この世の人間や馬の意志と行動に従えば、その馬が勝つだろう。その馬に関して未来を知っているのはたった二人、あの男と私だけである。あの男はもちろん何かするつもりはないだろうし、そう誓っている。馬がするはずのことに対して私が自由意志を介入させない限り、その馬が勝つことは運命となっている。そして、彼は二着三着の馬についても名前を繰り返したが、さっき話した理由で、私には関係のないことだった。何もかもが理に適《かな》っていたし、確かに明白に思えた。もちろん、定められたことに対して私が暴力行為を働けば、それは起こり得なくなる。それはちょうど、海に出る川筋を逸《そ》らせば流れは変わるが、何もしなければそれまでどおり流れるのと同じだ。

レース当日、私は競馬場の馬の様子を見に行った。何もかも、水晶球の中で見たとおりだった。三人の騎手の色ももちろん色鉛筆で書き留めたとおりだった。そのスケッチはポケットに入っていた。三人の騎手が辺りを歩き回っている。一着が誰かは、青と黄色の服がなくても間違いようがなかった。馬は明るい栗毛で、額にはっきりした白い星がある。

私はレースを見守った。水晶球の中で見た、二着になる赤い水玉模様の白い服、三着になる白い袖に緑の上着と帽子ちゃんとやって来た。ところが奇妙なことに、私の一着馬が突然スタンドとは反対側のコースで遅れはじめ、双眼鏡をとおしてどんどん順位を落して行くのが見えた。あの男が『馬を撃ったりしなければ、一着になるだろう』といったときに、『私がそんな愚かなことをすると思うのか』と私はいったのだが、実はもっと愚かなことをしていたのだ。あの馬に賭けすぎてしまった。だから、賭け屋たちはあの馬に勝たせるわけにはいかなくなった。もし私が青と黄色の騎手は買収されているといっても、結局は復帰して、私に名誉毀損の訴えを起こすだろう。だが、騎手には幼い家族もいる。千ポンドという金は二人か三人の子供を育てるのに大いに役立つだろう。そう、二着だったはずの馬が最初に、三着だったはずの馬が二番目になり、残りがそれに続いた。レース自体は私が水晶球で見たものに驚くほどそっくりだった。ただ、青と黄色の騎手が乗った額に白い星のある栗毛の馬が、最後にゆっくり走ってきた小集団の中に入っていたところだけが違う。もちろん、すべては私のせいだ。自由意志を運命に対して勝負させてしまったのだ。それが何対何で決着したのか決して評価できないから、その手のことにはそれ以来二度と関わっていないんだ」

解説コラム　一獲千金の夢

他のダンセイニ作品にはあまり見られず、ジョーキンズ作品に頻出するのが、本作のように一獲千金を狙ってさまざまなことを企てる語り手である。ジョーキンズはつねに金儲けの機会を窺っている。『魔法の国の旅人』（荒俣宏訳・ハヤカワ文庫FT）でも、「一獲千金のジョーキンズ」という項目があったくらいだ。ジョーキンズは魔女や呪術師、東洋あるいはアフリカの賢者に出会うと必ずといっていいほど競馬の勝馬を知る方法を訊ね、宝籤の当たりを手に入れる方法を聞く。本書では、「象の狙撃」で象牙に関心を示し、「真珠色の浜辺」で真珠をポケットに詰め込み、「アフリカの魔術」ではアフリカの魔術（瞬間移動）の実演興行を企む。*A Mystery of the East* では、ガンジス川のほとりに住む賢者とナイル川の岸辺にいる魔術師に宝籤の当たり番号を教えてもらう他、「悪魔の契約」（ミステリマガジン一九六八年八月号所載）でも、*A Deal with a Witch* でも、悪魔や魔女に競馬の結果を聞いている。なりふり構わず一獲千金を狙って、いつも不首尾に終わる話を次から次へと披露してくれるところがこのシリーズの味わいだろう。稲垣足穂が『五十一話集』に収められた作品に対して記した「この作者ダンセイニに於ては、私はこの人物の山師のような所、それでいて彼は貴族であって又サハラで大そう苦労した軍人であって……そんな所が好きである」という言葉を思い出せば、まさにこれはジョーキンズではないか。意外かも知れないが、山師のようなジョーキンズこそダンセイニらしい人物像といっても過言ではない。とはいえ、儲け話だけになってしまうとさすがに飽きるだろうと思って、本書での収録数はほどほどにしている。第二集の機会があれば、努力しないで金持ちになろうとするジョーキンズの活躍を再び紹介できるはずだ。

夢の響き

ここ一年ほどのあいだで、ほとんどあらゆる話題が私たちのクラブで口にのぼったと思う。ある日、邪悪な霊に取り憑かれるなどということがあり得るのかという議論になった。実例がいくつ示されても、ビリヤード・クラブの意見の大勢《たいせい》は、それとは反対の方へ傾いているようだった。そこへジョーキンズがこんな言葉で話に参加してきた。「まったくありそうなことだと私はいわざるを得ないね」

「実例を見たことがあるのか」とターバットがいった。

ジョーキンズはしばらく黙っていた。そして「ない」と答えた。

「それなら、どうしてありそうなことだと思うんだ?」

「長い話になるんだ」とジョーキンズがいうと、ターバットは溜息をついた。ジョーキンズが話し始めた。

「それは南方の国で、遥か西の彼方にあった。大地は地震で襞状になった丘だらけだったが、もてなしの心は南国の太陽で温められていた。私が厄介になっていた宿の主人は、カリブ人の料理人とグアテマラ人の庭師を雇っていてね、庭師は芝生を縁取っている色鮮やかな花々のことを知り尽しているようで、花々は勢いよく生い茂っていた。さらに、機械の整備のためにもう一人、変わった男を雇っていたんだ。館や庭にある機械すべてを管理するのが仕事だった。それに、電気で動くものなら何でも受け持っていたし、グアテマラ人やカリブ人がやろうとしなかった仕事も全部彼が片づけた。だから、本当に勤勉な男だったのだが、彼がどこで勤勉さを身に付けたのかは私は知らない。その国はあまりにも暖かいのでそこで学んだはずはないし、アンダルシアのどこか陽の光に溢れた海岸地方の出身だったから、そんなところで学んでもいない。ただの変わり者だったのだ。もしかしたらムーア人に見逃された、古い征服者である騎馬民族の先祖返りだったのかも知れない。その温暖な国にしては勤勉だったことのほかにも、もう一つ変わったところがあると、主人が庭で話してくれた。それは、昼間の暑さが弱まり始めて、白い壁から離れた太陽が屋根や椰子の樹の天辺を赤く輝かせ、オレンジの実を燃え上がらせる頃、例の変な男がハイビスカスの並ぶ路を歩いて来たときのことだった。館の主人ももとはといえばスペイン南部の出だったが、何代も前の先祖の一人が職業としてコンキスタドール〔十六世紀にメキシコ、ペルーを征服したスペイン人〕になった。そして沈む太陽を追って信仰を伝え、遥か西の彼方に根付かせるためスペインの砦を去り、その地で一国といっていいほどの土地を自分のものとして、スペイン王から黄金山脈伯の位を授かった。彼が征服した土地は黄金があると思われていたからだ。その土地を、彼の一族は何代にも渡って所有したが、私の友人が話してくれたように、近代主義という禍《わざわい》のせいで大きな古い館だけを残して消え去った。彼の君主たちがそのために戦った宗教よりも、むしろ異教徒ムーア人の影響を受けて建てられた館と、糸杉が木陰を作っている広くて美しい庭が残ったのである。彼が雇っている変わり者がオレンジの樹の下を通って燃え立つようなハイビスカスの花の横を通りすぎるときに、シエラドロ氏は——それがコンキスタドールの古い家系が今日使っている名前だったのだが——変わり者のこんな話をしてくれたんだ。その男を雇おうとした最初のときに、麻薬をやったことがあるかと訊いた。すると、ないと答えた。酒は飲むかと訊いた。すると、ごくたまに飲むだけだと答えた。だが、ときどき天使に取り憑かれることはあるといった。そういうことは頻繁にあるのかと訊くと、そうではないと答えた。そこで、思い切って雇ってみることにした。

『私は人を一年にこなす仕事の量で判断する。祝日や休日、あるいは勤務時間の後で無能だったからといって解雇したりすることは決してない。仕事の成果の全体量で決める。本人と他の者たちの両方を見てだ。まるまる一日どこかに出かけることがあって、何をしているのかさっぱり判らないというだけの理由で、誰かの首を切るなんて夢にも思わない』

『で、どんなことをしているんだ』と訊いてみた。

『たとえば、妙な表情を浮かべている日があって、そんな日には自分は天使に取り憑かれたんだという。その日を見ると、何かが起こったということだけは判る』

『どんなことだ?』

『それはまったく判らない。だが、何か音楽を演奏しなければならないから、いつかヴァイオリンを探しに行こうと思っているといっていたんだ。止めようと思っても無駄なのは判った』

とシエラドロが答えた。

『ヴァイオリンは見つけたのか』

『知らないな。だが問題は、道行く途中で出会う娘たちが一人残らずあいつの後を付いていってしまったことだ。中には子供もいた。たぶん、ヴァイオリンを見つけたんじゃないかな。ときどき遠くから妙な音楽が聞こえてくることがあったし、その娘たちがなかなか戻ってこないとか、遅い時間に子供たちが付いていってしまって戻ってこないなんていう文句を耳にしたこともあった。そういうことがあったのは一回だけだったが、二度とそういうことにならないと約束はできないとあいつはいっていた。いい奴だし、解雇するなんて夢にも思わない。だが、これだけはいっておかなければならなかった。もし、またそんなふうになって音楽を演奏しなければならなくなったら、ここに来て私のオルガンを弾くようにしてくれと。そうすれば、外で問題を起こすこともないだろう。隣人たちに、もうそういうことはさせないと約束してしまったんだ』

シエラドロのところにはずいぶん立派なオルガンがあった。壁の真ん中に設置されているというよりも、むしろ大きな部屋の主たる存在になっていた。彼はオルガンを演奏できるような男なのかと訊こうと思ったときに、その器用な男が花の並ぶところをこちらに向かって戻ってきた。その顔を見て、まったく無学な男だと判った。機械の扱いが上手くて花についてどれだけのことを知っていようとも、オルガンのような楽器は決して扱えまい。

　その古風な館に数日滞在し、シエラドロは歓待してくれたが、その好意もまたいささか古風なものだったといっていいかも知れない。ある日の午後のこと、主人が声を低めて奥方にこういうのが聞こえた。『あのファンがまた取り憑かれたのではないかと思う』

『どうして』と間髪を入れずに声を上げた。

『またあの顔つきなんだ』

『間違いない？』

『そうだと思う』

『それなら、すぐ家の中に入れなくては。またあんな問題を起こさせるわけにはいかないから』

　シエラドロはあの変わり者を探しに行った。その間、奥方と私はオルガンが壁に組み込まれている大きな部屋で待っていた。彼女は細かな黒のレースで作った長いマンティーラを纏っていた。スペイン人だからなのか、夫の家系がそうだからなのかは判らなかったが、ごく自然に優雅に纏っていたので、生まれたときから馴染んでいるのだと判った。彼女はファンに悩まされていた。彼の仕事量を夫ほど評価していなかったから、奇妙な発作（と彼女は呼んでいた）

がもたらす損害を重くみていたのである。

『しかし、何か不都合でもあるんですか』と訊いた。

『酔っ払いには不都合がつきものですから』

『あの男は何をすると思うのですか』

『酔っぱらったときのことなんか判りません』

『でも、これは酒の問題ですかね』

『男があんなことをするようになる理由は二つしかありませんよ』

『酒か恋ですか』

『そうです』

『あの男の場合は酒だと思うわけですね』

『確かに、女という可能性もあります。だからよく見張っていたんですよ。酒瓶は小さくて簡単に隠せるものばかりでした』


そのとき、フアンが目にあの表情を湛えて入ってきた。シエラドロがどこでこの男を見つけたのかは知らないが、庭師が無視した仕事をさせるのに重宝しそうに見えた。でも、目にはあの表情を湛えていた。彼が入ってきた瞬間に判った。天国から私たちを見下ろす眼差しである。薄手のシャツを着て、前のボタンは全部外していた。暖かい日だったからだ。ズボンを穿いて、靴というよりサンダルといったようなものを履いていた。靴下は履いていなかった。フアンはオルガンを見ると畏れるような表情を目に浮かべて、ほとんど走るようにして近寄った。何か機械をいじっていたのか指は黒いオイルで汚れていたが、腰を下ろして鍵盤の上に指を乗せると演奏を始めた。ただちにその両手の下から音楽が湧き上がった。真鍮でできた山々の表面を滑り落ちる急流が響かせる歌のようであり、黄金の暁のなかで川の精霊に満ちた急流が下方で目覚めようとしている大地に向かって歌う歌、あるいは羊に着けたベルの音や目を覚ましかけた羊飼いの笛の音に歌いかける歌のようであった。そのなかには雲雀《ひばり》の歌があり、トランペットの音があった。そして、遥か昔に聞こえたあらゆる旋律の古い記憶が満ちていた。なぜか幼い頃のことや天国の古い絵画が頭に浮かび、その音楽がさらに記憶を輝かせ、まざまざと浮かび上がって見えた。そして、花の咲き誇る広大な大地が遥か昔に消えてしまったものの歌を歌うと、それが歌によって甦ったような情景が頭に浮かんだ。シエラドロと奥方と私が窓の外に目をやれば、午後の日の光に輝く暖かい国の花々があり、庭にある睡蓮の咲く池では牛蛙が声を響かせていた。だが、そういったものは私たちには届かないようで、ただ音楽だけが聞こえてきた。それが深く柔らかい絨毯の上を流れて、梁《はり》の高さにまで部屋を満たすと、私は古い日々へと遡り、魅了する古い記憶の中にいつまでも浸った。彼が演奏しているとき、私にはそんなふうに感じられた。いや、こんな言葉では決して書き尽せないほどのものだった。あの音楽のもとで言葉はあまりにも弱々しい。奥方の視線は私を通り越して窓の外を向いていた。どこか遥か彼方を見るように。そして、シエラドロはまた別のところから視線を動かさなかった。

それが何だったのかは判らないが、何かに戸惑っているようにも見えた。ファンは私たちに背を向けていたので顔は見えなかったが、鍵盤の上に屈むことなく頭を真っ直ぐにあげて、蝶が舞うように軽々と演奏していた。奥方は黒いマンティーラの下で微動だにせず、はたして音楽が聞こえているかどうかも判らなかったが、その黒い目は音楽が見せてくれる情景に吸い寄せられていた。シエラドロも今起きていることとは別の時間にいるようだった。渡り鳥の影のように鍵盤の上でその手が翻るたびに、彼方の国から聞こえてくるホルンの音が誘い喚《よ》びだされるかのようだった。遠い彼方から飛んできた天国の鳥たちを私は思い描いた。この奇蹟的な技をアンダルシア出身の農夫に教えたのは一体誰なのだろうと思った。不意に、彼がいったとおりだと気が付いた。そして、君たちがたった今話していたこともあり得るのだと。彼は天使に取り憑かれていたんだ。音楽は驚くほどの安らぎを伴って流れ、シエラドロとその奥方、そして私に向かってはっきりと呼びかけていたが、見せてくれる夢はみな異なっていた。音楽の奔流の中で、天国がことごとく微笑んでいた。地上に属するものはその微笑みを浴びて輝いていた。外の庭でゆっくり揺れる大きなバナナの葉はその微笑みに照らされているように見えた。白い壁に映るオリーブの樹の葉影は果てしない休息をとっていた。その休息の中で、この世のありふれたものごとの記憶がよみがえってきた。失なわれた夏の晩、谷間に鳴り響く鐘の音が聞こえたような気がした。どうやら、オルガンを演奏する精霊が地上に飽きてきたようだ。音楽の中に望郷の思いが現れ、人間にはとても及ばない憂愁の響きを帯びてきた。地上のあらゆる不幸の悲しみがますます彼の翼に重荷を載せ、今では遥か彼方の故郷、彼が後にしてきた天国の美しさを思って溜息をついた。そして不意に大いなる曲を弾き終えた。まるで、青銅の山々に落ちてきて、山頂に音を響かせる雷鳴のようであった。天国の窓が勢いよく開かれたようで、喜びの演奏に応える聖歌隊の歌声が遠く聞こえたような気がした。あるいは、ファンの演奏する曲が天国の壁に反射して戻ってきたのかも知れない。私には判らないが、そのとき地上のものならぬ音楽的な声で彼に喚びかける声が聞こえたと思ったし、あるいは私への声もあったかも知れない。天国にはあまりにも遠く、その道も知らないというのに。牛蛙の声が戻ってきた。奥方は遥かなる過去にあてもなく彷徨《さまよ》わせていた視線を戻し、遠く過ぎ去った日々を後にすると、シエラドロも私とともに現在へ戻ってきた。ファンは立ち上がり、押付けられた仕事を終えた男のような感じで両手を払い、館から出ていった。急いで仕事に戻りながら、煉瓦の小道に唾を吐くぴしゃっという音が聞こえた。ただの田舎者に戻ったのだ。窓の外では睡蓮の咲く池で牛蛙が作る細波《さざなみ》が夕暮れの光を反射して、檸檬の樹から横に延びる枝の葉の下で淡い金色に見えた。視界に何やら入ってきて視線をそちらへ向けると、彼方まで大きな無数の葉が黄金色に輝いているのが見え、その先で黄金色の雲が切れ切れに、まるで睡蓮の咲く池まで道を作るかのように浮かび、それが導く輝きの中へと消えていくようだった。その輝きの中へ、何かが飛んでいって視界から消えるところだった。鷺《さぎ》の群れか何かだったのかも知れないが、私にはこの世から去ろうとしている精霊の大きな二つの翼のように見えた。その黄金の眺めの上に行けば、天国へと真っ直ぐ通じているように見えた。その道を辿って行こうと思った。まさに行こうと思ったのだ。行けるような気がしたからである。どうやってかは判らない。しかし、その瞬間は、天国への輝く道をただ歩いていけばいいと思えたのだ。だが、次の瞬間、まさに歩き出そうとした瞬間、ドアが閉まる音が聞こえた。それはあの男が仕事をしている機械室の扉だったのだが、同時に天国への門も閉じてしまった」

訳者あとがき

本書はロード・ダンセイニの笑いと冒険に満ちた作品二十三篇を収録した短篇集である。ダンセイニといえば、ファンタジイに慣れ親しんだ読者の頭には、現代ファンタジイの父のような存在だということが浮かぶに違いない。『ペガーナの神々』の幻想世界を知らないファンタジイ愛読者はもぐりだとさえいわれる。『エルフランドの王女』を読んで〈エルフランドの黄昏の光〉が見えない者はファンタジイを読む資格がないと私は密かに思っているくらいである。そのダンセイニによる、神話世界でもエルフランドでもなく、現代（十九世紀末から二十世紀前半当時）のイギリスを舞台としたユーモア小説が、本書にまとめたジョーキンズ・シリーズである。

どうしてジョーキンズ・シリーズと呼ぶのかというと、ジョーキンズという語り手がビリヤード・クラブというクラブで体験談を披露する作品群だからである。ビリヤード・クラブは人に誇れるようなクラブではない。あまり高級とはいいがたい通りにあって、特別美味い食べ物やワインがあるわけでもなく、見るべき絵画があるわけでもなく、部屋数も少なくて実はビリヤード台もないのだが、他のクラブにないものがあり、クラブの会員になって通うだけの価値があるという。それが、ジョゼフ・ジョーキンズが語る面白い話である。

このビリヤード・クラブの名物になるほどのジョーキンズとはどんな人物なのだろう。酒を、とりわけウィスキー&ソーダを好む初老の紳士で、若い頃は世界中を旅して珍しいできごとを見聞きしてきた……と本人は主張している。特にアフリカや東洋で数々の冒険をしてきたという。だから、どんな話題になってもすぐに一つ体験談を披露してくれるのだ。ジョーキンズに対応できない話題はない。その話に耳を傾ければ、愉しいひと時を過ごせるというわけだ。だが一方、中にはそんなジョーキンズを好ましく思わない者もいる。ビリヤード・クラブで自分も体験談を披露したいのに、いつもジョーキンズが皆の関心の中心になるのを嫉む者たちである。彼らはその冒険が本当のことかどうかと常に疑いを向け続ける。ときには仲間たちが示し合わせて、ジョーキンズが対応できないような話題にするため知恵を絞ったりもする。そういう駆け引きや勝負もまた、このシリーズに愉しみを提供している。まれに、彼らの作戦が成功してジョーキンズの冒険譚が披露されないこともあるのだ。読者にとっては寂しいような気もするが、それもまた楽しい。

このジョーキンズ・シリーズを、ダンセイニは四半世紀にわたって書き続けた。どれも、ジョーキンズが即興で捻り出した明るく愉しい物語だが、ダンセイニらしい幻想味に溢れた〈エルフランドの黄昏の光〉も感じられる。以前、河出文庫でダンセイニ幻想作品集を出したときに、その訳者あとがきで、「ダンセイニの代表作とされる『ペガーナの神々』を手に取って、それをほら話としてとらえるのはいささか勇気がいるかもしれない」と書いた。今はむしろ、そうすべきだと思っている。面白い話を語ってくれる友人の言葉に耳を傾けるような気持でページを捲るべきなのだ。まさにジョーキンズの言葉に耳を傾けるように。本書に収められた二十三篇を、ウィスキーでも愉しむように、ゆったりした気分でページを開き、寛いでいただければ幸いである。ふと手に取って開いたページの作品から読み始めても、ジョーキンズはいつでも「では、その話をしよう」といって語り出してくれるからだ。

ビリヤード・クラブはこんなクラブだと書いてきたが、そもそもクラブとは何だろうか。イギリスのクラブは日本や、あるいはアメリカのクラブとは違う意味を持つ。もとは十八世紀初めのロンドンに数千の店があったといわれるコーヒーハウスから生まれたようだ。コーヒーハウスは誰もが自由に出入りできて、伝統的な階級秩序にとらわれない交流ができる場だったが、そこから特定の職業や政治的立場などと関係のある、会員制の社交の場が生まれてきた。それがクラブだった。自前のクラブハウスを持つようになり、コーヒーハウスの開放性とは正反対の閉鎖的、結社的な社交の場となる。そして、もちろん酒を飲む場でもある。コーヒーハウスの時代から、広い意味での紳士《ジエントルマン》階級の範囲にあるものだったようで、それは原則的に男たちだけの社交集団だった。ビリヤード・クラブも、こぢんまりとしたクラブだとはいえ、そこに集まる男たちは、生活のためにあくせく働かなくてよい者たち、あるいは社会的に上位だと認識されている職業に就いている者（たとえばターバットのような弁護士）なのだろうということは想像に難くない。ジョーキンズはときどき一獲千金を目指して失敗して困窮したりすることもあるようだが、地道に働くようなことがないのはジョーキンズもやはり紳士階級だからだろう。大規模で政治色を強めたクラブはやがて議会に影響を及ぼすほどの力を持ち、結社としての性格を帯び始める。本書に収録した「ライアンは如何にしてロシアから脱出したか」にはそうした結社的な面白さもあり、二十世紀初頭のロンドンのクラブや結社事情を知ってから読めばなお一層愉しめよう。

ところで、これまでダンセイニの諸作品に慣れ親しんで来た読者諸兄姉は本書を手に取って少しばかり意外な印象を受けたかも知れない。これが、ダンセイニか。シーム（サイム）の絵ではないのか。いや、これこそがダンセイニだ。何度でも繰り返すが、ペガーナ神話のダンセイニを褒め称えすぎて高いところに置いて崇めてはならない。手の届くところにおいて愉しく穏やかに読み進めよう。寛いで手に取ろう。自ら近寄って耳を傾けよう。本書の装いはそのための、それに相応しい姿を目指したものなのだ。

こんなことを書くと、いやいや私はダンセイニの作品なんて読んだことがないよという読者を忘れるなとお叱りを受けるかも知れない。そういう方々はむしろ幸いである。ジョーキンズでダンセイニに慣れ親しんでから、他の幻想短篇なりファンタジイ長篇なりを読めばいいのだから。ダンセイニの夢の世界は広くそして深い。幻想短篇集のページを捲れば、夢と神々と驚異と冒険とエルフランドとともに、ジョーキンズという名前こそ出てこないものの、ジョーキンズが語り出しそうな物語をそこここに見出すことができよう。そして、再びジョーキンズに戻ってきて、食卓の十三人の話を、陸と海の物語を、海を臨むポルターニーズの呪いと悲しみを、バブルクンドの崩壊の驚きを、あるいは、ペガーナの神話こそを、ジョーキンズの口から聞きたいと思うに違いない。なぜなら、ジョーキンズはもう一人のダンセイニなのだから。

ジョーキンズ・シリーズはこれまで一冊だけ邦訳が出ている。一九八二年にハヤカワ文庫FTから荒俣宏氏の編訳書として刊行された『魔法の国の旅人』で、*The Travel Tales of Mr. Joseph Jorkens* と *The*

Fourth Book of Jorkens から十一篇が収録されている。とうとうジョーキンズが日本語で読めると大喜びでページを捲ったことを今でも覚えている。そのあとがきにはこう記されていた。「第一集にあたる本書には、ジョーキンズ物語の楽しさをそなえた代表的な作品を集めることにしたのです。もしも運よく、本シリーズの第二集が編めるようになりましたら、本書に収めた各物語の続篇をご覧にいれようという心づもりもあって、こんなラインナップにしてみました」と。そして私は第二集を期待して待った。三十年待った。それでも出なかった。このまま待って一生を終えることになるのではないかという不安に促されて、ジョーキンズ・シリーズから選り抜いた作品を集めて翻訳し、いろいろな機会に恵まれて本書を刊行できることとなった。

ダンセイニはジョーキンズ・シリーズを百二十篇以上書いている。初期の神話的幻想作品と比べて現代的な小噺であるためか、幻想小説読者を愉しませる話ではないように評されることもあるが、読んでみると決してそんなことはない。軽妙で愉快、それでいて幻想的な輝きもそこかしこに見られる。ダンセイニの作品はたとえ幻想神話であっても神話的に称えすぎることなく、法螺男爵の語る物語として愉しんだ方がいいのではないかというのは、以前、河出文庫から全四巻の幻想短篇集を出したときにも強く訴えたことだった。実際、繰り返していうが、ジョーキンズ・シリーズもそれらの幻想短篇と連続した世界なのだ。たとえば『最後の夢の物語』に収録されている「犬の情熱」や「大スクープ」はクラブで語られる軽妙な作り話である。ジョーキンズはジョーキンズと名乗る前からダンセイニ作品の中にいたといっていい。

ダンセイニについて、稲垣足穂は「英吉利文学に就て」の中でこんなふうに語っている。「彼の芝居に出て来る軍人も、どこへ行っていたかと友人に訊ねられた時に答えた「世界の果へネクタイを取換えに――」しかもこんなしゃれには、すでに客間の紙の蝶ではなく、遠い海のうねりとそして砂にてる荒々しい日光とが感じられるのではないか」足穂はダンセイニの影響を強く受けた作品もいくつも書いているほどの愛読者だったようだが、それだけに、ダンセイニの魅力を的確に表現している。そして、足穂のいうダンセイニはジョーキンズのことのように思えてならない。

ダンセイニ自身はアフリカや東洋について、『時と神々』の序文で「何年ぶりかに校正刷りを読み直し、沙漠や旅や東洋のことがずいぶんここにはたくさんあるのだということに気がついた。ここの話の雰囲気や意味を、今ではほとんど覚えていない。しかし、これを創ったときの衝動は、常に鮮明で揺ぎないものだった。今なお消えることなく、この私の重い躰を、かつて私の想像力が旅したような国へと運んできたのだから」と書いている。これは一九二二年のことだった。一九二〇年代、ダンセイニは、『影の谷物語』(一九二二年)、『エルフランドの王女』(一九二四年)、『魔法使いの弟子』(一九二六年)、『牧神の祝福』(一九二七年)といった幻想長篇を次々と刊行し、その後は幻想長篇を発表していない。短篇小説集も、一九四九年の *The Man Who Ate the Phoenix*(『最後の夢の物語』所収)と一九五二年の『二壜のソース』くらいである。その代わり、ダンセイニはジョーキンズの口を通して不思議なできごとを明るく軽快な口調で語るようになった。

一九二五年にダンセイニが書いた「アブ・ラヒーブの話」(本書所収)は、アメリカの《アトランティック・マンスリー》一九二六年七月号に掲載された。これが最初のジョーキンズ作品だった。そして、一九三一年に最初のジョーキンズ短篇集が刊行された。ちょうど幻想作品群と入れ替わるように。そのためダンセイニは幻想作品を書かなくなり、現代世界を舞台にした軽やかな短篇へと軸足を移したとも評されるが、もともとダンセイニの幻想短篇にも笑いに満ちた法螺話はたくさんあったし、ジョーキンズ作品にも〈エルフランドの黄昏の光〉が見える。文体は少しずつ変わったかも知れないが、実はジョーキンズ・シリーズこそダンセイニらしさに満ちた作品だともいえる。

ジョーキンズ作品集はダンセイニの生前、五冊刊行された。

(1) *The Travel Tales of Mr. Joseph Jorkens* (1931)
(2) *Jorkens Remembers Africa* (1934)
(3) *Jorkens Has a Large Whiskey* (1940)
(4) *The Fourth Book of Jorkens* (1947)
(5) *Jorkens Borrows Another Whiskey* (1954)
(6) *The Last Book of Jorkens* (2002)

六冊めは二〇〇二年に単行本未収録だった作品を集めて刊行されたものである。さらに、全六冊をまとめて、ジョーキンズ全集というべき三巻本が二〇〇四年から二〇〇五年にかけてNight Shade Booksから刊行された。これで誰でも簡単にジョーキンズ・シリーズ全作品を読めるようになったと喜んだが、残念なことに部数があまり多くなかったようで、今は第一巻と第二巻の古書にはかなりの値がついてしまっている。アーサー・C・クラークの序文やS・T・ジョシの解説が気軽に読めないのは残念である。

ここで、収録作品の一覧を掲げておく。

アブ・ラヒーブの話　The Tale of the Abu Laheeb　(1)
薄暗い部屋で　In a Dim Room　(4)
象の狙撃　Elephant Shooting　(3)
渇きに苦しまない護符　The Charm Against Thirst　(1)
失なわれた恋　The Lost Romance　(2)
リルズウッドの森の開発　The Development of the Rillswood Estate　(3)
真珠色の浜辺　The Pearly Beach　(2)
アフリカの魔術　African Magic　(3)
一族の友人　A Friend of the Family　(5)
流れよ涙　Idle Tears　(5)
ジョーキンズの忍耐　What Jorkens Has to Put Up With　(2)
リンガムへの道　The Walk to Lingham　(2)
ライアンは如何にしてロシアから脱出したか　How Ryan Got Out of Russia　(2)
オジマンディアス　Ozymandias　(2)

スフィンクスの秘密　The Secret of the Sphinx　(4)
魔女の森のジョーキンズ　Jorkens in Witch Wood　(4)
ジョーキンズ、馬を走らせる　Jorkens' Ride　(4)
奇妙な島　A Queer Island　(1)
スルタンと猿とバナナ　The Sultan, the Monkey and the Banana　(3)
徴　The Sign　(3)
ナポリタンアイス　The Neapolitan Ice　(3)
ジョーキンズ、予言者に訊く　Jorkens Consults a Prophet　(3)
夢の響き　The Visitor　(6)

このうち、巻頭の「アブ・ラヒーブの話」は『魔法の国の旅人』の序文として冒頭の一部分のみ収録されていたものである。今回お届けする本書では作品全体を掲載している。全ジョーキンズ・シリーズの幕開けとなる大切な作品だからだ。また、「ジョーキンズ、予言者に訊く」は、『敗者ばかりの日』(ハヤカワ・ミステリ文庫・一九八八年)に小原美恵子訳で収められている。また、『魔法の国の旅人』採録作品の直接の続篇は収録しなかった。その他の作品は初めて日本語で紹介されたものである。

ジョーキンズの口から零れ出てくる話は多種多様にわたり、本書にもさまざまな傾向の愉しさをさほど苦労なく並べることができた。ジョーキンズがアフリカや東洋で一獲千金を企んだり、不思議な出来事に遭遇したり、あり得ないものを目にしたりと、未紹介の面白い冒険がたくさん残っている。何しろまだ百を越す未訳作品があるのだから、いつかジョーキンズの全作品を紹介できる日が来ることを願っている。

何か現代文明の喧騒に疲れたとき、日々の疲れという肥沃な大地から芽を出そうとしている頭痛の種を忘れたいとき、このジョーキンズの語る法螺話を収めた本書のページをおもむろに開いて、籤の当たり番号を知る方法はないものかとか真珠がごろごろ転がっている海辺に行きたいとかエチケットにはもううんざりなんだよとか税金払いたくないとか、そのときの気分で適当なことを呟いてみれば、きっとジョーキンズは、こう答えてくれるに違いない。「では、その話をしよう」と。

著者
ロード・ダンセイニ　Lord Dunsany
本名はエドワード・ジョン・モートン・ドラックス・プランケット（一八七八－一九五七）で、第十八代ダンセイニ城主であることを表すダンセイニ卿の名で幻想小説、戯曲、詩、評論など多くの著作を発表した。軍人、旅行家、狩猟家、チェスの名手という多才なアイルランド貴族だった。『ペガーナの神々』をはじめとする数々の著作により、その後のファンタジイ作家たちに多大な影響を与えた。

訳者
中野善夫　なかの・よしお
一九六三年アメリカ合衆国テキサス州生まれ。立教大学理学研究科博士課程修了（理学博士）。英米幻想小説研究翻訳家。主な訳書に、ヨナス・リー『漁師とドラウグ』（国書刊行会）、シャロン・シン『魔法使いとリリス』（ハヤカワ文庫）、『教皇ヒュアキントス　ヴァーノン・リー幻想小説集』（国書刊行会）の他、共訳書として、ロード・ダンセイニ『世界の涯の物語』（河出文庫）、『インクリングズ』（河出書房新社）などがある。

ウィスキー＆ジョーキンズ

ダンセイニの幻《げん》想《そう》法《ほ》螺《ら》話《ばなし》

著者　ロード・ダンセイニ

訳者　中野善夫

2015年12月22日初版第1刷印刷
2015年12月25日初版第1刷発行

発行者　佐藤今朝夫

発行所　株式会社国書刊行会

〒174-0056 東京都板橋区志村1-13-15　電話03-5970-7421

http://www.kokusho.co.jp

印刷　中央精版印刷株式会社

製本　株式会社ブックアート

函印刷　株式会社シーフォース

装幀　小林剛（UNA）

装画　coco

ISBN　978-4-336-05959-8